我只喜欢你

WO ZHI ≈ XIHUAN NI

静悠 著

北京联合出版公司
Beijing United Publishing Co.,Ltd.

图书在版编目(CIP)数据

我只喜欢你 / 静悠著. -- 北京 : 北京联合出版公司，2016.1

ISBN 978-7-5502-6982-8

Ⅰ. ①我… Ⅱ. ①静… Ⅲ. ①长篇小说－中国－当代 Ⅳ. ①I247.5

中国版本图书馆CIP数据核字(2015)第321081号

我只喜欢你

作　　者：静　悠
责任编辑：李　征　于治玺
封面设计：长　虎

北京联合出版公司出版
（北京市西城区德外大街83号楼9层　100088）
三河市南阳印刷有限公司　　新华书店经销
字数140千字　880mm×1230mm　1/32　9印张
2016年1月第1版　2016年1月第1次印刷
ISBN 978-7-5502-6982-8
定价：32.80元

目录

CONTENTS

CONTENTS

第一章 作戏要作足

林夏坐在半天没挪一步的公交车上，望着八车道上的车辆停滞不前。

这时，手机不安分地振动起来，她看了眼来电显示，接听时扯着嘴角努力让自己不笑出声，“孟蔚林，我还在三环呢，你那边的饭局我怕是赶不上了。”

好好的周末，她跟周公神游得正欢，正要进一步联络感情时，某人却一通电话扰了她的好梦。

那人在电话里说：“林夏，今天你一定要救我一次，求你了！”声音是前所未有的凄厉，听得她都没忍心发火。问清楚了事情的来龙去脉，不过是孟大少爷的娘亲又替他安排了相亲宴，这次躲不过，就想到拉着她唱出戏。

林夏下意识地拒绝，扮女朋友这种事，一来她没经验，二来要是孟家人当真了怎么办?

孟蔚林却坚持不懈，说：“没让你扮我女朋友，你这条件，怎么看都不像我喜欢的类型呀！你就去那坐坐，我们装得亲密一点，人家姑娘不瞎，一看我俩这样，心里就清楚了不是？”

这话到底是夸她还是损她呢？林夏还是为难，“要是一桩不错的姻缘呢？都讲‘宁拆十座庙，不毁一桩婚’啊。”

孟蔚林终于没耐心继续哄她，语调一转道：“就请你帮个小忙，啰唆个没完，真是白拿你当这么多年兄弟了。”

他那一句犹如一技绝杀，把林夏制得马上就应了下来。不是她没底线，而是孟蔚林早就摸清了她的软肋——最怕被人控诉狼心狗肺、无情无义。

不就是陪相亲吗，一回生二回熟，说不定她天生演技靠谱，根本不用装，一上台就入戏。她这人向来说话算话，应下来的事，就会尽力做。她还特地费心打扮了一番赶赴现场，却不想老天不作美，让她堵在去的路上，怪她咯。

“林夏，我劝你半个小时后，老老实实出现，要不然后果自负！”

孟蔚林估计气得不轻，对着电话一阵咆哮，震得她耳根发麻。她皱着眉，嘟囔道：“半个小时赶到？哥哥，你派直升机来接我得了。”

三环都堵成一窝粥了，酒店的位置离这还有很远，难不成让她狂奔过去？想着她心里已经把孟蔚林的祖宗十八代全问候了一遍。

孟蔚林自然没察觉到她快要爆棚的不满，悠悠道：“记住我的话，这顿饭，我算你五倍的加班费。如果你能弄到直升机飞过来，到了运费我来付。”

“孟总，您可要说话算话呀。”林夏在心里噼里啪啦计算出五倍加班费的具体数额，脸立马笑成了一朵花，谄媚地确定，“可不能赖账呀。”说完记起他话里的运费，忍不住满头黑线，她是货品吗？

“当然。”话音未落，有哗啦啦的冲水声响起。

究竟被逼得有多窘？连电话都躲到洗手间打了。算了，救人一命胜造七级浮屠，她从小就立志当个好人，好人怎么能见死不救？什么？明明是看在五倍加班费的份上，谁说的？她才不会承认自己见钱眼开。

装回手机的工夫，她已经挪到司机附近，一脸焦急地请求道：“师傅，能不能麻烦您开下车门？我要赶个很重要的考试，再堵就不来及了。”说着她还不忘抬腕看表。

司机扭头看了她一眼，又望了望一眼看不到头的车队，按下了开门键。

“师傅您真是个大好人，太谢谢您了。”下车前林夏不忘道谢。

师傅憨厚地咧开嘴笑了笑，林夏已经跳下车，腾腾热气扑面袭来，云城正值最热的季节，特别是从有冷气的地方下来，分分钟感觉皮开肉绽，真是冰火两重天。林夏咬咬牙，穿梭在车与车之间窄小的缝道里，一点点地挪到路边。脚下的路总算宽敞了，她吐了口气，准备大步前进，手机又震了起来。

“快了快了，别催了成吗？”她接起来直接埋怨道，“我已经在尽力了。”

“嘻嘻，夏夏，是我。”电话那端传来好听的女人声音，“赶着去哪，约会吗？”

“左璇，对不起呀，我加班呢。”林夏不好意思地解释，左璇是电台谈心节目的主持人，声音好听得让人过耳不忘，自然也容易分辨。两个人从孤儿院起便是死党，小时候感情好到可以穿一条裤子，大了虽然分隔两地，却也时常联系。

“可怜的孩子，星期天都没得休息。我说夏夏啊，帮你加的那个相亲群，你进去看过没？”左璇听她说这么忙，赶紧提醒道。两个人同岁，虽说离成家立业还有点距离，但左璇至少已经有确定的对象了，结婚也提上了议程。可是林夏自从离开滨城，一直打单，年龄越来越大，渐渐就要被纳入剩女的范围了，院长总念叨着这事，她这个死党也是急人之所急。

“你身边如果有好的，给我留意一下就是了。最近太忙，等消停一些后，我再认真去那个相亲群看看。”林夏轻笑一声，这真是所谓的皇帝不急太监急啊，“你跟你家那位什么时候办酒席啊？”

“我们办酒席你回来吗？滨城如果真有适合的，是你过来，还是让人家过去？”左璇问。林夏当年在学校里跟某人的恋爱，那是人尽皆知，无比甜蜜。谁都以为，她跟那人会一手毕业证一手结婚证，结果刚毕业，林夏却突然消失了，再后来那人出国，这段感情就不了了之了。过了差不多半年，林夏才从几百公里外的云城打来电话。

相处了这么久，彼此的性格再了解不过了，林夏不想说的事，她问也问不出来，等林夏想说了，她就是不问，林夏也会完完全全地告诉自己。不过，这已过了好些年，林夏却绝口不提滨城的任何事，就像是把那段经历生生从记忆里抹掉了一般。

这不正常。

“你身边的好男人都在滨城吗？办酒席的时候再说吧。”林夏四两拨千斤，轻松地就避开了重点，“好啦！左璇，我忙着呢，再聊啊。”

“夏夏，他回来了。”

在林夏挂电话的前一秒，左璇不疾不徐地扔过来一句。

“谁？”林夏听得有些摸不着头脑，反问道。

“卓天才。”左璇答道，“前些日子，我回滨大参加一个演讲，想着忙完回我们当年住的宿舍附近逛一逛，当是缅怀下我们的青葱岁月，结果走到楼下，没想到竟然看到了卓天才。虽然他的穿着完全变了，气质也成熟稳重了，可他那张脸，帅得太非同寻常了，我一眼就认出来了。噢，我没敢多待，怕他看到我。”

林夏握着电话的手一紧，有指关节竟然啪地响了声，“璇璇，你答应过我，不会向任何人透露我的消息的，记住了。”

“放心，我这个电话号码是同事拿他的身份证帮我办的，很安全。”左璇给她吃定心丸。

“那好，再聊呀，我挂了。”她说完就收了线，准备装回手机的时候，才蓦然发现手心里已经冒出细细密密的汗来。

卓天才，这个称呼好像很多年没有人在耳边提起过了，乍一听，她竟然都没有反应过来。是呀，算一算，已经快五年了，左璇说的那段青葱岁月，已经过去快五年了。

这五年来，她一直让自己忙一点，这样就没有太多时间去回忆。忙是好事，她真怕自己哪天闲下来了，冷不丁回忆起那些前尘往事，会把自己溺死在那漫无天际的黑暗里。

人要学会朝前看，朝前走，林夏甩甩头继续赶路。

吃饭的地方不是一般的高档，看得出，孟家的态度还是诚意十足的。如果不是孟蔚林提前交代过，林夏觉得自己今天绝对会被堵在门外。

侍应引着她到了包厢门口，还体贴地替她推开门。门一敞开，包厢里的情景映入眼底，林夏的第一反应是，好多人！

孟蔚林坐在主位，身旁坐着一位穿白衣的女子，女子的脑袋几乎要埋进胸里，以至于林夏都看不清她的模样。

“来了，快进来，都等你了。”孟蔚林看到她，像是舒了口气，那原本挺得笔直的背缩了缩，“快来坐。”

林夏脸上带着笑，步伐款款地走进包厢，眼珠子却转个不停收集情报。在座的除了孟蔚林和他身旁的女子，还有几位年纪较长的妇人。孟蔚林的娘亲她虽没亲眼见过，可孟蔚林的办公桌上摆着一家人的合影，她已经记不清自己看过多少遍了。孟蔚林如此大胆地安排她出现，搞半天原来是他最顾虑的人没有现身。

“我介绍一下，这位是我的妹妹，林夏。”孟蔚林已经调整好状态，脸上的表情柔和了不少，比划着手如沐春风地开始介绍，“小夏，这是陈乔，这几位是陈乔的长辈，陪她过来坐坐。”

哈，相个亲有必要出动这么一大家子人？难道是瞧孟蔚林长得不太正派，担心闺女吃亏，所以都跟来了？据她了解，孟蔚林这厮可是根红苗正的好少年呀。

再说了，相亲这种事，最怕气氛尴尬了，男女双方碰个头，感觉不错再约续缘，不搭调的话，那就就此别过了。人多了反而不好，众口难调，哪能都尽如人意？搞不好把好生生的良缘都掰扯了。你看，人家孟家就没有多余的人掺和。

孟蔚林身旁还有一个位置空着，一看就是特地替她留着的，林夏也不忸怩，大大方方地落了座。那相亲的主角也终于抬起头，打量起她来。

林夏也趁机多看了两眼，妆容精致，谈不上惊为天人，却也秀秀气气的十分耐看，应该是大家里出来的好姑娘。要不然也不会相个亲都这么多人跟着，担心被狼惦记了。

“好了，人都到齐了，开动吧。”孟蔚林装模作样地招呼了一下，桌上凉菜、热菜，加上汤品、甜点，最少有二十来样。他说完也不顾长辈在场，拿起筷子就开始替林夏夹菜。不论什么菜，都挑最好的给她夹一点，表现得异常细心体贴。

那么大一桌子人的目光全落在他俩身上，林夏看自己碗里的菜越堆越高，忽地有些不安了。

要是目光能杀人，她现在应该死无全尸了吧。

“怎么还不吃？这可是正宗的淮扬菜，试试看。”孟蔚林语气里透着关心，“如果不合胃口的话，咱们换就是了。”

好大的口气！平常怎么没见他对自己这么大方过？真是为达目的不择手段，有没有眼力价？一大桌子人现在恨不得生吞了她，就不能低调点？

林夏一口气噎在喉咙里，上不去下不来，鲠得她想翻白眼，但还是忍了下来。也不管众人的眼光了，她拿起筷子慢慢吃。这一路奔来，脚走疼了不说，还真有点饿了。

菜的味道很正宗，特别是刚呈上来的狮子头，每人一盅，肥嫩异常，入口即化。林夏吃完自己的，犹觉得不够，扭头看了眼孟蔚林的那份。孟蔚林倒是识趣，马上把自己那盅推到她面前，嘴里还道："慢些吃，总是那么拼命地工作，哥哥又不是养不起你。"

话语里透着无限宠溺，林夏看着盅里的狮子头，突然就没了食欲。任凭她来时已经做了强大的心理建树，此时此刻也被孟蔚林出神入化的表演震惊得快要坏了金刚不坏之身。

是她把问题想得太简单了！她以为她要面对的就一个人，那人气急了，最多泼她一杯咖啡什么来着，哪料想，人家相亲来了一大家子。一会儿，坐实了她狐狸精的身份，一起围上来，弄花了她的脸，那就得不偿失了。越是想，她越觉得危机四伏。

"孟先生的妹妹在哪里高就呀？"女主角终于弱弱地问道，有些惶恐不安，坐在位子上拼命地绞着手指。

"万和地产。"林夏刚夹了一筷子青菜塞进嘴里，听她这么一问，来不及咽下去，只能口齿不清地回答。

"万和做得很大，我有个姐妹就在里面，不知道孟小姐在哪个部门啊？"一脸试探的表情。

"咳……"林夏嘴里那口菜刚入喉，被那句"孟小姐"呛得差点没喷出来，"咳……咳……"

"你慢点。"孟蔚林轻斥道，递过水，伸出手在她背上轻轻地拍起来。

林夏一把抢过杯子，猛灌两口，好不容易将菜咽下去，呼吸终于顺畅了。她迅速地瞟了一眼使劲憋着笑以至于表情僵硬的孟蔚林，实在是气不过，脚一提重重踩了下去。

"嗯……"孟蔚林闷哼一声，接着拿起自己的餐巾沾了沾林夏的嘴角，面色如常地答，"我妹妹不姓孟，她跟我没有血缘关系，不过，我俩一直挺亲的，我也习惯这样宠着她了。”

女主角的表情由吃惊到委屈最后变成愤怒，当即扔下餐巾，嘤嘤地哭起来，跑出包厢。

这就搞定了？林夏觉得节奏有点快，快到她刚咳完还没缓口气，战斗已经结束了。

可想而知的不散而欢，不过林夏却身心舒畅，她本来就是来毁了这场相亲宴的。顺利完成任务，她拎着大包小包欢快地上了孟蔚林骚包的座驾。

“跟猪一样，就知道吃吃吃。”孟蔚林瞧她一副小人得志的模样，忍不住嫌弃道。

林夏不在意，“节约是一种美德好不好？我说孟大少爷，不带你这样的，过河就拆桥，我打几个包你就叽歪个不停，是谁大清早夺命连环CALL求我江湖救急来着？”

那么多菜除了孟蔚林替她夹了几筷子的，其他人根本就没动过，扔了多浪费？她一个人过日子，只图省事，谁在意这是剩下的？

“好了，总是你有理。”孟蔚林也不与她计较，发动车子时不忘记提醒她系安全带，“我知道，这事下不为例。”

听他这么一说，林夏倒是不好意思了。她不是不清楚，孟蔚林但凡有一点办法，也不会拖她出来了，“我说，这些年你一直这么单着，真没一个合眼缘的？”

孟蔚林要相貌有相貌，是翩翩公子的模样，要钱有钱，要车有车，要房有房，这样的男人应该是争抢的对象，怎么会沦落到到处相亲的地步？林夏一直没想通，今天忍不住试探。

“那你呢？”想不到孟蔚林却以牙还牙，直接反问回来。

“我？”林夏被他问得一愣，一张俊逸的脸毫无预兆地在脑海里闪了闪，她眨眨眼，摇摇头，“你知道的，我一直挺博爱的，长得好的我爱，有才的我也爱，小年轻小鲜肉也能入眼，哎呀，要爱的人太多了，我可不想为了一棵树放弃整个森林。”

“切……”孟蔚林鄙夷地瞟了她一眼，“你哪是博爱，你是再也不敢爱了，对不对？”

不知道什么时候下起雨了，车子驶出地下停车场，车外的行人都撑着伞，行色匆忙，路上的车辆熙熙攘攘的。雨刷左右摇摆，重复着将玻璃上的雨水抹净的动作，孟蔚林觉得这场景像极了他们相遇的那个夜晚。

那晚他心里烦得要命，开着车，在街上漫无目的地游荡。明亮的远景灯，打在一道狼狈的身影上，单薄的身体瑟瑟发抖，整个人浸在那漫长的大雨里，伸手拦着车。他一个不忍心，将车靠了过去。车子还没停稳，那身影就已经一头栽倒下去。

“冷气太低了，调高一点。”林夏不答，摸了摸手臂，一片冰凉。

孟蔚林腾出手来，调高了温度，“许霆说，你很久没去他那里取药了。”

“嗯，喝得想吐了，停一阵再说。”林夏解释，中药是真的不好喝。

孟蔚林又瞧了她一眼，她的眉梢有明显的疲色，他也不再多问，目视前方，认真开车。

第二章 后不后悔？

林夏拎着东西出了电梯，一口气冲到门前，掏出钥匙开门，按亮全屋子的灯才进屋。

是的，她怕黑。

打包回来的菜被她分盘装好，放进冰箱。屋子里有些乱，她简单地清理了一下，又去阳台把花浇了一遍。确定没什么要做的了，她这才冲了个澡，随便擦了擦头发，裹着浴袍走出来。头发还在滴水，吹风筒不知道放哪去了，她找了好大一会才看见，浴袍却已经被头发上的水浸透了，贴着皮肤凉凉的不怎么舒服。

吹干了头发，她打开衣柜，拿了套睡衣换上。路过梳妆镜，瞧着镜子里的人一身粉色Hello Kitty，她止不住一愣。

这套睡衣跟了她很久了，想当初逛街时一眼看中，因为可爱到不行。陪在她身边的那位，却不那样认为，说太幼稚，硬生生地将她从店门口拖走了。回去了那人还取笑她，表面成熟老练，内心单纯幼稚，纯粹的闷骚型。

她是来得快去得也快的人，刚开始还觉得可惜，怨恨他几天，时间一长也就忘记这事了。后来到了六一儿童节，那人居然把睡衣当节日礼物送给了她。那时的她，小心翼翼地拆开包装盒，看到里面的小猫咪，真是又惊又喜，感动了好一阵子。

乱想什么呢！林夏拧眉，转身走到电脑前，打开网页查看邮箱。

有左璇的邮件，里面写着帮她申请了新的QQ号，还加了个大的相亲群。林夏无奈地摇摇头，现实中面对面相亲都有那么多不靠谱的，比如今天孟蔚林的那场，更何况网络相亲？心里虽然不接受，可左璇是谁？那是院长的小诸葛，这么急着帮她操心人生大事，谁知道是不是院长授意？

林夏抿嘴，算了，上那个QQ群看看也无妨，左璇爱较真，要是知道她连上去晃一圈都没有，绝对不会放过她。

一边登陆左璇帮她申请的QQ，一边打开银行户头，每到月底，她都会给院长汇一笔款，这么多年已成习惯。

用左璇留给她的账号密码，QQ顺利登录，QQ头像竟是自己读书时的登记照片，联系人栏里只有一个QQ群。不过那QQ群的名称看得她目瞪口呆——早婚早育！

左璇这丫头也太自作主张了吧，怎么可以随便用她的照片当头像？她郁闷着，屏幕右下角的小企鹅闪烁起来。

她点开一看，“夏伤，你在吗？你还在云城吗？”

林夏看着来人的网名，翻了翻QQ群里的成员名单，果然在里面。她放了几分心，才回道：“你是？你怎么知道我在云城？”

很快，屏幕上跳出回话：“你是不是忘记了？前几天我们不是聊得很好，你还说如果我来云城，你来招待的呀。”

林夏捂脸，看来左璇申请这QQ号有好些日子了，而且，早已经做好一大堆铺垫了。她愁得狠狠地抓了抓头发，算了，不理他，也不再用这个QQ号就是了。想着她就干脆地退出程序，关机睡觉。

躺到床上，却翻来覆去睡不着，林夏泄气地坐起身，靠在床头发起呆来。那个人，据她所知，已经在国外生活很多年了，突然出现在滨大，应该只是回国看看，不是长待。

她抱住膝盖，忍不住继续想，左璇说他变了，应该变得更好了吧。

胡思乱想地坐了将近半宿，直到过了凌晨她才昏昏睡去，却睡得不踏实。一直做梦，梦里乱七八糟的场景，她乱入其中，方向尽失，一直在找东南西北。

早上她顶着两个大眼袋去公司，身心状态还停留在双休日，事情却已经堆得跟山似的，从进办公室起就忙得要飞起来了，脚掌根本没办法全部着地。

“林经理，这是你要的销售报表。”

“林经理，这是你要的计划书。”

“……”

“林经理，会场已经布置得差不多了，你要不要过去检查一下？”

“现在几点？”林夏抬头，伸手揉了揉僵硬的脖子，又左右活动了几下。

“三点十分。”助理安倩回答道。

“手里还有很多事没做完，房交会后天开幕，还是明天早上过去看吧。”林夏说完又低下头去。

“林经理，你还没吃午饭呢。”安倩好心提醒道。

“天啊！我给忘了。”她伸手猛拍脑门，居然连这么重要的事情都可以忘记，不得不佩服自己的记性了。到底是自己太敬业了，还是年纪大了健忘？这是个值得思考的问题。

“已经过了吃饭时间，我下去给你买份炒面吧。”安倩说完便转身退了出去。

林夏起身打算给自己倒杯水，头却突然有些晕，估计是饿的。她端着杯子回到座位上，望着桌上厚厚的报表上密密麻麻的数据，觉得莫名地心烦，遂拿起电话，拨号出去。

“左璇，你到底在群里泄露了我多少真实的信息啊？”林夏开门见山地找左璇兴师问罪。

“哪有，那Q我也只上了几次。不过，凭着你出色的外形条件再加上我的好口才，你现在可是群里的红人，风光无限啊！”左璇的声音颇有些得意，“我觉得，我这一招肯定会成为你未来幸福的道路上的神助攻，到时候可别忘了感激我。”

她这一招不知道会不会给她引来不该来的人和事？林夏想着更加心烦，“那你也不能用我的登记照片做QQ头像呀。”

“照片做头像怎么了？你没看见，那群里大半的人都是这样做的。”左璇不觉得自己做得过分，辩解道。

“唉……不是你讲的那样，再说了，进的是相亲群，面对着一大群陌生人，完全不用把自己的真实信息泄露出去。”林夏坚持自己的看法。

“林夏，话不是你这么说的，就是因为进的是相亲群，放照片才算得上诚心跟人家认识，不遮遮掩掩。”左璇说着故意顿了下，语气渐重，“林夏，你到底在怕什么？全国那么大，十几亿人口，一个相亲群里能装下多少？你离开滨城后就整天神经兮兮的，把自己藏得紧紧的，你怕自己被谁找到了？要不然，不过一张照片，你究竟怕谁看到，怕谁找到你？”

“算了算了，跟你讲不清，挂了，忙呢。”知道多说无益，无论怎样左璇都是一片好心。不知者不罪，她不应该对左璇发火。林夏郁结地挂断电话，端起水杯发呆。

“林经理，你的炒面。”门被推开，安倩拎着餐盒走了进来。

“多谢你安倩，多少钱？”林夏说完就去找钱包。

“别给了，改天你请我吧！”安倩对她眨了眨眼睛。

“行，晚上一起去做SPA，调整一下，马上有场硬仗要打了。”她抬头提议道。她俩当初是一起进万和的，都是从最底层的销售慢慢做上来的。到了这个位置后，林夏便主动将她调到了身边。后来孟蔚林都取笑她，有恩必报。她倒不这样认为，毕竟到了这个位置上，有个好的拍档可以省很多心。

安倩做得很好，她在公司里跟林夏保持平常的上下级关系，不会让人察觉到她跟自己关系特别亲厚，同时跟下面的人打成一片，时不时地向自己提供一些信息，帮自己省了不少事。

安倩听她说完，乐呵呵地打着同意的手势，关门出去了。林夏会心一笑，打开餐盒吃了起来。

云城房交会，万和的答谢招待会举办得很成功。当然答谢只是借口，实际上是先让人舒服一下，然后拐个弯继续推销自己的房子。这次的楼盘是明月山上的独幢别墅群，均价高得离谱，来万和看房的人，可想而知，非富即贵。

“房子这么贵，我现在的存款连个厕所都买不起啊！”安倩叹息道，现在是美丽无敌的售楼小姐发功的时间，于是两个人从会场溜到后台，缓口气，“世界真的不公平，我穷得连厕所都买不起，可是，有人却像买白菜一样地买别墅，天理何在呀？”

她就差没捶胸抹泪了，十足的怨妇状，样子太滑稽。林夏噗地一声笑了出来，点点头，附和道：“是呀是呀，太没天理了。迟早房价涨到月亮都看不下去，派个使者接你去它那边安家。”

“别说买房子，我就算看着自己每个月的电话账单，都压力山大。”安倩继续嘟囔着。

“你一个月电话费多少？”林夏问。

“最少五百。”安倩举起手，比了比。

“你天天给火星人打电话吧？”林夏惊得张大嘴巴，现在手机资费不停下调，自己事情再多，一个月也打不出三百块钱。这家伙，肯定天天晚上煲电话粥。

“姐姐，你少取笑我了，孟蔚林可是跟你在同一座城市，而我却是两地分居，不打电话怎么慰藉相思之苦啊？国际长途，能不贵吗。”安倩见四下无人，丢给她一记白眼。

“我跟孟蔚林可是清白的。”林夏伸手朝她脑袋上敲了过去。

“哎哟，解释等于掩饰。”安倩捂着脑袋立刻反驳道。

“那行，我不说了，不解释也不掩饰，免得你没事就念叨他。”林夏笑了笑，目光复杂地看向她，“走吧，出去转悠一下，看看有没有我们能买得起的房子。”

安倩跟在她的身后说：“你还指望向我推销房子啊？”

“切！你那么穷，我才不会浪费表情呢！”林夏笑着朝前走。

两个人转了一会，安倩指了指不远处人头攒动的展台，“玉玺新出的楼盘好像卖得不错，价格适中，房型也周正。”

林夏点点头，“好像是。”

两个人继续转着，安倩看得仔细，感兴趣的楼盘，还特地停下来，认真打听下。林夏却没有那样的心思，走几步就回头。不知道是不是错觉，她总觉得身后似有人跟着，就算没人跟着，至少有道目光一直追随着自己。

她心里略有些不安，跟安倩有一搭没一搭地扯着房子的事情，尽量让自己不要分心。都说女人的第六感很准，不知道自己的那份是不是出了问题？

不多久那种如芒在背的感觉又出现了，林夏这次没再迟疑，动作极快地转过头去。

一道身影落进眼里，标准的瓜子脸，五官精致，长长的直发柔顺地贴在脸颊边，白色雪纺连衣裙配了双酒红色的羊皮高跟鞋，显得更加亭亭玉立了。饶是售楼部里好看的女生很是常见，看着眼前这位，林夏还是忍不住感叹，真漂亮。

女子见她盯着自己，稍稍一怔，很快低下头，认真地看起手里的宣传海报来。

不认识呀！林夏心里暗想，她没有脸盲症，凡是认识的人多少会有些印象，这脸太生，之前应该没见过。看来，真的是自己想太多了。

又看了几家，会场的人越来越多，越来越吵，林夏的头隐隐发疼，决定找个地方清静一下。她跟安倩交代几句后，便出了会场。

会场外有个大大的池塘，种了莲藕。入了夏，池塘里的荷花开得很好，一阵风吹过，淡淡的香气扑面而来，很清新很舒服。林夏双手抱胸，忍不住闭上眼睛，深呼吸让自己放松。

“你真的一点都没变，还是经不起吵，只要一吵就会找个安静的地方躲起来。”

这声音极熟悉，似远似近，落进耳里，林夏轻笑一声，大白天哪根筋不对，竟然开始做梦了。这地方怎么会有那个人的声音？就算有，也肯定是几分相似而已。

屏气凝神，那声音果然没有再响起，她暗自庆幸自己没有去应话，要不然平添尴尬，结果下一秒又有女子娇嗔道：“立灼哥，你怎么在这儿？我找了你好久。”

林夏倏地睁开眼睛，转过头去。

原来不是梦，那个人就站在两米开外的地方，什么时候来的她都不知道。

简单的休闲装，却衬得他身形挺拔，样子没有太大的变化，头发短了些，看起来更加英气逼人。

明明有很多东西没有变，可是细看却已经变了。林夏努力稳住心神，微点了下头，当是打招呼。

有美女走上前来，一把挽住他的手臂，摇了摇，“立灼哥，你怎么在这里？人家找你好久了。”

林夏看着那美女，心下立马清朗起来，这不就是在会场一直偷偷看自己的那一位？

“看到老同学了，怕认错，一直没敢开口打招呼。”男人微笑着解释道，还伸手亲昵地捏了捏美女的脸。

“老同学？”美女抬头看向林夏，脸带欣喜，“这么巧？”

“嗯。”男人点点头，领着她朝林夏走来，伸出手，“林夏，滨大的老同学，好久不见。”

林夏也伸出手去，指尖轻触到面前宽大的手掌，便很快离开，“卓立灼，好久不见。”

“这位是我的未婚妻，沈冰。”他语气温和地介绍。

沈冰没说话，一双大眼睛却滴溜溜地盯着林夏打量。

林夏不喜欢被这样打量，感觉那目光一点也不遮掩，像是恨不得把她的衣服扒开，从内到外都能审视透彻一般。再加上前任携新欢重逢的狗血桥段，让她宁愿这一切都是在电影里。可事实却不是如此，这不是演戏，这是事实，这事实让她愈发地难受，难受得想逃。可大脑却不允许她做出那样的举动，她依然保持着职业化的微笑，客气道：“你好，我是林夏。”

“立灼哥，正好我累了，你又遇到老同学，要不这样，我们约上林小姐一起去喝杯茶，我休息你们叙旧，好不好？”美女昂着脑袋娇声提议。

不等卓立灼表态，林夏就先出了声：“不好意思两位，我还在上班。”

言下之意，上班时间不适合去喝茶，美女一听就不高兴了，嘟嘴望着身旁的人，等他出声。

结果他还没出声，林夏的手机却先响了，她三两下掏出手机，扫了眼来电显示，抱歉道：“不好意思，我先接个电话。”

她走开了几步，按下接听键，声音压到最低，“大哥，快来救驾。”

电话那端没有回音，林夏拧了拧眉，打起哈哈来：“哎呀，陈总您好。”

“噢，这样呀，我在房交会现场呢。”

“那行，您也别着急，我现在就去看看。”

“嗯嗯，那一会联系呀。”

电话那端依然没有回音，林夏也顾不得，步履飞快地走回到两人面前。两人贴得极近，不知道在聊着什么。不过无论聊什么，都跟她没关系。林夏笑道：“公司临时有事找我过去，改天有空我做东请两位喝茶，先失陪了。”

她努力维持着职业人的基本礼仪，语气始终客气，转身离开前，还特地用力地点头示意。一步一步，她离开的脚步快且稳。她不敢慢，怕慢下来就会被人看出破绽。一进会馆，她脚下才有些踉跄，看着眼前人头攒动，她暗骂自己真没出息。

孟蔚林很快就到了，林夏看着他模样匆匆，一脸忧虑，心想还是兄弟靠得住，一听她那通神经兮兮的电话就知道她肯定出事了。

“你怎么样了？”孟蔚林见她面色难看，蹲下身来询问。

“没事，扭了下脚。”林夏摇头。

安倩立在一旁，很是恨铁不成钢地道：“我才多大会没跟着你，你就这样了。”

“好了，先去看医生。”孟蔚林二话不说拦腰就将她抱了起来。

林夏整个人朝后仰去，条件反射地就搂住了他的脖子，“哎，我能自己走，没什么大事。”

她扭着身子想从孟蔚林身上下来，结果孟蔚林的脸色愈发难看，头一低伏到她耳边，恨恨道：“你再动，我就把你扔在地上了。”

林夏不敢动了，不是被他的话吓到，而是她适才惊得放眼乱瞧，生怕被熟人撞见。偏偏，不远处的角落里，某人正直直地朝他们望来，眸光沉沉。

孟蔚林见她老实了，很满意地点点头，这才迈步朝外走。

“孟少，你要好好照顾林夏呀。”安倩不放心一路跟了出来，等他们上了车，还不忘嘱咐。

“行了，我这就带她去医院，请假的事就麻烦你了。”孟蔚林发动车子。

“好，林夏，你好好检查，有什么事打电话给我。”安倩又道。

“嗯，今天要辛苦你了，晚些我请你吃大餐，好疼，走了呀。”林夏摆摆手，车子驶了出去。

不过拐了个弯，孟蔚林就坐不住了，“说吧，到底怎么回事？”

“什么？”林夏被他问得一愣，反应过来痛苦地皱脸，“就是不小心扭了下，你知道，我跟高跟鞋是死敌。”说完故意跺了跺脚。

“不是扭到这只脚吗？跺得挺起劲呀。”孟蔚林白了她一眼。

这就被揭穿了？林夏觉得自己真是小瞧孟蔚林的本事了，她本来就是装的，刚才随便挑了只脚说扭了，一时也没在意到底是左边还是右边，果然不是演技派。她叹了口气，放弃在孟蔚林面前演戏，“唉……就是觉得吵，想翘班。”

孟蔚林一副我就知道的表情，没继续追问，车子直接驶进他公司的停车场，他边停车边道：“我手上还有些事，等忙完了一起吃个饭。”

林夏点头听他安排，反正，现在她也不想自己待着，容易乱想。

上了楼，孟蔚林就开始忙着批阅各种文件，他的秘书倒是贴心地端着几样甜点走了进来。林夏接过甜点，道了谢，秘书便退了出去。点心做得很精致，林夏却没什么食欲，拿起叉子挑了几口，又放下，最后干脆起身走到落地窗前，看着楼下长长的车流，让心绪平静下来。

吃过中饭两个人接着去喝茶，西郊城外有座茶室，叫清扬天，环境好，里面的铁观音又香又淳，是林夏的最爱。孟蔚林中途接了个电话先走了，林夏干脆眯了一觉，醒来已经日近黄昏。泡茶的小哥进来提醒说孟总走前帮她订了晚餐。回去也是一个人，林夏想，那就不浪费孟蔚林的一片好心了。

一个人慢悠悠地吃吃喝喝，茶室里有人弹古筝，一曲一曲，时而委婉悠扬，时而激进跌宕。她不禁听得入了迷，等出了茶室才发现天已经暗了。

林夏拦车回去，望着窗外的霓虹绚烂一点点倒退，什么也不想。到达目的地，她付钱下车，边上楼边掏钥匙。出了楼道，她一抬头，赫然发现自家门口有人。她以为自己看错，用力地眨了眨眼。

那人身着一件蓝白相间的格子衬衣，懒洋洋地倚着她家的门，脚边是一地的烟蒂。

林夏咬唇，这人怎么来了？而且还等了她很长时间。

“还知道回来。”那人听到动静，抬头朝她看来。

林夏没搭理他，走过去，握着钥匙开门，打灯，关门。

门缝合上的一瞬，一条腿硬生生地挤了进来。林夏手一顿，门外的人已经又将门推开，接着大摇大摆地走了进来。

“老同学来访，也不知道请人进屋坐坐。”他大咧咧地参观起房间。

“卓立灼，现在已经很晚了，我要休息了。”林夏冷着脸下逐客令。

“是吗？你也知道很晚了。”卓立灼扭头看了她一眼，“林夏，这么多年没见了，你就没什么话要跟我说说？”

“没有。”林夏答，语气确定。

“啧……嘴巴硬了，也更无情了。”他几步走到她面前，停下来，伸手撩起一缕她的头发，放到鼻尖闻一闻，“我还以为你有很多话要对我说呢。”

“卓立灼，你到底要怎么样？”林夏没有躲，只是叹了口气看他。他突然出现在这里，她就知道，有些事躲都躲不掉了。

“林夏，应该是我来问你，你到底想怎么样？”卓立灼嘴角微微弯起，眼神玩味地盯牢她。

“我没想要怎么样。”林夏垂下眼帘。

“这么快就示弱，那就不好玩了。”卓立灼语带讽刺道，“以前你可是从来都不轻易服输的呀。”

“那是以前。”林夏反倒笑了起来，“时间长了，什么东西都会变，我也不例外。”

听着她的话，卓立灼脸上的笑意更浓了，他说着伸出手：“可是，有些东西还是没变的，比如……”他的指尖抚过她的唇，比如这里，还是那么的莹润柔软，色泽诱人。

“够了。”林夏朝后一缩，侧过脸避开他的手。

“这才刚刚开始，怎么会够了呢？”卓立灼却没打算轻易放过她，他的手一抬就捏住了她的下巴，强迫她转过脸来看着自己，“别妄想再逃走，就算是天涯海角，我一样能找到你。”

痛感袭来，林夏皱眉，却不吭声。她用力摇头却挣不开，眼泪开始在眼眶里打转。

“你知道我是铁石心肠，扮柔弱扮可怜打动不了我的。”见她双目含泪，仿佛下一秒就会涌出来，卓立灼心底生出一抹焦躁，他突然觉得自己需要做点什么，才能掩住那快要崩塌的本心。

思索着他头一低，唇就贴了过去。

“唔……”那湿润的触感激得林夏脑袋里一片空白，她忘了挣扎，由着那人得寸进尺。

还是那熟悉的味道，像是浸了蜜样的甜，直达心底。可这点甜怎么够？卓立灼手臂一紧，怀里软玉温香，趁着她发愣的间隙，轻松撬开了她的齿关，开始攻城掳地。

“夏儿……”他低低地唤她，她现在的样子，跟第一次他吻她时太相似。呆呆傻傻地表情，不知道回应，完全没有技巧可言，偏偏甜得要命。他只觉得不够，这么点甜头怎么够？寻思间手已经不老实地在她腰间摩挲，她炽热的体温透过衣料传到他的指尖。

林夏觉得自己像那缺水快要窒息的鱼，无法呼吸，肺都快要炸了。她睁大眼，头顶上的灯光在她眼前晕出一个白圈，那圈一点点扩大，照得她心神渐渐归位。

“卓立灼，你个大混蛋！”她几乎用尽了全身的力气，推开面前的人，抬手就一巴掌甩了过去。

啪地一声，卓立灼整张脸侧到了一边。

不只挨打的人疼，打人的人一样疼。林夏只觉得掌心疼得发麻，眼泪终于止不住，一滴一滴掉了下来。

“林夏，你到底想怎么样？”卓立灼摸了一下挨打的脸颊，“五年了，五年前，你曾经向我许诺，只要我不放开你的手，你永远都不会放开我的手，结果呢，你为了一个孟蔚林，说走就走，一句交代都没有，对我的死活不管不顾，你怎么狠得下心？”

他说着微顿了一下，声音轻盈地道：“噢，我忘了，你本来就在孤儿院那种冰冷的地方长大，没人疼没人爱，根本就没有心，没有心的人怎么会在乎别人疼不疼，是死是活？”

“不，不是那样的……”林夏泪如雨下，想要争辩，可后面的话却一个字也说不出口。

“那你说，你说是怎么样的？”卓立灼觉得心里那拼命冲在前面的狠意快要分崩离析，有个声音在竭力呐喊，只要你说，不管什么理由，不管什么借口，只要你说，我就信。如果你还爱我，只要你还爱我，我可以不管那五年里发生了什么，只要你愿意再抓紧我的手，我就再也不会把手松开。

“怎样？”林夏嘴里重复着两个字，不看他。到底是怎样的呢？如果能说，大可不必硬着心肠一走了之，从此杳无音信；如果能说，也不用一个人这么辛苦，睡不能安枕。她好不容易撑到今天，本以为所有的事情都已经被翻过去了，现在看来，只是她以为。

“你说啊！”卓立灼大声催促，明明那么想知道，却忽然无比害怕。他觉得，那个理由的重量，或许不是他所能承受的。或许，那个理由一旦出口，他跟她的那段感情，真的就万劫不复了。

林夏抬起头，咬咬牙，摇头。

卓立灼的眉心拧成川字，这几年他无时无刻不在等她给自己一个说法，可如今她在自己眼前，却终是什么都不愿意说，他竟然生出一种放下心来的感觉。

“真不说？”他又问了一遍，确定。

林夏还是摇头。

“好，林夏，我只希望你这一生都不要后悔。”他看向她，嘴角带着些许笑意。

林夏沉默了小会，喃喃地道：“不后悔。”这一生，她都不后悔遇见他，爱上他，离开他。

卓立灼点点头，眸光晦暗，却再没说什么，快步出门而去。

第三章 好友是狗熊

甩门声像是一个信号，林夏腿一软就坐了下去。地板冰凉，可哪抵得过心凉。

眼腺毫不费力地分泌眼泪，仿佛没完没了。

也不知道哭了多久，直到眼睛疼到睁不开，林夏才起身，摸摸索索地回到卧室，张开手臂就扑到床上。那场对峙已经让她筋疲力尽，又哭了那么久，整个人都昏昏沉沉起来，脑子里却有细碎的场景一点点浮出水面。

没有空调的公共课，挤了两百来人，乱哄哄的，吵得让人心烦。林夏实在坐不住了，抓起课本就走了出去。

上课时间，教室大多都有人，她在学校里转了大半圈，最后被一幢旧楼吸引。阳光很好，透过大大的梧桐树映照下来，落在那灰败的楼体上，晕出形状各异的光斑。

她提步上楼，应该是长久失修，再加上没有人来，不少桌椅已残缺，还覆了厚厚的灰尘，不过却胜在安静，仿佛是被人遗忘的一角，不会有任何人来打扰。

林夏掏出纸巾，找了张还算完整的桌椅，一点点擦干净，这才放心地坐了下去。可能是重心未稳，也可能是没注意动了下椅子的问题，反正不确定具体原因，她这一坐下去，没挨着椅子，反而直挺挺地摔了下去，四仰八叉，形象全无。

她连滚带爬地揉着摔成几瓣的屁股起身，扭头看了看窗外，好在这地方没人，要不然那就糗大了。

想着她又呵呵地傻笑起来。

“真吵……”教室的角落有嘀咕声悠悠传来，透着明显的不耐烦，吓得林夏一个激灵，环视教室一周，也没见半个人影。

这青天白日的，不可能遇见什么脏东西吧？难道这里没人来是因为闹鬼，只是她不知道而已？

切……林夏，你好歹也是受过正规教育的大学生，居然信那些有的没的，别没事自己吓自己。思及此，她壮起胆子朝教室后面走，她倒要看看，是谁装神弄鬼吓唬她呢。

教室很大，她走了好一会才走到尽头，靠着黑板的角落里，铺满大大的报纸。有个人斜靠墙角躺着，一条腿弯起，一条腿放直，脸上盖着一本市场营销学，看不清长相。

“果真是人。”她舒了一口气，语气中满满地都是鄙夷，一看就是逃课出来不学好的家伙。

“怎么说话的？”地上的人有些恼了，一把拿开脸上的书，“补个觉也不清静！”

那张脸显露出来，饶是发型有些乱了，却依然英气不减。林夏微微一怔，这不是被称为滨大天才的卓立灼吗？老天是不是瞎了眼了？给了他帅气的外貌，又给了他厉害的大脑。就因为他的存在，不论她怎么努力，永远都是年级第二。

想想就觉得不服气，算了，这地方没法待了，要不然看着这张脸就心理不平衡。想着林夏就转身朝前走，准备收拾东西离开。

“打扰了别人，连个歉都不道。”地上的人冷笑一声，“真是没有礼貌。”

林夏心里更来气了，看着自己好不容易擦干净的桌椅，念一转，凭什么她走？不是说她吵着他了，那他怎么不走？

思及此，她干脆坐了下来，集中注意力，开始做题。

今天真是邪门了，一事不顺，诸事不顺，连锁反应就是这样的吗？一道题换了N种解法还是一筹莫展，笔头快咬破了，林夏无奈地挠着头皮，眼前却冷不丁多了一只手，刷地一下就把她的题集抽走了。

林夏还没反应过来，自己的题集已经被还了回来。有声音低沉地响起道：“你看这样设未知数，再代入，就这样……”

林夏的注意力根本没在题上，她只觉得那随着讲解一下一下轻点着题集的手，五指修长骨节分明，指甲圆润饱满，散发出健康的光泽。

离得有些近，鼻间嗅着若有若无的薄荷香，不知道是不是须后水的味道，让她忍不住一闻再闻。

“好了，解出来了，你看下和答案是不是一样？”声音带着明显的得意。

明明他想她看答案，可林夏却抬了头，面前的人恰也在看自己，四目相对，她只觉得身体里有什么在轰隆作响，仿佛下一秒就要破膛而出。

自那以后，高大的梧桐树遮掩的小楼里，时常会出现两个人的身影，不过总是一前一后，从未并肩而行过。

又是公共课，林夏起得晚了，赶到教室里已经黑压压的都是人。前排已经没了好位置，还闹哄哄的，她忍不住想，还是去小楼里看会书吧，想着心里竟有种隐隐地期待。她转身就走，走了几步，身后原本喧闹的世界冷不丁安静下来。她奇怪地回头，人群之中，他竟然起了身，修长的身影很显眼，而他坐的位置很拥挤。他看着她朝他看来，嘴角一勾，便迈着步子艰难地从座位里挪了出来，再一步一步走向她。

“走吧。”到了她面前，他喊了她一声。

林夏脸一热，低头就跟着他朝外走去。

滨大的各个角落都传出天才恋上了同院女生的消息，虽说没人亲眼见过两人亲密的样子，却都说，卓天才看那个女生的眸光很不一样。

林夏也听到一些，却不在意，她承认，她喜欢跟他在一起的感觉。就算安静地待在一起看书做题，心里也冒着愉悦的泡泡。或许她要的就是这样简单的生活，不要轰轰烈烈，但愿细水长流。毕竟认识这么久了，他都没有跟她说过一句“我喜欢你”，更别提说我爱你。可她也知道，他待她不同，要不然就不会总拉着她跟在自己身旁，恨不得去哪里都要捎上她一样。

毕业在即，很多情侣的关系都慢慢起了变化，他们依然如故，那天黄昏，他拉着她进了梧桐树林。她记得他什么时候都是一副从容不迫的样子，那天却难得有些局促。

直到天色渐暗，他突然将她揽进怀里，大声问：“林夏，你能不能做我女朋友？”

心里明明有烟花炸开的声音，美不胜收，她却不动声色地拧眉，“卓立灼，好多情侣都是毕业分手，你怎么反倒来表白了？哎呀，你是不是喜欢我很久了，却一直不敢开口，唔……”

不等她把话说完，他神色一敛，唇就压了下来……

闹铃响起，林夏翻了个身，头好疼，眼睛也好疼。她痛苦地轻吟了一声，还是撑着手臂起了床。

镜子里的人，眼睛肿得跟桃子似的，还挂着两个大眼袋。林夏叹了口气，开始收拾自己。

虽然心情阴郁，脸色难看，可生活依然要继续，她还没有那个资本任性到想做什么就做，不想做什么就不做。

冰箱里有前天买的面包牛奶，面包今天再不吃完就要过期了。她看了看，还剩下两块吐司和两个牛角包。早上吃吐司，牛角包晚上当夜宵。她把吐司捏在手里，又拿了盒牛奶，拎起包走到鞋柜前换好鞋，一拉开门，左璇的脸就映进了眼帘。

“夏夏。”左璇声音委屈地叫她。

林夏吃惊了三秒钟，脸色恢复平静，“你怎么来了？”

“我半夜就来了，可是我不敢敲你的门。”左璇低头。

“半夜就来了？”林夏又是一惊，那这妮子岂不是在这里站了半宿？她心下一软，提醒道，“还不进来。”

“我不敢。”左璇扁嘴，“我其实是跟卓立灼一起来的。夏夏，你不要怪我，卓立灼现在长本事了，他让人卡了齐烨公司的贷款。”

看着她一副坦白从宽的样子，林夏叹了口气，她就说，卓立灼怎么能找到这里来?

“他卡了齐烨的贷款，你们不是应该去找银行，拖我下水做什么?”说不生气是假的，可事情已经发生了，难不成灭了左璇?

齐烨是左璇的未婚夫，经营一家小公司，平常资金运营起来就比较紧张。若是银行卡了他的贷款，说不定比掐住公司的大动脉还严重。影响周转不说，说不定还会让公司倒闭破产。左璇不急才怪，一分钱还难倒英雄汉，何况左璇还不是英雄。她是狗熊，只会卖友求荣。

林夏叹了口气，语气柔和了些：“去洗个澡，冰箱里有牛角包，吃了眯一会。”

“夏夏，你原谅我了？哎呀，我就知道你对我最好了。”左璇欣喜地就要抱她。

林夏躲开她张开的手臂，“我去上班了，你进去就把门反锁了，什么事等我回来再说。”说完她就朝楼道走去。

被左璇这么一耽误，她上班的这一路都是红灯不说，眼见着快到点了，公交车却被堵在了半路上。

林夏觉得一事不顺，就会诸事不顺的连锁反应又发生在自己身上了。踩着点打完卡，进办公室，椅子还没坐热，安倩推门进来，“林经理，这是近几天会展的报告总结。”

“放在那儿吧，我就看。”她伸手指了指电脑旁，起身倒水。

安倩点点头，放下东西准备走了，忽地又退了回来，问：“怎么着，晚上跟孟少大战三百回合，大清早的就体虚？这办公桌到饮水机才几步路，我看你步子都飘了好几下了。”

林夏脑子里轻闪过一个片段，她高兴地举起手里的水杯，狠狠地朝安倩的脑袋上砸去。安倩尖叫一声，伸手一抹，手里全是血，接着便摇摇晃晃地倒在地上。

嗯，杀人灭口不过如此。可她晕血，真瞧见了，她应该会比流血的那个还要晕得快一些。

见她半天没有反应，安倩得瑟地笑了起来，“噎到了？还是被我说中了？”

“安助理，如果你很闲的话，麻烦你将下个月的销售计划表交过来，我要用。”林夏心里冷笑，真是不给你点颜色瞧瞧你还蹬鼻子上脸，别忘了，在万和我是你的顶头上司，没人教过你办公室禁忌吗？不要轻易得罪你的上司，特别是女上司，更特别是小肚鸡肠爱公报私仇的女上司。

“别忙活了，林经理。”安倩叹了口气，根本没把她的命令放在眼里，“你还没来的时候，万和的几位高层已经聚在会议室了。别不信，茶还是我送过去的。我感觉会议室里的气氛有点怪，指不定一会你这中层也要加入进去。小的我觉得报表什么的，您一时半会也没工夫看，别催，我会做好给您的，保证。”她说完还故意举起两根手指，起誓状。

“我属于中下层。”林夏没好气地更正道，做领导的有多少愿意赶大早，能让他们赶大早还聚得这么齐的原因，大概只有一个，钱。

“对，您这职位一直很贴近我们一线劳动力。唉，一线劳动力要去忙了，领导您趁着现在手头上事不多，赶紧休养生息。”安倩说完就轻巧地退了出去。

办公室又恢复了平静，林夏无语地灌了几大口水，重新坐回桌前翻开安倩送来的报告，认真地看了起来。

云城房地产行业突然风起云涌，不到一个星期的时间里，城里最大的三家地产公司，恒基、龙玺、万和被并购重组，速度快得让人咋舌，人事上的合理优化已经在所难免。

不确定之前签的人事合同还算不算数，万和上下顿时人心惶惶，林夏这才意识到公司的发展状况完全偏离了自己的预期，万和高层前几天聚了又聚，根本不是在商量分红的事。

她还没来得及接受公司飞速易主的事实，又被通知所有中高层管理人员全部参与总部的封闭式培训，培训后通过考核竞聘上岗，未参加培训者，作自动离职对待。

三家公司并为一家，人事上的激烈竞争是可想而知的，但是，有一点很明白，优胜劣汰，谁有能耐谁就能留下来。相比其他人的不安，林夏反倒觉得并组未必是件坏事，就相对论来讲，危机和机遇应该是并存的。

孟蔚林也打电话过来给了她中肯的意见，据他所知，收购者齐氏背景强大，实力雄厚，涉及金融、餐饮、娱乐等多个产业。业内传闻，此次收购是其进军房地产业的标志。如果还没找好下家，不妨先去参加培训，感受下是否跟新东家合拍。如果不适合，再作打算，最不济去他那边混口饭吃就是。

林夏反倒没他想得那么远，培训就培训呗，好歹是个学习的机会，人必须通过不断地学习，积累知识才不至于退步。

大企业的文化底蕴果然不是小公司可以媲美的，不论是经营模式还是管理模式都非常的专业化，一个星期的培训也进行得十分顺利。最后一天，所有参与培训的人员根据自己所要竞聘的职位被依次分组，先发表竞聘演讲，然后再回答考核组的问题，由考核组打分，最后考核组进行商议，确定最终任职人员名单。

林夏依然选择市场部经理的职位，状态还算稳定，很快忙完，她收拾了心情，回到住的房间。

“怎么样？”刚进门，跟她同住的策划部经理刘诗就靠了过来，培训是封闭的，培训完大家也没什么事干，就聚在一起喝喝茶聊聊天，反倒让以前不太熟的同事，渐渐熟络了起来。

“就那样。”林夏笑笑，心里也没底。

“明天回公司就知道结果了，三家公司并作一家，人事上怎么着都会有不小的变动。”刘诗也跟着笑了笑，安慰道，“再说了，考核的人员全是空降过来的，应该没什么交情可讲，无论谁走谁留，我相信都是公平竞争来的，就算输了也只会认为自己确实能力不足。”

“嗯。”林夏点头表示同意，懒得想那么多，“诗诗，都忙完了，你不出去转一转吗？听说这边的风景很好啊！”培训地点设在云城著名的度假村，依山傍水，没有城市的喧闹，而且空气清新，她很喜欢，心里总想要是能多待几天就好了。

“不去了，前途未卜，没心情。”刘诗摇摇头，拉起被子，躺到床上去了。

“哦，这样啊，那你休息一下，我出去转转。”她边收拾东西边对床上的人说。事情已经做完，不论好坏，已经改变不了什么，等就是了，尽了力就可以。现在出去走走，放松下自己，晚上还有场聚会，时间还早，反正也没别的事做。

“嗯，你去吧。去别的房间看看有没有愿意跟你一起去的，人多有个照应比较好。”刘诗好意提醒道。

“好，那我走了。”林夏将随行的东西整理好，一股脑地全扔进行李箱，拉紧拉链，放到床边，才出门。

她没有叫其他人，一个人走在上山的小路上，居然闻到泥土特有的芬芳，湿湿的，粘粘的，像极了孤儿院后面菜地里的泥土香。

好久没有回孤儿院了，还记得小时候，院长妈妈总带着她和其他几个孩子，在院子后面开荒，砍掉半人高的小树，拔掉齐腰深的野草。

她总是躲在左璇身后，收拾她漏掉的杂草，院长妈妈见了就夸她做事细心。其实她也想冲到前面去，可是她怕，怕从草地里面蹿出可憎的东西来，比如蛇、蜈蚣之类的。不是因为人小所以胆也小，长大后她依然怕。

她跟卓立灼传出暧昧那会，有几个女生故意整她，趁着课间休息的工夫，朝她喝水的保温杯里放了只死蟑螂。她不知情，去了趟洗手间回来，拧开杯盖就喝了几口水，猛然发现不对，已经晚了。

结果可想而知，她吐到浑身发抖，依然感觉无比恶心。卓立灼不知道从哪得到消息赶了过来，一边搂紧她一边质问谁做的！

他的声音冷且冰，眼睛似要喷出火来。看热闹的人都不出声，他等了会见没人站起来，脸色愈发难看，“我再说最后一遍，不要逼我把你找出来，到那个时候，就算你下跪，我也让你觉得于事无补。”

她吐完还是难受，嘴里涩涩的苦，偎在他怀里不能动。其实他来了，她已经好些了。有人陪着，再难过也不是一个人了。

终是没有人站出来，卓立灼气急，看她的样子不敢再多待，揽腰就将她抱去了学校医务室，紧张地问医生，她需不需要洗胃。

医生说他太大惊小怪了，就算整只蟑螂吞下去，也不用洗胃，何况就喝了点泡蟑螂的水。他听了更生气，说换你吞只蟑螂，看你还能不能说出这么轻松的话，庸医！

后来他们换了家医院，一系列检查做完确定没事，他才放下心来。那晚她回到宿舍没多久，那几个整她的女生就来道歉，她见她们态度诚恳就不想计较了。那几个女生见她不追究，如蒙大赦般作揖道谢，就差没下跪了。当时她还意外，获得她的谅解怎么会感激成这个样子？连左璇了解了这件事的来龙去脉都骂她猪脑，说绝对是卓立灼发威。她当是笑话听听就过了，因为她总以为他跟她一样，就是普通的大学生，不过长得好看些，会读书些而已。

真的，现在想起来，她却开始佩服他，那么长的路，他愣是一口气都没歇。还有他脸上担心紧张的神情，那么明显，恨不得自己来替她受罪才好。

不知不觉已经走到山谷，两旁的植被郁郁葱葱，藤蔓横生，偶尔伴有几声虫鸣鸟叫。再走几步，眼前突然出现一块平地，几块大岩石上布满青苔。林夏惊喜不已，小心翼翼地爬了上去，这个位置极好，视野广阔，她忍不住伸出手，在嘴边比成喇叭状，深吸一口气，然后呐喊起来："卓立灼……卓立灼……"

一声高过一声，回音响彻山谷，一波一波朝远方扩散开去……

第四章 BOSS，你好

重组后的三家公司更名为联志，林夏抬头望了望已经换了Logo的万和大楼，心里百感交集。

她深吸了口气走进大楼，一眼望见安倩迎面走来。安倩也看到她了，脚步飞快地朝她奔来，“林夏，你知不知道，我被任命为董事长秘书助理了。”

“什么？”林夏一愣，这职位不低，“任命书在哪里看？”

“自己的工作邮箱呀。”安倩答，“你不会还没收到任命书吧？”

培训完，公司放了所有人两天大假，林夏不分日夜地睡睡睡，像是要把前一阵没睡的觉补回来一般，还特地关了手机，也没开电脑。

“我去看看。”说完就直奔她之前的办公桌，还是她走之前的样子，打开电脑，登陆邮箱，“董事长秘书？”

她看着任命书上的职位，一阵眩晕，她明明竞聘的是市场部经理的职位，到底是哪里出了错？

“天，恭喜呀，林夏。”安倩一听更乐了，“哎妈，当不成中高层，接近中高层也不错呀，对不对？”

林夏僵硬地点了点头，她从业以来，还没有给人当过秘书的经验呀。还没等她消化掉任命信息，办公桌上的座机就响了，林夏顺手接了起来，“您好，林夏。”

“我是陈乔，林秘书，麻烦您上来交接下工作。”电话那端传来好听的声音，语气却不善。

“好，我马上就过去。”林夏刚说完，那边就直接挂了电话。

这应该是不待见她的表现吧。林夏又叹了口气，整理了下套装，也不管连连发问的安倩就上楼。

董事长办公室前的秘书办公区里，陈乔果然脸色不好，见她过来，没少给她白眼，而且那白眼中，貌似还带有不屑的成分，让林夏觉得有些意外。

“董事长吩咐你到了后进去一下。”陈乔指了指身后的大门。

“好的，多谢。”不管别人脸色多臭，林夏仍保持一副谦恭有礼的样子，做过市场的人，喜怒不形于色，这点技能，她还是练出来了的。

推开面前厚重的檀木雕花大门，虽然上来时她已经做了足够多的心理准备，结果还是被眼前的景象弄得目瞪口呆。

熟悉的脸，熟悉的身影，只是宽大的办公桌前，一只妖娆的八爪鱼甚是碍眼。

“董事长您好，我是林夏。”她不打算装陌生人，不过，虚伪的客套却没省。

她不知道他为什么出现在这里，还有他坐的那个位置，摆明他现在的身份就是自己最大的BOSS，林夏心里跟煮沸的火锅一样，各路声音叫嚣着快要翻天了，她脸上却表情如常，姿态大气得体。

“林夏，好久不见。”一旁有声音插进来道。

林夏扭脸，这才发现休息区竟还坐着两个人，其中一个她还认识。当初某人把那人介绍给她认识的时候，说是小时候好到穿一条裤子的兄弟。

那人见她怔怔地看着自己，脸上有了笑意，指了指办公桌方向，好心提醒道：“他虽然是董事长，可股份比我多不了多少，所以你不用怕他，他要是敢欺负你，我帮你收拾他。”

办公桌前的人听到他的话，眉心拧了拧。这是不高兴的表现，林夏抿唇，想说什么却找不到台词。

“大嫂，你好，我是安少东。”休息区里的另一位像是耐不住了，本来好好坐着，腾地站了起来，朝着林夏敬了个标准的军礼。

大嫂！林夏想说话，一张嘴差点咬到了自己的舌头。这到底是什么状况，她怎么一点也看不懂了？

安少东见她懵懂的模样，敬完礼放下手，迈开长腿朝她走去。

林夏条件反射地朝后退，不知道怎么走偏了，退几步就撞到了屋里摆着的落地花瓶上。

她轻轻地哎一声，伸手去摸后脑勺。

“安少东，你，带着你的人，给我滚出去。”办公桌前的人，握着笔低下头，开始沙沙写字。

“哎，这也太没意思了吧，我要看的闪亮登场呢？”安少东苦起一张俊脸，满是不甘，却没有再做什么。

“那我也跟着一起滚了吧。”沙发里的人站起身，朝林夏笑了笑，“林秘书，不要想太多了，只是工作。”

林夏觉得这根本就是此地无银三百两，如果他们什么都不说，或许她也就什么都不想了，好好做事便是。可他们这一出一出地唱着，看得她想置身事外，好像都不可能了。

“哎，林秘书呀，头一回见面如有冒犯，请您担待呀，晚上有空吗？我请林秘书吃个饭，能否赏光呀？”安少东眼珠子乱转，走到办公桌旁，把那里的八爪鱼拉了过来，揽进自己怀里。

八爪鱼一脸不耐，挣了挣他的胳膊，没有松动，只能看着他，干瞪眼。

“晚上要加班。”办公桌前的人头也不抬地替她回绝道。

“噢，对呀，晚上要加班。”林夏干脆顺杆子爬，“齐骥，好久不见。”她说完朝走到面前的人伸出手。

“好久不见。”齐骥握住她的手，轻轻一带，林夏就朝前踉了一步，离他只有半个胳膊的距离，他勾着嘴角，伏身到她耳边，用只有两个人能听到的声音道，“这几年，他一直在找你，过去的都过去了，现在你们重新开始。”

林夏只觉得心跳一顿，那说话的人已经退了开去，她却缓不过神来，呆呆怔怔地杵在原地，动弹不得。

办公室里安静下来，桌子前的人终于抬起头来，眸光在她身上打了个转，才放下手里的笔，放松地朝座椅里一靠，双手交握叠放在腿上，语气慵懒道："看来你见到齐骥更激动一些。"

林夏被他的话拉回思绪，她站得端直，像是没有听见他的话，语气不卑不亢地问："董事长要见我是有什么事吗？"

话是问了，可心里却盘算着要怎么快点离开这里，她本来就演技有限，在这里实在太煎熬。

"你的职位是齐总点名要求的。"他语气平静，似在叙述一件极正常的小事，"他刚才说过了，他的股份不比我少多少，他有话语权，所以，你虽然身为我的秘书，实际上应该是在为他工作。"

"好的。"林夏点点头，当是了解情况了。不管她为谁工作，如果只把他们当作工作的对象，那事情就简单了许多。

"那出去交接工作吧，如果觉得难以胜任，现在递一份辞职信，齐总不在，我倒是可以代他审批。"他漫不经心地提醒。

"我会努力的。"林夏说完，眸子微垂，朝后退了两步，才转身出门。

如果之前齐骥对她说的话，让她震惊，那后来，卓立灼的话，只让她觉得好笑。笑什么？笑自己不过是个笑话。

她信卓立灼找过她，不然也不会卡了齐烨的贷款。他寻来，不过是她欠他一个理由。而他出现在这里，亦不过是他们看中了这里的项目，从他出现在云城房交会，他们重遇上就能看出端倪。他来到这里，而她恰好也在这里，只是巧合，不是齐骥说的余情未了。

交接工作很顺利，陈乔对她的不屑表现得越发明显，林夏也不在意。好在秘书室不只她一个人，除了安倩，还有另外两个机灵的姑娘，会一并协助她。

饶是如此，这一天的工作也只能用混乱来形容。下了班，林夏也顾不得收拾，匆匆下楼赶车。

孟蔚林突然约她吃饭，她也确实需要美食来帮她找回一点点生气。

到了餐厅，孟蔚林翘着二郎腿，悠哉地翻着报纸。林夏把背包朝沙发里一扔，哀嚎一声，问：“快饿死了，点菜了没？”

孟蔚林看了她一眼，忍不住轻斥道：“你就不能矜持些，饿死鬼投胎的吗？难怪都快迈进剩女行列了，连个仰慕者都没有。”

“谁说的？去年情人节，我还收到花了咧。”林夏才不管他，抱着面前的柠檬水喝了起来。

“拉倒吧，那花谁送的你难道不清楚？”孟蔚林鼻子轻哧了声，鄙夷到不行。

“行了行了，咱们不谈这个了，我没人追，还不是因为你。”林夏摆摆手，这种白痴问题讨论下去只是浪费时间浪费精力。去年她是逼他买了束玫瑰给自己，他还记到心上了，谁让他那时主动提她情人节肯定收不到花这事，能怎么办？女人都虚荣，她也想收花，既然可怜她没人送花，那就帮忙送一束得了。孟蔚林当然不情愿，可她会胡搅蛮缠呀，他被她念得烦了，终于答应了，一大束白玫瑰，香气馥郁，倒是让林夏在办公室长了不少脸。

“哎，林夏，你别得了便宜还卖乖啊。”孟蔚林终于不淡定了，声音都拔高了好几度，“明明你是拿着我当挡箭牌，还装什么委屈？”

“好了，好了。”他还真跟自己杠上了，林夏主动认错，“我错了行不？快吃东西吧，饿死了，来来来。”适才侍应小哥进来送东西，她见机转移了话题。

孟蔚林也不是小气的主，见她脸上真有几分歉意，也不深究了。

大盆的香辣鱼，红艳艳的辣子浮在汤面上，红白相间，煞是好看。她拿起筷子就开始捞肉，又香又辣，鱼肉入口即化，特别鲜嫩。

“好吃吧？这里的鱼现杀现做，所以特别新鲜。”孟蔚林见她吃得这么欢快，忍不住也拿起筷子，准备出手。

“你胃不好，不准吃。”林夏眼尖，推开他的筷子厉声提醒道。

“就尝一口。”孟蔚林可怜巴巴地请求道，“尝一口没多大关系的。”

“这么想吃，刚刚就应该告诉侍应生不要放辣椒嘛。”埋怨归埋怨，林夏倒了杯白开水，夹了几块鱼肉涮了涮，放到碟子里，推到他面前，“将就一下吧。”她轻声安慰道。

“就吃一口又没事。”他脸上满满的不情愿，“洗过的哪还有什么味道啊！”话虽如此，孟蔚林还是很给面子地将碟里的鱼吃了个干净。

“这才对嘛。有得吃总比没得吃好。”林夏很满意他的表现，咬着筷子想了想，起身开门，交代门口的侍应生，其他的菜都不要放辣椒，这才又坐回来继续吃饭。

“有时候我觉得你特别善解人意，细心体贴；有时候我又觉得你根本不是女人，于是总拿你当男人一样使唤。”孟蔚林挑挑眉，望着埋头大吃特吃的林夏说道。

“谢谢夸奖。”林夏头也不抬，“感激你没拿我当畜生使唤。”

“不客气。说吧，最近又有什么事啊？你心情不好的时候，食欲总是特别好。”他懒懒地朝沙发上靠了靠，盯着她，不再说话。

“哪有。”她掩饰着，眼睛瞟向别的地方。

孟蔚林却没再出声，只一脸深沉地瞧着她。

林夏架不住被他这样瞧着，叹了口气道：“我换了新职位，专业不对口，感觉有些棘手。”

“棘手？”孟蔚林试探道，“你们公司的人事是吃干饭的吗？什么样的人放在什么位置不是他们最拿手的事情吗？”

这职位的事，估计人事那边管不了，也不敢管。林夏摇摇头，表示她也不知道为什么。

“我觉得工作吧，如果做得不开心，直接换一份，人这一辈子太短了，要对自己好一点。”孟蔚林摸了摸下巴，若有所思道。

“估计不行，我跟万和签了五年卖身契，虽然万和现在已经并进了联志，可是那劳动合同还是作数的。我现在离职，公司同意了还好说，不同意说我违约，伸手问我要违约金怎么办？”林夏夹了块丝瓜塞进嘴里，清清甜甜的很对胃口。

“这个还不简单，我签了你就是，联志要是不放人要违约金，我帮你付。”孟蔚林无所谓地耸肩。

“得了，人生其实很简单，少一些折腾就行了。”林夏说着替他盛了碗汤，递过去，“这鸡汤不错，你多喝点。”

孟蔚林受用地接过她盛的汤，慢悠悠地喝了起来。林夏扫了眼桌上的菜，又点多了，肯定是孟蔚林故意的，吃不完打包，明天的饭钱省下来。

她正暗暗高兴，手机却在包里震了起来。她翻出手机看了眼来电显示，脸色微变地接听，“卓董您好。”

“什么，水管爆了？”

她声音一扬，孟蔚林喝汤的动作也停了。

“您先打电话给物业，我马上过来。”林夏说完就挂了电话。

孟蔚林瞅着她，认真看了几秒，像是要把她看穿了似的，“谁？水管爆了不是应该找物业或者修水管的人吗？你是谁？”

“拜托，这位是我的新主子，我现在是他的秘书，嗯，此时此刻，估计他拿我当保姆了。”林夏拿起自己的东西，“没办法，人下当差，混口饭吃，想不听都不行，谁让我命苦。”

“菜不要了？”孟蔚林问。

果然是最了解她的人，林夏又看了眼桌上的大盘小碗，一阵肉疼，摇摇头，“我总不能拧着大包小包过去吧。”

“不可以吗？”孟蔚林按下服务铃，“给你做了新的打包带走，走吧，命苦的人，我送你。”

林夏感激得要命，一直到了小区门口，她都还在努力讲笑话逗驾驶座上的人开心。

“行了，说了一路，你也不嫌累。”孟蔚林停好车，解了安全带，也不下车，只转身探着身子把后座上的菜盒塞进林夏怀里，“你的新主子肯定等得很不耐烦了，快去吧。”

“嗯，我走了。”林夏推门下车，准备转身走时又伸手敲了敲车窗。

孟蔚林把车窗降了下来，林夏笑了笑道：“孟蔚林，如果那么想念，不妨去看看。不要每到这一天，就难过得像快没命了一样。”

孟蔚林直接升起车窗，引擎轰鸣，车子箭一般驶了出去。

看着他的车子走远，林夏才一个激灵，拍着脑门就冲进楼道里。

上楼，按门铃，屋内却没有一点反应。林夏想了想，侧着身子去包里掏手机，手机还没掏出来，门却开了。屋里的人裹着浴衣，头发湿答答的，有几根斜斜地贴在脑门上，手里还捏着一条毛巾，正在擦。

“你……”林夏微怔，“你不是说水管爆了吗？”

“是爆了，物业那边已经派人过来修了。”屋里的人点头答。

她来的一路，路宽车稀，一点也不堵，就算孟蔚林订的餐厅位置有点偏，可从那到这也就一刻多的车程。

一刻钟的时间，修好水管，还洗了个澡？林夏怀疑地盯着他的脸使劲瞧，她怎么觉得不对？各种不对。

“不信你自己进来看就是了，爆了的水管还在垃圾筒里没有扔。”卓立灼把门拉开了些，退到一边。

爆了的水管还没扔？修理的人都来过了，人家走的时候，请人家顺带捎走了，不是挺好？扔垃圾筒里是为了当物证吗？林夏脚没动，想她是来解决问题的，既然问题都解决了，那她也就不用待在这里了。

“既然水管已经修好了，那卓董忙完早点休息吧。”林夏朝后退了一步。

卓立灼眼睛眯了眯，眸光落在她的手上，本来听了她的话已经不太好看的脸色，瞬间柔和了几分，“你怎么知道我还没吃晚饭呢？”

林夏刚想说，我不知道呀，话出口前，才记起自己手上打包的饭盒，唇抿了抿，有几分可惜地把饭盒递了过去，“如果卓董不嫌弃，那就将就一下吧，这本是我打包给自己的。你打电话给我的时候，我正在吃饭。”

言下之意，你可别误会了就好。

卓立灼好大一会没说话，目光却没有从她那张脸上移开，“这里晚上住不了了，主卧已经被泡了，帮我订个酒店。”

这里是万和开发的楼盘之一，因为地段不错，环境也好，于是僻出了两栋搂给公司的中高层当宿舍，这里就是其中一栋。其实得知他住这里，林夏倒是意外了下，不过他从前好像就是这样。除了喜欢安静，对外在条件倒是不太讲究，要不然，他们当初也不会在废弃的教室楼里相遇。

“好的，我这就打电话。”林夏掏手机的工夫，房门被啪的一声关上。

还好刚才她退了一步，要不然，她的鼻子绝对不保。林夏等着电话接通的工夫，心有余悸地摸了摸鼻子。

订酒店这种事倒是不难，孟蔚林这种人就经常出入各大酒店，问他打听云城有哪些档次高点的酒店应该不会错。果然，孟蔚林听完她的电话，直接说一会把几家酒店的订房热线号发过来。

有电话就好办了，林夏照着孟蔚林给的号码，打了两通电话就把房间的事情搞定了。她装回手机时，面前的房门又被人从里面拉开。卓立灼已经换了衣服出来，不得不承认，有些人天生就是衣架子，无论什么衣服穿在身上，都是说不出的合身好看。比如说现在的卓立灼，普通的休闲套装，再配一双运动鞋，硬是被他穿得潇洒帅气，又不失亲和力。

“走吧。”卓立灼甩着车钥匙下楼。

林夏跟在他身后，进了电梯。

到了停车场，林夏本不想跟他坐在一排，可卓立灼先一步替她拉开了副驾驶车门，她不好拒绝，硬着头皮上了车。

“陪我去吃点东西。”卓立灼目视前方，语气不是商量。

林夏没有点头也没有摇头，因为她知道她的态度影响不了他的决定。窗外的路灯慢慢朝后退去，她心绪难宁，只能看风景不出声。

“你刚才说，我打电话的时候你正在吃，应该没吃多少，一起吃一点吧，你想吃什么？”到了餐厅，落了座，卓立灼捏着菜单问。

“不用，我过来的时候已经吃好了。”林夏婉言谢绝，端起面前的茶杯，低头轻轻抿了一口。

卓立灼也不坚持，嘴里说着，这个这个，手指在菜单上轻点，服务生飞快地记了下来，随后拿着菜单退出包厢。

没有人说话，林夏拿起手边的杂志，翻看起来。不多会，服务生进来上菜，耳边有盘碟轻碰的脆响，她也不在意。

“喝点汤，当是陪陪我，一个人吃饭太没趣了。”

一只碗被推到面前，林夏抬头，菜已经上齐了，三菜一汤外加两个凉拌菜，蚝油牛柳、麻婆豆腐、广式菜心，居然都是自己喜欢吃的。孟蔚林只知道她嗜辣，却不了解她更爱这种简单的家常菜，还有凉抖三丝、卤水花生，再看桌前的人，已经自顾自地吃了起来。

林夏捏着汤匙，小口小口地喝着汤。来之前的那顿孟蔚林也点了鸡汤，来这里卓立灼也点了鸡汤。是不是上辈子她跟鸡有仇啊？

好像五年前，有人说过这样的话，林夏，你怎么这么爱吃鸡？炸鸡，烤鸡，烧鸡……你上辈子是只狐狸，这辈子转世为人，见不得鸡在你面前活蹦乱跳吧？不过，我就是喜欢看你看到鸡肉以后的馋样……

一顿饭吃得悄无声息，卓立灼喊来服务生埋单，林夏才发现他几乎没怎么吃。

出了餐厅上车行了一段路，驾驶室里的人突然出声：“我不想住酒店。”

“啊？”林夏惊得扭脸看他，他脸上的表情认真，不似开玩笑，“那怎么办？你去齐骥那儿挤挤？”

“他们都回滨城了。”卓立灼说完转头看了她一眼，“要不，你收留我一下。”

“不行，我那就一间房，不方便。”如果不是安全带，林夏绝对从座椅上跳了起来，“你想想别的办法吧。”

“我睡沙发就好。”卓立灼却不放弃，“林夏，我好歹是你的上司，还是你的老同学，收留我一晚有这么难吗？是你不近人情还是心里根本有别的事，所以才做不到？”

林夏想争辩，卓立灼却根本不等她说，又扭过头去专心开车。到了下个路口，他打转方向盘，掉转车头，朝她住的方向驶去。

第五章 去向成谜

看着车子在自己住的楼下稳稳停住，林夏终于开始怀疑，是不是打从一开始他就想好了，要到她这里来过夜？

“不下车？”卓立灼说完就推门下车，也不管她脸色难看。

林夏没动，目光却随着他的身影，看着他朝电梯口走去。

这人到底什么意思？从他们再见时，就明里暗里提醒了她几次，他有未婚妻了，他只是她的上司，他们在一起那件事，已经过去了。那他现在这样，又算什么？如果只是上下属的关系，只因为他不想住酒店，不用管他的秘书是谁，是男是女，他都会跟人家挤在一起？

她可不可以去住酒店，换他住这里？答案肯定是不可以。想了想，她认命地下车，追了上去。

电梯已经上行，卓立灼听到脚步声，扭头看了她一眼，“我还以为你会在车上坐一夜呢。”

他话里带笑，林夏不想理他，等来电梯上了楼，进屋开灯，换了鞋径直去了卧室，翻出了干净的枕头和毯子，抱着去了客厅。

“既然卓董决心已定，那就将就一晚吧。”她把东西搁在沙发上，转身回了卧室，顺手关了房门，反锁。反锁完还觉得还不够，又插上插销。

真是够了，林夏，你这是防狼呢？真是狼，你这一道门防得住吗？自己引狼入室，怪得了谁呢？

林夏猛拍了一下脑袋，有点疼，算了，不管了，洗澡，睡觉。

走到衣柜前，手不自觉地落到常穿的睡衣上，粉红色的KITTY猫，她手一哆嗦，立马换了另一套。

就连洗澡也是提心吊胆，耳朵竖得直直的，生怕门外有什么动静。

“林夏，我饿了。”

出了浴室，头发还没擦干，就听见有人敲门。林夏没有理，更没有动。

“林夏，我饿了。”

林夏没好气地回了一声：“我睡着了。”

“现在又醒了不是吗？我饿了，给我下碗面吧。”

“你不是吃过了吗？”林夏问，问完又觉得自己真是没救了，他吃不吃关她什么事？虽然知道回来前的那顿，他没动过什么筷子，倒是她，又喝了一碗汤，“打包回来的菜在冰箱里，你真饿了，就自己热一热吃吧。”

打定了主意不管他，林夏找来吹风筒，把风力开到最大，嗡嗡地响声，震得她听不见门外的动静了。

等头发吹干，门外真的没了声音。难道是饿晕了？应该不至于，那么大个个儿，饿上三五天，都不会有问题。林夏宽慰自己省省心，门外突然砰地一声，接着响起玻璃四下散去的脆声，林夏咬牙，不管，什么也不管，就一个晚上，任他翻了天，也不管。

她往床上倒去，拉起被子，把脑袋都埋了进去。

“林夏，家里的备用钥匙放在哪了？”很快又响起敲门声。

林夏皱眉，“没有。”

“没有？”语气怀疑，却没有较真，“我要去趟医院，一会回来，你帮我开下门。”

医院！林夏睡不住了，翻身就起了床，拢上拖鞋，啪哒啪哒开了门，“怎么了？”

门口的人，左手捏着右手的大拇指，隐隐有血从指端里渗出来。

“我看看，家里有医药箱。”林夏回卧室衣柜里拿了小药箱，一手打着，一转身看他杵在门口，睁着一双眼睛看着自己，那眸子底，竟似蒙着一层水色，再细看，就跟那要被送走的小奶狗一样，可怜兮兮地求疼爱般。

“过来。”林夏扯着他衣袖，拖着他回了客厅，“把手松开。”

“我不是故意的，倒了杯水，水太烫，杯子摔了，我本想打扫一下，没注意就割到了。”他松开手，解释着，声音还带着几分莫名的委屈。

连着指甲的地方有道伤，皮肉外翻着，血还在朝外涌，林夏看着头皮隐隐一麻。都说十指连心，应该有点疼。她握着沾了酒精的棉签一时不敢下手，“还是去医院吧，不知道伤口有多深，说不定要缝针。”

“没你说的这么严重，先把血止了。”卓立灼说着就去接她手上的棉签，“你下不了手，我自己来。”

“还是我来吧。”林夏吸了口气，动作很小心，“忍一下，肯定有点疼。”

“嘶……”果然那棉签下去，卓立灼吸了口气。

“疼吗？”林夏的动作立马停了，“我帮你吹吹，吹吹就不疼了。”她说着就捧着那只受伤的手，轻轻吹了起来。

吹了一阵，身旁的人没有反应，她觉得应该是不疼了，颇有些得意道：“以前在孤儿院的时候，摔跤了，腿上磕破皮，院长总会帮我们吹吹，说吹吹就不疼了。”

“现在上点药，把血止了，就这样，然后包扎。”她手里忙个不停，嘴里念念叨叨，“创可贴肯定不行，用这个吧。”扯了段纱布，沿着指端一圈圈地缠住，然后系了个结。

“好了，我也是头一次替人包扎，总算不太难看。”大功告成，她长长地舒了口气，拍拍手，“卓立灼，你说呢？”

她问着话抬头，却猛地发现，一张脸近在咫尺。温润的鼻息扑到脸上，她心头一慌，扶着膝盖马上站起，“对了，你刚才不是说想吃面吗？我去给你煮。”

卓立灼也没拦她，见她脚步如飞地进了厨房，也跟着走了过去。刚才他已经在厨房里溜达过了。厨房不大，站两个人会有点挤，可五脏俱全，几只调料瓶都快见底了。冰箱里，蔬菜、水果、鸡蛋、肉类都有一些，应该都是新买的，看起来还算新鲜。

这些年就算分开，她把自己照顾得还算好，想到这些他心里舒服不少。又觉得有点渴，他才记起这一路过来，好长时间没喝水了。就是那杯水，惹出这样的后事来。可是，谁又知道不是好事呢？

他倚着门框，看着里面系着围裙的女人，低头切切洗洗投入的模样，心头一暖。

记得有人曾跟他说，现世安稳岁月静好，若是有人愿意为你洗手做汤羹，那就娶了吧。可娶这种事，也要人家愿意嫁。

一碗西红柿鸡蛋面，说简单却也不容易，下好面做好浇头，再撒上葱花。忙了一刻钟，终于做好了，林夏洗了下手，看他就站在门口，提醒道："可以吃了，吃完自己把碗洗了。"

说完她脚步从容地经过他的面前，回了房间。屋外偶尔有轻微的脚步声，她努力让自己不去听，明明想快点睡着，偏一点睡意都没有，辗转反侧临到天亮才眯了一小觉。

她恰了闹铃起床，收拾完毕走出卧室，望着客厅里精神抖擞的某人，有一瞬间觉得自己没睡够，以至于眼前都出现幻象了。好在及时反应过来，不是幻象，这人是实打实地站在她面前，因为他从昨晚开始，就在这里了。

"早。"卓立灼看她走了出来，眸光落在自己身上，很快神色迷蒙，像是走丢了的小鹿，巴巴地眨了下眼，像是记起什么，又恢复了正常，才问道："走吗？"

"嗯。"林夏点头，从冰箱里拿了早餐，顺带也给他捎了份。

下了楼，卓立灼掏出车钥匙，交代道："你等下，我去取车。"

"你等下。"林夏却把包里给他的那份早餐拿了出来，朝他怀里一塞，“卓董，您的早餐，前面就有公交车站台，我们公司见。”

说完她就大步流星地走了。身后并无人跟来，一丝失落在心底转瞬即逝，她啃着面包，上了站台。有公交车进站，她看了眼车牌，不是她要赶的那趟。

再等等，正是上班的点，站台上人挤着人，希望一会来的公交车不要太挤，不指望有空位，至少不要脚踩脚。

面包啃到一半，有点干，她侧过身想从包里拿出牛奶解渴，耳边却先吱地一声，她朝后缩了缩，抬眸却瞧见徐徐降下的车窗里，有人正一脸戏谑地看着自己。

“卓立灼，你发什么疯！”火气一下子蹿了上来，林夏问，这里是公交车站台，他这样不仅算违规，还特别没素质。

“我在等你上车。”卓立灼也不管她的脸色，慢悠悠地答。

“你……”林夏跺脚，站台上已经有人开始议论，“你赶紧走，有公交车要进站了。”他开的是一辆越野车，体型不小，如果不挪车，公交车都没办法进站。

“你上车，我们马上就走了。”卓立灼笑，还对站台上的人解释道，“不好意思，我这也是实在没有办法。”

林夏才是真的没了办法，准备一走了之，她就不信了她都走了，他还能继续守在这里。她又不是没见过他耍起无赖来，真是没脸没皮的。

“哎，姑娘，小两口哪有不闹别扭的时候，看在他已经觍着脸来追你了，你就不要同他计较啦。”

“就是，好好的车子不坐，挤什么公交车呀，美女，公交车没地方坐，别跟自己过不去呀。”

“帅哥，要不你换个人，我怎么样？我保证跟你谈恋爱，打不还手，骂不还口。”

……

林夏觉得她的世界观在一点一点崩塌，这人堵了公交车车位，大家怎么都不觉得他无耻过分，倒是反过来帮着他说话？

她转身要走了，却被热心的大姐拦了下来，还有更热心的，直接替她拉开了车门，连推带攘地将她送上了车。

卓立灼眉梢带笑，见她气鼓鼓的模样，神色更加愉悦。他探着身子，替她把安全带系好，这才举起手，对着窗外的人道：“今天大家拯救了一对有情人，感谢大家，感谢感谢。”

站台上的人都笑得一脸热烈，有的摇头有的摆手，表示小事一桩，林夏觉得快丢脸死了，瞪着眼提醒：“还不走？”

“走走走，现在就走。”卓立灼发动车子。

车子驶出去没多久，一记长哨响起，像是在恭喜他们有情人终成眷属，林夏抚额，将一头撞死的冲动抑了下去。

从逼车事件后，林夏彻底学乖了，除了工作上的事情，再见卓立灼，基本上都绕道走，惹不起，躲还不可以吗？

她早已经后悔了，不应该因为一时义气留了下来。当年是她不辞而别，终是负了他，如果他没想过善了，像那晚再折腾她两次，估计她就能英年早逝了。

躲了好些天，卓立灼却没有再出什么幺蛾子，相安无事了一阵，林夏提起来的心，总算慢慢放下了一些。好在她觉得自己已经慢慢进入角色，大部分的事都能正常应对了。

“安倩，去帮我复印一下。”她将手里的文件夹递给身旁的人。

“好。”安倩起身接了过去，伸手拍了拍文件夹，故作神秘地道，“等我回来，有事问你。”

“有什么事？现在问不一样吗？卓董今天没来上班，东西也不急着要。”林夏理了理额前落下来的碎发，捋到耳后，不紧不慢地说道。卓立灼不是每天都来公司，每每他不在的时候，林夏觉得特别轻松自在。

“现在问？”安倩扭脸看着另外两个埋头工作的小姑娘，压低了声音道，“公司上下都传卓董载你上班的事呢。”

“什么？”林夏以为自己听错，“卓董载我上班？”

“是呀。”安倩点头，“说你在隔街下的车，刚巧有同事去那边买咖啡撞见了。说，你跟卓董到哪一步了？”

“哪一步都没有，就是那天我准备搭公交车的时候遇上了卓董，他就好心地捎了我一段。”林夏解释，“看你的样子也是才听到这消息不久。”

“是呀，今天中午吃饭的时候，我不是内急去了趟洗手间嘛，于是就遇到了占坑直播，哈哈。”安倩笑了起来，“你就别装了，如果什么事都没有，有必要提前下车吗？解释等于掩饰。”

“我哪有？”林夏无奈地摇着头，突然有些泄气。唉，那么小心还是没能躲过人民群众雪亮的眼睛，早知道那天她死也不上那台车了。

都怪那个死人、变态，他才是真正的罪魁祸首。她愤愤地想，手机响了都没听见，还是安倩推了推她，提醒了一句，她才伸手去接。

“喂，您好。”

“你说什么？车子找着了，人却不见了？”

“绑架？”

“你先别急，我们先分头找找，有消息了及时联系。”

“好的，我挂了，有什么事马上联系。”

林夏收了线，拉开抽屉拿起包，起身就走。

“怎么了？”安倩一把拖住她，关切地询问道。

“家里出了点事，一下说不清楚，这里你先帮忙顶着，有什么事打我电话，我先走了。”她急忙地交代道。

“有人找董事长怎么办？”

“直接说卓董不在。”话音刚落，林夏已经走到了电梯口。

电话是齐骥打来的，说在高速公路上发现卓立灼的车损害严重，却不见人，电话也打不通。齐骥的语气开始还算冷静，直到说出绑架两个字时，声音轻颤，那是假装不出来的惊慌。

林夏下楼拦车，直奔职工小区，坐在车里，她双手抱胸，抑不住自己，浑身瑟瑟地抖。

“卓立灼，你在哪儿？”

“不管在哪儿，能不能给我一通电话？”

“不打电话也没关系，只要你安全，安全就好。”

“只要你安全，你再怎么无赖，我都不怪你，我不怪你，你也别吓我，好不好？”

她心里默默说道："我知道你怪我，也知道你想问为什么，可是，我不能说，真的不能说。"

"说了又如何？能挽回什么吗？从来没有人像你这样疼过我，宠过我，说了只会让你陪着我疼，陪着我难过，那还不如我一个人承受着。"

"你知不知道，我总是忘不掉那些我们曾经在一起的美好，总是梦见你对我笑，笑着笑着你突然就不见了，我怎么找也找不到你。"

"你知道不知道，你重新出现在我面前时，我又惊又喜，却不得不时刻提醒自己，不能，不能靠近，不能再让自己有一点点希冀，因为我们不可能回到过去了。"

"心伤最难医，五年了，时间是最好的良药，你或许已经不那么疼了，你也有了新的身份、新的生活，身边还有新的人了，那么就请你好好的，你好好的，我才能笑着，也幸福着。"

"小姐，到了。"师傅停稳车，回头提醒道。

林夏连忙掏钱，递了过去，"谢谢师傅，不用找了。"

她推门下车，手不自觉地朝脸上一抹，满满的湿意。

"小林，有没有看到卓董回来？"那时她在销售部，出出进进的次数多了，跟这里的物业保安都很熟了。

"卓董的车子没有回来。"岗亭里的人探出头来答，"林姐，卓董的车子没回来，不见得人没在呀。"

"对呀，我上去看看，多谢你。"林夏点头，他说的不无道理，那坠到最低的心，又缓缓上升了一点。齐骥说在高速公路上发现了他的车子，他的车子肯定没有回来，可他的人已经回来了也说不定。

“林姐，你脸色不好，我陪你一起上去吧。”小林摸摸脑袋，自告奋勇地提议。

“不用，我没事。”林夏谢绝他的好意，一个人上楼，熟悉的房门紧闭，她直接无视门铃，大力拍门，“卓立灼，你在不在？”

“卓立灼，你给我开门，快一点。”

“卓立灼，你以为你装死我就相信你不在里面吗？赶紧给我开门。”

任她的手拍痛了，嗓子叫得也有些发哑，房门依然如故，紧紧闭着，没有人从里面把它拉开。

他没在屋里，他没有回来，没有人知道他去了哪里。林夏跌跌撞撞地出了小区，望着来来往往的车辆和行人，一颗心七上八下的，突然间没了着落……

第六章 一直在这里

工作日，繁华的大街依然热闹，任何时候都有闲人闲心。林夏不知道走了多久，齐骥的电话再打来时，天色已经暗了。

还是没有人能联系到卓立灼，齐骥语气沉重，却还不忘宽慰她，说虽然失联，可时间还不算太长，不要把结果想得那么坏，自己先吓到自己了。

林夏接完电话，找了张街边的木椅坐了下来，脚踝发胀。她揉了好久，才把快要失去知觉的小腿找回来。

天渐渐黑透，街灯亮了起来，眼前不时有年轻的情侣腻歪着从面前经过，林夏看着他们的影子被拉得细长。

不是随便什么地方都适合一个人静静地待着的，比如这街边，别人欢喜地热闹着，只衬得她更形单影只，身影寂寥。不如回去睡一觉，睡一觉醒过来，说不定什么事都没有了。

她站起身，拦车回去。头疼，心口疼，眼睛疼，连呼吸也是疼的。电梯上升，那几秒钟的失重感，让她有些眩晕，她靠着电梯寻找一点支撑，只有这样，才让自己不至于狼狈地倒下去。

卓立灼，我突然不见的时候，你是不是也曾像我今天这样，疯了一般四处寻找，却怎么也找不到？迷茫、无助、心痛，甚至想过最坏的结果，以为相见再无期。

你还记得我们去野营，你帮我去捉萤火虫，结果脚下踩空差点从山上摔下去，我拉住你的手，你让我放开。你说，夏儿，一个人死好过一起死，如果我死了，你要好好活着。可是卓立灼，你知不知道，我没有你，怎么能好好活着？我宁愿跟你一起死，也不想一个人在这个世界上孤单地活。后来你没事，我们都活了下来，世人都说，大难不死，必有后福。你看你后来，就算没有我，就算一个人，也过得很好。所以，这次，你肯定也不会有事，肯定会越过越好。

电梯叮地一声提示到达，林夏吸了吸鼻子走出去，脚如同灌了铅一般，每挪一步都觉得艰难，沉重在身后满地散开，她是真的很想哭，却只能拼死忍着不能哭。因为还没到哭的时候，因为不会有那样的结果。

“夏儿，你怎么了？”

熟悉清朗的声音，带着一丝低哑，似远由近，有点缥缈，像是不让人抓住。林夏心口轻颤，她以为自己听错了，停下脚步抬头，离自己两米远的门前，站着一道人影，不远不近，明明只要几步，就能走上去，她却迈不开脚步，一步也迈不开了。

“夏儿……”那人见她不动，挪开脚步朝她走来。

眼泪像决了堤的湖水，挡也挡不住，林夏眸光蒙眬地集中在那渐行渐近的身影上，等到还有一步的距离，她才哭声哽咽地低斥：“卓立灼，你跑到哪里去了？”

“我哪都没去。”过道灯光昏黄，卓立灼看她眼里的泪滚落下来，像是落在他的心上，很清晰的哧啦声，烫得他忍不住蹙眉，“我来找你。”

“那你怎么才来呀？”林夏终于忍不住，扑进那个怀里，温暖又宽厚，是她这些年一直怀念的。

“嗯。”卓立灼闷哼一声，手却没停，迅速将人圈进怀里，胳膊用力，像是要将那副身躯揉进自己的骨血里，“嗯，是不是来晚了，让你等太久了？”

“你到底去哪里了？齐骥他们说你可能被绑架了，我吓得到处找你。”她还在哭，眼泪鼻涕全下来了。她不敢抬头，干脆全部蹭到他棉质的衬衣上，嗯，比纸巾舒服。

“我没事，就出了点小事故。”他解释，唇落在她的发间。

“那你有没有事？”林夏这才记起他刚才那声闷哼，撑开他一个拳头的距离就开始检查，“让我看看。”

卓立灼摇头，又将她拉进怀里，“我没事，真的。”

林夏却不信，抬头认真地看他，脸上没什么异常，她想了想，他的发型有些乱了，有几绺垂在额前，她不自觉地用手将那几绺乱发掀了起来。明显的青紫显露出来，她看得眼泪又不停地掉了下来，“我们去医院。”

“待会再去，好不好？”卓立灼觉得眼前的人近得实在舍不得放开，他觉得这是梦境，他害怕一旦放开了手，那想了好久的人就会从面前消失了。

“你现在就跟我去医院，要不然，我再也不理你了。”林夏见他无所谓的样子，气得用力推开他的手臂，“你要是不信，就试试看。”

“好。”卓立灼松开她，反手覆住她的手，牢牢地牵住，“你哪都不许去，陪我去医院，也别不理我。”

他头上有伤，估计身上也有伤，林夏看着他的样子，实在狠不下心来拒绝，只得点了点头。

太阳透过宽大的落地窗户，洋洋洒洒地照进房里，明亮又温暖。

“哟，看样子伤得不轻呀。”房门被人推开，有人嘟囔着走进来，“好在还活着，活着都不知道跟兄弟们打个电话，滨城到云城，将近七百公里，你把车扔在半道上，是想做什么？”

原本模样慵懒地躺在病床上的人，撑手坐了起来。林夏准备去扶，被他虚挡了一下，道：“你刚才问我中饭想吃什么，我想了想，要不，炸鸡怎么样？我突然很想吃炸鸡。”

“炸鸡有什么营养？”进来的那人插话提醒道。

“安少东，你不说话会死吗？”卓立灼眼睛一眯，带着慑人的寒光朝他射去。

安少东拳头抵着唇间，轻声咳了一声。

“好，我去买。”林夏拿包出门，这是有话要说了，她不喜欢探听太多的事，因为知道得越多，心就会越累。

“你这苦肉计，倒是挺有效呀。”齐骥打趣完，脸色一沉，“车祸到底怎么回事，心里有谱没？”

卓立灼抬起手臂枕着头，长腿伸了伸，“无意还是有意，应该分得清。不是故意让你们着急，当时手机搁在仪表盘上，出事后我从车子里爬出来不敢多待，也就没去找，所以一直到了云城才联系你们。”

安少东听他这么一说，脸色也变了，“人没事就好，剩下的我去查，好好查。”

“嗯。”卓立灼点头，手机在床头柜上响了起来，他拿起来看了眼，放在耳边，“怎么了？”听到电话那端传来的声音，声线一凝，“现在？”

“好吧。”他顿了下，“他们还在这里，嗯，你去吧。”

孟蔚林看见那抹风风火火冲过来的身影，侧过身去，把车门打开。

“不好意思，有朋友受伤了，我从医院过来，有点远。”林夏抬手在额头上比了个敬礼的姿势，“什么事非要现在见我？”

“谁受伤了？”孟蔚林上了车，“让林大小姐亲力亲为地照顾，不容易呀。”

“放心，你要是受伤了，我也亲力亲为照顾。”林夏根本不吃他这套。

“谢谢，我消受不起。”孟蔚林一字一顿，严肃地感激，“这是在咒我，还是在骂我呢？”

听他这么一说，林夏终于扑哧一声笑了起来，“那晚你经过的时候，狠下心来不搭理我，说不定今天也就不用遭这份罪了。”

“千金难买我乐意，那晚善心大发，谁也别指望拦着我做好人。”孟蔚林开着车，瞥了她一眼，“就算时间倒回去，再给我一次机会，我的选择还是不会变。”

林夏觉得有翻涌的心绪堵在喉间，她想说什么，却被堵得连声音也发不出来，连带着眼睛都酸了。她只是笑了笑，低头不再说话。

“林夏，我可能要离开云城一段时间。”孟蔚林见她一直不语，只能主动打破沉默，“去下面的药厂转转。”

“真好，还能顺带走山看水，又不耽误工作，真好。”林夏由衷羡慕。

孟蔚林又瞥了她一眼，“最近宏宇好像不太安稳，我走的这段时间，你要是听到什么有关宏宇的消息，立马告诉我，不论好的还是坏的。”

见他这么严肃认真，林夏还真有些不适应，她想着他说的，宏宇不太安稳的话，忍不住皱眉，关切地问：“出什么问题了？”她的担心不是没来由的，宏宇是孟蔚林的爷爷经营起来的药业集团，到他爸爸这一辈的时候，在全国各地都设有研究基地和制药厂。孟蔚林能从他三个哥哥中脱颖而出，接手宏宇，敏锐的观察力和准确的判断力是不可或缺的。可也因为兄弟多，勾当也多，做当家的还要掩人耳目，要不然，有些上不了台面的事情被曝光了，影响的还是自己的利益。

“现在一时也说不清。”孟蔚林摇摇头，“只是感觉像要出事了。”

见他这么说，林夏也不好追问，只点了下头，“我也不懂你那块，不过，我保证听到任何消息都会第一时间通知你。”

“那就好。”孟蔚林像是放下心来，“突然拖你出来，有没有要去的地方？我送你过去。”

“我要买炸鸡。”林夏如实道。

“中山路有一家炸鸡味道不错，我带你去。”孟蔚林打转方向盘，掉转车头。

“这你都知道。”林夏故意逗他，“是不是有小姑娘爱吃，你特地去买过，哄人家开心了？”

不知道怎么回事，她这话一说出口，孟蔚林的脸色瞬间灰败一片，像是记起了什么，那握着方向盘的手，青筋都凸了起来。

林夏察觉自己失言，连忙扭脸望向窗外。每个人的心底，都有不可触碰的禁区，而那个能让孟蔚林买炸鸡的人，应该就是孟蔚林心里的禁区。不过，林夏也挺意外，孟蔚林今天是来拜托自己帮忙看着公司，可她有一点转不过弯来，都说隔行如隔山，她不懂他那一行，更没有在他公司上班，他要拜托，怎么也轮不到她身上。可事情已经这样，她也应了下来，那就走一步看一步吧。

回到医院，病房里空无一人，林夏楼里楼外找了一圈，终于拦住一个经过的漂亮护士问：“请问一下，3001病房的病人呢？”

小护士想了想，“刚出院了呀。”

“出院？”林夏一愣，虽说检查下来，大多都是外伤，可他不是头又晕又疼，后来回了病房，连走路都要她扶才站得稳吗？这就出院了？还不跟她招呼一声？

想完她又觉得，也对，她不是他什么人，他要做什么，哪需要向她报备？

手里的炸鸡还带着出锅不久的温暖气息，林夏笑了笑，提步出了医院。

不就是请了一天半的假，回来却有做不完的事。林夏怀疑，安倩这家伙趁她不在，肯定偷懒耍滑了。这家伙以前不是这样的，到底是什么原因让她变得不脚踏实地了呢？林夏心里还在犯疑，就有人从电梯出来。林夏看了眼，都是熟悉的面孔，要不要去迎一下？她还在寻思着，身旁的位置里的人已经有了动静。安倩笑得一脸灿烂，迈着小步上去笑道："齐总，安总，你们来了。"

那一行人经过秘书台的时候，林夏还是起了身。安少东看了她一眼，难得正经地没有说笑，齐骥微点了下头，当是打过招呼了。

"林秘书，麻烦送三杯咖啡进来。"内线电话响起，某人发号施令般道。

"好的。"

林夏挂了内线，起身时，安倩的脸凑了上来道："亲爱的，我去送怎么样？"

"不行。"林夏坚决地拒绝，"我怕你的哈喇子滴到咖啡里，毒死了人，我也有不可推卸的责任。"

"你……"安倩被她气得鼓起腮帮子。

另外两个小姑娘吃吃笑了起来，安倩更气了，林夏却不管她，煮好咖啡送了进去。安少东第一个接了过去，抿了口，眉头紧皱，"怎么这么苦？"

"不好喝吗？"林夏把另外两杯咖啡送到位后，扭脸看了看他，伸手就要去接他手里的杯子，"不好喝就别喝了。"

"哎！"安少东端着杯子避开她的手，"老大，你也不管管，这是秘书该有的样子吗？"

"秘书应该是什么样子的？"卓立灼放下杯子，表情认真地朝他看来，那架势就是，我洗耳恭听，你最好能给我讲出一番道理来。

“好看听话会暖床呀。”安少东也不怕他，笑得一脸邪气，说完还特地加了一句，“这是我对秘书的基本要求，我家的HR也是这么尽心尽力地帮我挑选的。”

齐骥一口咖啡差点呛着，扭脸看林夏，她脸上红彤彤的，像是隐忍不发。

“各位慢喝，我先出去了。”林夏捧着托盘，看着自己的脚尖退了出去。

明知道安少东刚才的话是实话，却还是让她有几分难堪。安少东找的哪里是秘书，小秘还差不多。不过，他说的何尝不是他们那群人的真实写照。都是那样厉害的人物，身边什么时候少得了围上来的莺莺燕燕？

林夏还没走到台前，就听见安倩的声音道：“不管是谁，都要预约。”

“要跟你说多少遍，我是沈冰，我要见卓董。”

“我们是按规矩办事，没有预约，不可以进去。”

“你……”

气氛微僵，林夏已经走到台前去，看清来人，连忙迎了上去，“沈小姐，卓董在办公室，请随我来。”她把托盘放在台上，比了个请的手势。

沈冰并没有因为她的客气，缓解脸上冰冷的表情，反而特地继续站在原地，目光不客气地对着她打量。

林夏被她打量得有些不自在，却没表露出来，脸上还是满满的客气，也趁机多看了她几眼。面前的女子，换了发型，栗色的大波浪鬈发随意地披在肩头，嫩黄色深V字领长裙，配上一双黑色鱼嘴细跟凉鞋，简单大方又不失性感娇媚。

“只要没人拦着，我自己会进去。”沈冰倒是不接受她的好意，理了理头发，绕开林夏，推开不远处的办公室大门走了进去。

林夏看着她婀娜的身姿，再想想出来之前，安少东的话，心绪弯弯转转，唇齿舌喉间生出一股涩涩的酸来。

“哼，狐媚胚子。”安倩轻啐了一口，“她说找卓董又没有预约，她说她叫沈冰，中国那么大，沈冰有上千个，我是不是应该个个都认识呀？”

她身后位置里的两个小姑娘连连点头，表示赞同。

林夏叹了口气，想提醒安倩两句，又怕她不接受，只好摇摇头，“她是卓董的未婚妻，以后再过来，不需要预约。”

安倩的脸立马就成了猪肝色，她身后的两个小姑娘也噤若寒蝉，没有人敢再出声。林夏看了又于心不忍，语气柔和了不少：“好了，不知者无罪，我们也是做好分内的事情，卓董不会怪罪的。”

她说完望了眼身后掩着的雕花大门，心里有个声音轻轻笑了一声，是的，他不会怪罪的。她抿唇，把注意力集中在工作上，什么也不再去想。

一刻钟后，手机就在电脑旁震了起来，林夏接电话前扫了眼来电显示，脸上终于有一丝笑意，“回来了？”

“早着呢。”孟蔚林一如平常漫不经心的调调，“要把全国跑个遍，哪是这么容易的。”

“那你好好照顾自己。”林夏叮嘱。

“你这是在挂念我吗？”孟蔚林笑，笑完声音一沉，“林夏，我托付给你的事情，你办得怎么样了？”

林夏捏着手机的手一紧，“暂时没听到什么不对的地方。”

孟蔚林悠悠叹了口气，“没消息可能是好消息，好了，我就是问问，你也别太在意，说不定是我多虑了。”

林夏倒不觉得，孟蔚林绝不是无缘无故乱感觉的人，定是他知道了些事情，有了察觉，才会有这样的反应。只是请她来盯着他那公司，是不是有点所托非人呀？

不对，孟蔚林绝不会做这样的事，他之所以拜托她，肯定是觉得她能打听些什么出来。她向谁打听？她整日都跟谁在一起？

电光石火间，有什么在她心里哧啦一声，她扭脸望向身后的门。那门也似得到感应般，缓缓地打开来，有人影搂在一起，慢慢地走了出来。

一男一女，男的英俊挺拔，女的美得不可方物，林夏竟有一瞬间移不开眼。

“好了我知道了，那我去忙了。”她准备挂了手里的电话，低下眸子轻轻道。

孟蔚林却听出她的声音起了变化，没问什么，只是说：“想我了没？”

像是为了配合那句话的情境，他的声音放得又软又低，令林夏几乎产生一种错觉，她笑道：“嗯，想，想你想得肝都疼了。”

电话那端传来肆意的笑，震得林夏耳膜都快碎了。她揉了揉耳朵，直接收线，把手机扔回电脑边。

那两人经过秘书台前准备进电梯，又有两个人踱步出来，林夏起身貌似恭敬地望了那两人一眼，欲言又止。

齐骥扭脸朝她看来，林夏垂眸避开他的目光。齐骥脚步顿了顿，转身直接朝她走了过来。

“中饭时间，林秘书，能不能赏脸一起吃个饭？”

林夏抬眸，面前的人眸子里闪着光，那是促狭的光。她一口气闷在喉咙里，好一会才顺下去，点点头。

以为她会怕吗？刚才有两个人在她面前再亲密些再贴得近些，她都不在乎。不在乎？可心里为什么这么疼？

“少东，你不是有约在身吗？”齐骥见她应了，脸上的神色愉悦了不少，“还不走？”

“你竟然赶我？！”安少东不可置信地确定。

“谁赶你了，只是提醒你别忘了约会。”齐骥面不改色地解释，说完又看向林夏，“那走吧。”

转身前，他像是察觉到一旁还有几双巴巴的眼睛，松了口道：“你们也一起吧。”

欢呼声响起，安少东眉心拧得更紧，林夏倒是放松了，看样子不是带着她去当电灯泡。她就说，齐骥这么精明的人，怎么可能没有眼力劲呀。

公司不远就有家自助餐厅，味道谈不上多好，但是管饱，按人头算钱，你就是撑破肚子都没人管你。

安少东瞧不上餐厅的环境，到了门口才死心地撤了。齐骥倒不在意，等安倩领着那两个小姑娘去取餐时，才看向林夏道：“你是不是有事问我？”

第七章 她不会说谎

林夏诧异地看着他，好一会才讪讪地笑道：“这么明显？”

齐骥也不答，手伸进衣服口袋里掏出烟盒，本来抽出来了一根，想了想，又塞了回去，“关于谁的？”

林夏拿捏了措辞，又确定安倩她们还在餐台前认真挑着吃的，才道：“卓立灼车祸那次，我在医院陪他，医院里的人都对他特别殷勤。后来我无意中听到，那家医院其实是你家名下的产业。我想你家有医院，那你对医药这块肯定也熟悉。我想问你，你知道宏宇吗？”

自己不过是多看了他几眼，就被他瞧出有事要说，所以她决定开门见山。对厉害的人物，遮遮掩掩拐弯抹角，根本就是浪费时间。

齐骥眸光暗沉，听她把话说完，突然笑了起来，“你是在帮谁？孟蔚林？”他怎么可能不知道宏宇？想当初卓立灼要调查孟蔚林的时候，他几乎把孟家几代的底细都翻了一遍。

“你知道他？”林夏咬唇，她担心的，不正是如此吗？

齐骥仍盯着她，“怎么？宏宇出了状况？”

难道他不知道？林夏摇摇头，“不是，我就看看，要不要帮孟蔚林多介绍几个客户。”

齐骥轻笑一声，“那你为什么不直接找卓立灼？他家比齐家可是更厉害些。”

“我之前见过他爸，知道他家在滨城代表了什么。”林夏又摇了摇头，“不方便。”

“那找我就方便？”齐骥心头一震，本不想为难她，明知道她是不轻易开口的人，偏他就忍不住；明知道她心里有很多事，甚至有很多秘密，他就是想探知一二，可她就像一只高度戒备的小鹿，不准人轻易靠近，就算示好，她也不冷不热地看着，不搭理，不回应。

她以前不是这样的，他记得他第一次见她，其实还是在她跟卓立灼谈恋爱之前。

那时他跟安少东还在国外，那次回国，齐家在滨大设立的奖学金到了颁发的时候。老头子走不开，就让他作为代表去了。或许是因为事情本就不那么重要，亦或是想，也应该多给些机会，让他见见世面了。

到了滨大，他最先想到的事是找卓立灼，老头子在他面前念过几次，说，不要以为你在常春藤就多了不起，任何地方都有头名和末名，你在常春藤拿最末名，在我看来，就是比不上人家小卓年年在滨大考第一。

第一就了不起了？那家伙生来就是那个样子，只要他想做的事情就没有做不好的，读书这种事，自然也不例外。结果他还没找到卓立灼，倒是校长们先找来了，寒暄过后，他知道自己一时走不开，干脆问学校的人要了奖学金获得者名单。

卓立灼的大名果然就排在第一位，他朝下看，林夏，是个女生？他还忍不住嘀咕了一句。

结果那声嘀咕被一旁的人听了去，那人回了句："嗯，是个女生，很努力的孩子，可是年年都只能拿第二。"

这算不算生不逢时？谁让她偏偏遇上卓立灼的时代了呢？他笑，心里还挺为这个叫林夏的姑娘惋惜。

颁奖仪式上，他见到了她，乌黑顺直的长发随意地披散着，清秀可人，一脸云淡风轻，礼貌地握手表示感谢，然后转身便走，没做一丁点多余地停留。他看着她的背影，竟一时忘了移开，下一位获奖的同学，眼巴巴地站了好久，他才反应过来，继续手上的动作。心里却暗叹，书上常说的清水出芙蓉，是不是就是指的她？明明可以靠脸吃饭，却要靠头脑、靠才华，他忍不住又笑了笑，嗯，是个好孩子。

忙完接着就是聚餐，餐桌上有人讨论起奖学金的话题，作为第一名的得主，卓立灼同学又一次没有出现在仪式上，提到第一名，自然就有人提到了她。他听到她的名字，耳朵竖了起来，听人说她在孤儿院长大，平常打几份工，学习还这么好……

他的心还生出一阵疼，后来没过多久，天性淡漠难以亲近的卓立灼居然宣布恋爱了。他好奇心大发，嚷着要见一面。卓立灼倒是没意见，只是那女孩子好像特别害羞，吊足了他们胃口，才答应跟卓立灼出来见朋友。他特地开车去滨大接人，站在学校门口，不自觉地想起，上一次来时的经历，眼前还浮现出一张脸，莫名的清晰。卓立灼出现在眼前时，他倚在车旁，正要点烟，远远地看见她就跟在卓立灼身后，心咯噔一声，嘴里的烟还没来得及点上，就啪地一声掉在了地上。

如果问他，有哪些还算了解的朋友，那卓立灼排在最前。别人都说卓立灼冷漠疏离，他却知他不过是面冷心热，且眼光够高，不轻易交朋友，更别说轻易爱上谁。

能让卓立灼爱上的人，必定有她足够好的地方，在他看来，她确实也足够好，好到让卓立灼或者更多的人倾心。勇敢，自强，独立，不悲观……

他远远地看着他们甜蜜地恋爱，他以为他们会一直这么甜蜜下去，可没想到，她突然不辞而别。卓立灼掘地三尺，也没有将她找回来。

卓家不会放任独子发疯，派了人把他押上飞机。他赶去送行的时候，卓立灼只留给他一句话，找到她。

活要见人，死要见尸。

他答应了，可这一找就是五年，直到不久前，家里的亲戚都操心他的终身大事，就连平常玩得不错的朋友同学也是如此这般。不知是谁，非让他加个QQ群，说是交流群，里面有不少年轻漂亮的姑娘，要是觉得合眼，能帮他约出来。他心里其实挺厌恶这种事的，打着交流感情的招牌，谁知道是不是做着下三烂的勾当？本想当面拒绝，转念又觉得太直接拂了人家的好意，不合适，加就加了，不理会便是。

他是真的没有理会那个群，可他忘了，群里可以私敲人。那天他无聊地打开电脑，把平常联络的那些工具都挂了上去，有声音提示有消息进来，他点开一看，是打招呼的小表情。那人来自一个叫早婚早育的群。早婚早育，聊个QQ就能早婚早育吗？

他把那群点开，群里还真有不少成员，他朝着成员列表的头像瞟了瞟，眼睛却忽地不能动了。那列表的头像里，有张小小的脸，就算是化成了灰，他相信他都能一眼就认出来。他手指轻颤着不听使唤，他费了好大劲才打开那个对话框，输入消息道：“你好。”

你好，你还好吗？五年了，好长时间没见了。心里千头万绪，到了嘴边，只剩下那两个字。

很快有消息回来：“你好。”

她居然在线，他欣喜若狂，一直聊到夜深，她说困了，要睡了，他才舍得下线。

他们聊了不少，她的字里行间都透着想见他的意愿。她好像变开朗了，更爱说话了，以前她爱笑，话却很少。他原本期待着跟她先见上一面，却不料卓立灼临时回国，而且不打算再走。

他纠结了好久，终是没忍住，把找到她还同她聊天的事情都说了出来。他本就是坦荡的人，心里藏一点事就寝食难安。

卓立灼听完他的话，又翻了他俩的聊天记录，脸上没有一点欣喜的样子，只淡淡地道：“这个人，不是她。”

事实证明他是对的，那是左璇，不是林夏。还是卓立灼更了解她，他认输。

再见时，她变了不少，也像是什么都没变。看见他们时，除了一开始的失态，后来都很正常。平常做事，也是进退有度。卓立灼的心思不难猜，难猜的是她的意思。可眼下，她却心系着另一个人，也难怪卓立灼要查这个人了。

“嗯，我们的关系够简单，谈买卖这种事情，会自在些。”林夏笑，太复杂的事情，她一向应付不来，“如果你对宏宇的药品有兴趣，我可以搭线，说不定就促成了一桩双赢的美事。”

齐骥靠着椅背，摆了个舒服的姿势，也更方便探究她的神色。她的眼睛眨得很快，唇抿着不是自然放松的状态，两手搁在餐桌前，手指用力绞着，呵呵，连说谎都不会的人。

“我考虑一下，有消息再告诉你。”他点点头。

“好。”林夏舒了口气。

“你们聊什么呢？”安倩端着吃的回来，“我说，这里是自助餐餐厅，自己不动手，就什么也没得吃的地方。”

“嗯，我去拿。”林夏连忙站起身，对着齐骥点了下头，起身朝餐台走去。

第八章 酒醉迷情

连日下来，沈冰已经是办公室里的常客，林夏也习惯了她的不预约到访，安倩还是会嘀咕几句，却也不敢再大声同沈冰呛了。

除工作上不可避免的交际，余下的那几次有意无意的独处，没什么超出控制。林夏觉得她还应该感谢沈冰，打她出现后，自己跟卓立灼那乱七八糟的八卦就渐渐消失了。

工作这些年，她觉得周五的下午总是最难挨，想想明后两天的双休，又不得不吊着最后一口气似的，把这周扫尾的事做完。

“晚上一起吃饭。”安倩抬头望了过来，“涮锅怎么样？我们好久没去吃了。”

林夏想摇头，可看她一脸期待的模样，有些为难。

“给你点蹄筋还有冻豆腐。”安倩引诱道，“反正一个人也是要吃饭的，咱两个单身，结个伴如何？”

林夏望了一眼她身后还在做事的两个小姑娘，点了点头。在办公室讨论吃食是大忌，因为明明已经很累，明明已经很饿，听到想吃的东西，会更累更饿。

常去的火锅店生意不是一般的好，两个人等了十几分钟，终于排上位落了座，底汤端上来，要不是看着那挤得满满的红辣子，林夏就要舀上一碗直接喝了。

“哎，夏夏，我挺怀念咱们在销售部的日子的。”安倩拿筷子捣着面前的油碟，“出去踩踩盘，听听培训，偶尔部门搞搞活动，热闹又有爱，现在呢？虽然待的地方是上上层，也没人敢轻易得罪，可就是没什么人情味，整层楼都冷冰冰的。”

“怎么可能什么事都两头好？”林夏笑了笑，“高处不胜寒，就是这个道理。”

“哎……”安倩点点头，“你吃得怎么样？今晚我请，不够你再多点一些。”

林夏又捞了块蹄筋，弹弹的，有咬劲，“够了，已经很撑了，咱们AA好，再说了，我挣得比你多，怎么好意思让你请？”

“你就当我巴结上司还不行？”安倩白了她一眼，“上次SPA还有宵夜都是你掏的钱好吗？给我一次机会。”

林夏咬着筷子，盯着她看了几秒，“如你所愿。”

两个人打着饱嗝出了火锅店，有打着空车提示牌的出租车经过，安倩立马拦了下来。

“走吧。”她上车时不忘提醒。

“行了，我也打个车自己回去，你不用送我。”林夏摆手。

“回去做什么？吃得这么饱，我们找个地方消消食。”安倩见她不太愿意的样子，干脆拉开车门先把她塞了进去，这才跟着钻进车里，“师傅，去流沙。”

林夏朝座位里缩了缩，“干吗去那？”

安倩苦着一张脸道：“我妈又催婚了，让我带男朋友回去呢，你知道我那位在国外，一时没法带回去，我说的，我妈不信，还非要给我安排相亲，这不，我找个地方，看看有没有艳遇，有的话先弄回去，应付交差。”

“噗……”就连驾驶室里的师傅都听不下去，直接笑出了声。

林夏没敢笑得太明显，只咬了咬唇，“可是流沙消费好高的，姑娘。”

那里她去过两次，招待客户，公司报账。可就算如此，她拿着消费单，还是止不住肉疼。偏偏那里生意就是火爆，听说是云城数一数二的销金窟。

还不到九点，精彩的夜生活时间还没到。流沙那装修得富丽堂皇的大厅里，播着悠扬的钢琴曲，而不是慢摇。

还不算吵，林夏边落座边想。

“一杯现榨的橙汁，标准份的水果拼盘。”安倩看着服务生，指了指酒水单说。

“好。”服务生点头记下了。

“这里有白开水吗？”林夏问道。

“有。”服务生点头，脸上却写着明显的意外，要喝白开水来什么PUB啊？

“算了，也给我杯橙汁吧。”说完，林夏将手里的酒水单往服务生的手里一塞，狠狠地瞪了一眼安倩。

安倩回了她一个大笑脸，“消消气呀，就当是陪我，这顿还是我请。”

“你是不是在哪发了笔横财，所以才会这么大方呀？”林夏挑眉道。

“钱钱钱，没钱就不能来这里了？”安倩伸手朝着四周指了指，“这么喜欢钱，找个有钱的男人嫁了，不就都有了？”

“钱可比男人安全。”林夏争辩，“钱是自己的，男人呢，那可就说不定了。”

安倩却满脸不认同，“拉倒吧，公司里谁不眼巴巴地瞅着我们办公室里的那几位，你别告诉我，你对他们都没兴趣。你看卓董的眼神，就跟猫儿看到鱼一样，恨不得一口吃进嘴里去，好不好？”

“怎么可能？”林夏伸手就要去掐她，“你别指望套我的话，我跟卓董什么事都没有。”

安倩看她根本不中招，哼了声，从高脚椅上跳了下去，“我去下洗手间，你好好待着，等我回来。”

林夏摆摆手，服务生把果盘送了上来，她挑了块西瓜，小口小口地吃了起来。

安少东从贵宾通道走进包厢，懒懒地朝沙发一倒，掏出根烟，点燃慢悠悠地吸了一口，“卓子什么时候到的？”

卓立灼轻轻掸了掸烟灰，“来了一会了。”

齐骥倒了杯酒推到安少东面前，问：“事情打听得怎么样了？”

“卓子出事的那段路上的监控都没拍到什么有用的东西。”安少东端起酒啜了口，“宏宇那边好像是出了点状况，不过现在还停留在小风小浪层面上。”

“你们什么时候管起宏宇的事来了？”卓立灼掐了手上的烟，脸上瞬息万变，“还瞒着我？”

“反正没查出幕后主使，所以也不能确定是不是有人在打宏宇的主意，是不是有人针对孟蔚林了。”安少东摊开手望向齐骥，摆明是想把某人的问题扔出去。

“你俩怀疑我？”卓立灼反应过来，又好气又好笑，“我有必要吗？”

“怎么没必要？”安少东一点情面都不给他留，“你心里打的什么算盘，我们还不清楚吗？我们没来之前，宏宇和孟蔚林都好好的。我们来了，人家就不安生了，因爱生恨这种事，又不是只有电视里才演的桥段。”

“只是个孟蔚林就罢了。”卓立灼晃了晃手里的酒杯，说得不疾不徐，“我是怕还有人存了那样的心思。”说完还故意朝齐骥望了眼。

齐骥没有吭声，好大一会儿才又开口：“卓子，林夏在离开滨城以前，见过你爸。”说完他将手里的酒举起来示意了一下，接着一饮而尽。

他早就认输了，哪里还会存着那样的心思。不过，他也理解，因为在乎，所以在意，就算是觊觎一下，都不会被允许。

卓立灼手一抖，杯里嫣红的液体沿着杯壁溢了出来，落在绵软的地毯上，悄无声息。

“不管你爸有没有说什么，他以那样的地位身份出现在林夏面前，我觉得，都是一种伤害。”明知道他不可能想不到，齐骥还是出言提醒。对，就是故意，他就是故意的，林夏轻描淡写，他也可以装作没听到，可他就是忍不住。想起她不辞而别，一个人孤苦无依，谁知道这些年，受了多少苦，凭什么只让她一个人受苦？

“我出去一下。”卓立灼一口喝尽杯里的酒，捞起茶几上的车钥匙就出了门。

车窗大开，速度飞快，风在耳边呼啸着，也抑不住他翻涌的心绪。齐骥的话还在耳边，他望着前方的路，一眼望不到尽头，通向哪里，要去哪里。

他忽地记起，有次自习完，她嚷着饿了，他带她去吃东西，两个人商量来商量去，最后她非要吃路边摊上的煎饼果子。

他从未跟她提过自己的家世，爱她就想给她最好的。可她却不要，就算去茶餐厅自习，点的东西也是能少则少，生怕浪费了。她总是很懂事很好养活的样子，却总是让他更加心疼。

他以为，能找到合适的机会跟她说，他家条件不错，他从高中开始就跟着家里人学习投资理财，现在也算小有成就。他真的不需要她帮忙节省，只要她喜欢她想要的，他都可以满足的。

结果呢？结果他还没找到适当的机会，她就已经不辞而别了。他想了很久，她到底为什么会狠下心来说走就走？他甚至想过最坏的可能，可他从未放弃过，他有预感，她还在世界的某个角落，安然地活着。终于，他们再见，他多么想问个缘由，可她抗拒，他便不再强逼。而现在，或许他已经离真相越来越近，他才发现，那个缘由可能是他此生还从未承受过的重，他要怎么应对，他要怎么去扛？

油门越踩越猛，车子像离了弦的箭，引擎声在耳畔轰鸣。

吱……车子牢牢刹住，他揉着眉心，回去吧，不要再想了，不能再想了，就算是暂时的麻痹，也好过这样煎熬着。

他掉转车头，飞快地折回了酒吧，推门进去，里头的情景看得他微微一怔。

“卓子，你回来了啊！”安少东摇着骰子，抬起头，朝门口望了望。

“嗯。”他倚在门边点点头，瞳孔里的颜色暗了暗，迈步走到沙发前，坐了下来，“你们怎么在这儿？”

“我本来跟安倩在大厅里待着的。”林夏轻轻地解释着，心里早把安倩骂得猪狗不如了。早知道她居心不良，只是没想到事情是这样的。去洗手间老半天也就罢了，回来的时候居然拖着安少东，安少东提议一起玩，她是不情愿，奈何安倩求之不得，她招架不住两个人连拉带推，最后就在这里了。

“结果被我撞上了，就叫上来，一起玩多热闹啊！”安少东歪着脑袋把话抢了过去。

“人多确实热闹些。”卓立灼无所谓地笑了笑。他看了看桌上，横七竖八地躺着一堆啤酒瓶，“林夏，你能喝吗？”

“她最会耍赖，输了只喝红茶。”安倩不满地控诉她的罪状。

“她胃不好，喝红茶合适，来，算我一个，骥子，再叫点吃的送上来。”卓立灼说得很慢。

“好。”齐骥点头，“林夏，你就待在一旁看，卓子顶你的位子。”

“嗯。”林夏点点头，听话地拿起自己的红茶，退到一边。

服务生乖巧地将果盘、零食摆到空闲的林夏面前，酒被送到凑堆的那边。

“你们玩，我待会儿开车。”齐骥道，总要留个清醒的人收场，“给你们换成红酒了，不用总跑厕所。”

“好，我们来战！”安少东欢快地蹦了起来，“骥子真贴心呀！”

很快几个人就进入了状态，安倩本来就能折腾，摇个骰子都能花样百出。林夏坐在一旁不出声，心里却早把安倩骂千八百遍了。还有那个安少东，不是说只有他跟齐骥在包厢吗？卓立灼怎么突然又来了？

还有那个齐骥，本来躺在沙发上抽烟，见她们进来，一骨碌爬了起来，重心没稳住，差点就从沙发上摔下去。其实上次一起吃过饭后，她就没跟他再打过照面。

“喝，东少快喝！”安倩舌头大了起来，“学学卓少，不管谁输，都陪喝一杯，多……多有义气呀！”

连称呼都改了，林夏看了眼安倩，脸红彤彤的，看样子已经喝得差不多了。

“喝就喝，谁……谁怕谁呀！来，卓子，干了！”安少东端起杯子，猛灌了一口，然后拿起骰子又是一阵猛摇，跟着嘟囔道，“再来再来，今晚不喝趴下，谁也不准走！”

“来……来就来！”安倩也不服输，拿起酒瓶把每个杯子都加满。

“安倩，别喝了。”林夏看着桌边几只空空的红酒瓶子，皱了皱眉，起身去夺她手里的酒瓶。那么大一杯红酒，输的人一口气喝干净，根本就是做牛饮，是个人都受不了呀。

“你别、别扫兴呀。小、小心我跟你急！”安倩结巴着警告道，“看少爷们喝得多开心呀！”

“你……”林夏无语，红酒的后劲足，照这种喝法，趴下那是迟早的事，醉死都有可能。

“最后一……一轮吧！”安少东结结巴巴地提议道。

“行，来！”安倩立马表示同意，跟酒鬼似的，只要暂时有得喝，其他的都可以不管。

卓立灼看着面前的杯子，但笑不语，由着他们作决定。他喝得也不少了，怎么就是醉不了呢？醉了以后看东西就会朦朦胧胧的，可是她的面容映在眼里，还是那么清晰，手指绕着玻璃杯沿，一圈一圈摩挲，嘴里发苦。

很快最后一轮就结束了，每个人满满四大杯下肚，齐骥起身签单，一把扶起卓立灼就朝包厢外走去。

“林……林夏，你……你别丢下我！”安倩歪歪斜斜地挂在林夏身上，嘴里嘟囔着，生怕被丢掉找不到家一样。

“我来。”安少东大步走到林夏身旁，接过安倩，微微地皱眉。

“你还好吧？”林夏看着他的脸，弱弱地问道。刚才看他也喝了不少。

“我没事。卓子喝多了。”他提醒道，然后望着前面那两个人，目光沉了沉。

几个人缓缓地走到停车场，齐骥打开车门，将卓立灼塞进后座，他转过身看向后边的人，说：“我先送卓子回去。”

“东少，你、你送我回去好不好？”安倩仰起头，媚笑起来。

“好。”安少东点点头。

“林……林夏，你坐齐少的车。”安倩晃着手臂，指挥起来，生怕被坏了好事一样，“别……别黏着我呀！”

“没事，你们先走，我打车回去。”林夏在心中暗叹道，酒肉朋友真的靠不住。这丫头到底有没有喝醉呀？不是说要从一而终吗？

“不行，这么晚了。”齐骥不答应，说，“你跟我们一道，我先送你，再送卓子。”

“不用这么麻烦了。”林夏推辞道，“我打车就行了，现在治安这么好，不会有事的。”

“就这样吧。”齐骥对她的话置若罔闻，打开副驾驶座的门，拉过她的手，一把将她推了上去。

“再联系。”安少东别有深意地笑了笑，然后搂着安倩，朝自己的车走去。

“嗯。”齐骥钻进车里，发动车子先行离开了。

已经是凌晨时分，路上十分冷清，一车三人，一个醉倒在后座上，一个开车，一个偏头看向车窗外，气氛怪异到了极点。林夏怎么坐都觉得不舒服，却又不敢动，只能强忍着。路旁的灯柱不停地倒退，路灯照得车厢忽明忽暗，齐骥心里溢满各种滋味，硬生生地憋着，不转头看她。

一阵痛苦的低吟传来，林夏忍不住回头看，后座的人躬起身子，十分难受的模样，她的心提了起来，“齐骥，他没事吧？”

“应该有点难受。”齐骥看了眼后视镜，“座位太窄，他那样躺着够呛，要不，我先送卓子回去，行吗？”

有什么不行的？林夏点点头，“如果不方便，一会把我放下来，我打车也行的。”

齐骥没说什么，车速却快了一倍。

“林夏，帮帮忙。”齐骥弯腰把后座里的人弄出来，车门碍事，他连忙喊道。

林夏连忙上前，撑住了车门。卓立灼已经不省人事，齐骥拉着他一只胳膊搭在自己肩上，搅住他，朝面前的院子里走，“快帮我开门，钥匙给你。”

眼前是幢花园小别墅，门前一对路灯亮着，像两颗晶莹的白珍珠。林夏微微拧眉，还是接过齐骥手上的钥匙，帮忙开门。先是院子的门，再是房子大门，最后是卓立灼睡的主卧房门。

房间里只开了一盏床头灯，光线暗暗的，只映在床上的人脸上，透着几分惨白。

林夏有些心疼，看他脚上还穿着鞋，弯腰帮他脱了。齐骥的手机恰好响起，她扭头，齐骥比了个出去接电话的手势，她点点头。

屋里更安静了，中央空调低声运转着，林夏脱完鞋，又弯腰拉起床上的被子，帮他盖上，看着他眉心打着结，她叹了口气，记起他第一次在她面前喝醉时的样子。

毕业前全学院的谢师宴，饭店大厅里全是滨大经管学院的学生和老师，十几桌一起开，他跟他同专业的同学坐在一桌，她跟她的同学坐在另一桌。其实两桌人离得不太远，中间就隔了一桌老师，她低头慢慢地吃，不时抬头看见他也在看自己，四目相对片刻后，她不好意思地低下头继续吃。

气氛慢慢地热烈起来，敬老师酒的，同学间猜拳的，吆喝声越来越大。不知道为什么，她成了同学们的目标，不少人都拉着她要一起喝一杯，有恭喜她的，有祝福她的。她平日里不喝酒，认识卓立灼后就更不让她喝了。正当她左右为难的时候，面前伸过来一只手，将她桌上的杯子端了起来。

“我来替她喝！”他对她眨了眨眼睛。

“哇！你俩真是郎情妾意啊！”

“就是，英雄来救美了。”

起哄过后，大家的兴致顿时高涨，过来敬酒的人更多了。因为是代酒，不能讨价还价，所以他只能硬着头皮一杯接一杯地喝，终于寡不敌众，醉倒在席上。她托他同学把他抬回了寝室，大学里男生宿舍进出还算自由，她不放心，跟了进去，结果他半夜就吐了。

她心疼到不行，一边帮他收拾一边观察他的反应。结果这家伙好像感觉到身边有人，艰难地睁开眼睛看了看，貌似认出是她，猛地一把拉住她的手，抓得紧紧地再也不松开了。她怎么也挣脱不开，只好和衣在他床边坐了一夜。

第二天，他睁开眼睛的一瞬间，脸上满满地感动，她看得懂。

只是那个时候，他喝得很欢快，但今晚旁人一看就知道他在喝闷酒，他在难受什么呢？林夏直起身子，刚要转身，手腕被用力地抓住，她猛地一怔，半晌才回过神来看向自己的手腕。

“我去打热水。听话，先放开。”她掰了两下，他握得太紧，没用，她只好又弯下腰，在他耳边轻声哄道。

他像孩子一样撇撇嘴，迟疑了一下，还是不松手，只是力道小了很多。

林夏乘趁机挣开他的手，去浴室拧了块热毛巾，回到房间替他擦起手和脸来。

卓立灼躺在床上昏昏沉沉的，头很疼，手心先是被温暖包裹起来。过了一会儿，脸上也传来了一阵阵温热，紧接着眉心处被一下一下地按压，力道不轻不重，很受用。他渐渐地放松下来，不再像先前那么难受了。

脸上、脖子上不时地有东西抚过，痒痒的有些难耐，他睁开眼，看着近在咫尺的脸，有些不敢置信。难道是喝多了产生了幻觉？他用力地眨眨眼睛，那张脸还在眼前，并没有消失。

林夏见他突然睁开眼睛，愣得一下没来得及收回手，只能直直地盯着他，不敢动。期望他能马上又睡过去，喝醉的人不都是睡睡醒醒的吗？

卓立灼终于弄清，那让他自己痒得难受的罪魁祸首竟然是她低头时，垂下来的发梢。那发梢一下下撩拨着他，才让他如此难受。卓立灼胳膊一伸，林夏惊呼声未落，他已经一个翻身，将她牢牢地压到了身下。

“夏儿。”他艰难地开口，提醒自己，她真的在，不是做梦。

“卓立灼，你放开我！”林夏一阵心慌，这姿势太暧昧了，他嘴中温热的气息喷到她脸上，夹带着浓浓的酒气。齐骥呢，不是说去接个电话，怎么还不回来？要是他回来看到此刻房间的情景，不知道会怎么想？

“夏儿。”卓立灼不顾她的换挣扎，低头就重重地吻了下来。

“不要，卓立灼。”林夏条件反射地转头避开，他的吻落到了耳畔。

“夏儿。”卓立灼边吻边轻声唤道，担心只要一分心，她就有可能从他身下消失掉。吻细细碎碎地落下来，耳边、脸颊，再辗转到下巴。

林夏伸手用力，想把他推开，奈何他力气太大，根本推不动。

卓立灼见她伸手捣乱，也伸出手来，与她十指相扣，将她的长臂牢牢地固定在身体两侧。

眼前的人，脸颊通红，特别是那唇，殷艳欲滴，仿佛一口下去，能吮出蜜汁来。他没有犹豫，张嘴就牢牢地含住。

林夏用力地扭动身体，想要摆脱束缚，可是他像贴在她身上一样，纹丝不动，怎么也挣不开。肺快要炸了，眼泪也涌了下来，她轻唔了声，他的舌头便灵巧地钻过齿缝，缠住了她的舌。那涩涩的酒味充斥在齿间，她没有犹豫，齿关用力，有铁锈味溢到舌尖。

卓立灼闷哼一声，却没有半分停下来的意思。避开她的唇，一路向下，很快来到她精致的锁骨边啃噬起来，她越是挣扎，他越是停不下来。

林夏感觉到身体里像有千万只虫子在轻轻地咬着她，有些麻麻的疼。她盯住床头那盏灯，眼神放空，嘴里却喃喃道：“放开我，求你了，放开我。”

唇再向下，她穿着一件薄薄的白色紧身短衬衣，卓立灼大手一扯，衬衣便被轻松地扯开了。

林夏胸口一凉，面容瞬间扭曲苍白，她腿朝上缩起，像只被抛到岸边的小虾米，蜷起了身体，“求你了，放开我。”

“求求你了，不要碰我，不要。”

“卓立灼，救我……”

像是有一道惊雷轰隆一声劈进脑袋里，震得卓立灼一个激灵，酒醒了大半。他翻身坐起，再看那床上的人，眼神涣散，身体抖个不停。

他抬手就给了自己一个巴掌，卓立灼，你都干了些什么？

“该死！”他低咒一声，起身冲进了浴室。

第九章 两两相忘

“林秘书，帮我通知一下各部门经理，三点召开临时会议。还有催促一下广告部，把新楼盘的广告策划书递上来，晚上帮我在大中华订个位子，我约了城建局的人。”

“好。”林夏握着笔，还没完全记起来，耳边就传来嘟嘟对方已挂断的提示音。

她的笔顿了下，接着记完，又仔细核对了一下，才打开工作邮箱，将领导吩咐的事情通知下去，最后拿起电话准备订位子。

“安倩，你有大中华的电话吗？”翻了半天，她突然发现找不到通讯录了。上次用过后随手一放，现在要用的时候，一时真想不起来放在哪里了。

“没有。”安倩无精打采地整理着手中的文件，“打114问呗，多简单的事呀。”

“还是你聪明。”懂得绕个弯解决问题的人，还是很厉害的。

“你才发现我聪明吗？”安倩眨眨眼睛，说，“连你这种人都看得出来本小姐聪明伶俐，这外形这身段也不太差呀！”原地转了一个圈，她左瞅右瞅地道，“我这么好，为什么安少就看不出来呢？”

“嗯。”林夏学着她的样子，用力地眨了眨眼睛，“因为安少不够聪明呀，所以看不出来嘛。”

“是这样吗？”安倩歪着脑袋想了想，摇摇头，说，“安少聪不聪明，你那眼神怎么可能看得出来呢？唉！我好久都没见到安少了。”

“嗯……”林夏一时语塞。是，安少东哪里不聪明了，明明都快成精了。

“林夏，坦白从宽，抗拒从严，老实交代那天晚上你去了哪儿？发生了什么事？为什么那晚过后，齐少和安少就一起消失了啊？”这个问题让安倩纠结了很久，一直百思不得其解，今天终于忍不住问了出来。

“能去哪儿啊？当然是各回各家，各找各妈呀。”林夏低下头，啪啪地按着电话键。

“真的？嗯？”反问句，长长的拖音，摆明了不信。

“放心，不是煮的。”林夏露出八颗牙齿，赐给她一记明媚的微笑，“我忙着呢！”她善意提醒道，“你最近跟安少发展成什么样了？”林夏将问题扔回给她，谁让她爱打听呢！

“拉倒吧，你看不出来，他根本就不爱搭理我？”安倩委屈地撇撇嘴，“男人都不是什么好东西！”说完，一副不愿再聊的样子，重新埋头工作了。

林夏本还想笑话她几句的，可看见她一副失落的表情，于是咽下已经到嘴边的话，忍不住走神了。

那晚到底发生了什么事呢？她只记得陪着齐骥回到卓立灼住的地方，后来，他醒了，吻了她，缺氧的感觉，浑浑噩噩的，再后来就是疼，分不清哪里疼，想伸出手确定疼的位置，却根本提不起来，觉得很慌、很冷、很无力。

恍惚中，自己好像被什么裹了起来，紧紧的，暖和了很多。耳边有人在轻轻地低语，声音很熟悉很好听，心渐渐地安定下来，紧绷的身体也慢慢地放松了一些，好像没有那么疼了。眼睛也睁不开，头一歪，昏昏沉沉地睡了过去。

再醒来时，天已经大亮，屋子里很安静，确定自己是躺在卓立灼家里大床上的时候，脑子整整短路了一分钟。待她慢慢地接受事实后，便直挺挺地从床上跳了起来，像诈尸一样。上上下下地检查了一遍，还好还好，除了衬衣的扣子松开了几颗，其他都完好无损，林夏这才松了口气。下床，她来来回回地在屋里走了几圈，没人，摸出手机打了过去，关机。

卓立灼就这样神秘地消失了，直到今天才露面，那天她离开前一个人将屋子简单地收拾了一下才走的。

一边走神一边订好晚上要用的包厢，原来一心真的可以多用，林夏在心里暗暗地琢磨着，将话筒放了回去，打开邮箱，确定一下之前通知下去的消息有没有被接收。

“林秘书，这是董事长要的策划书，麻烦你帮我递进去一下。”广告部经理林强将手里厚厚的文件夹递到林夏面前，请求道。

“董事长在里面，你可以直接进去呀。”安倩提醒道。她对他的行为很是不解。

“这……这……”林强一脸为难的样子。

“怎么了？”林夏问道。

“这策划书是刚刚赶出来的，我自己感觉效果一般，董事长催得急，所以只好拿上来了。我是担心……”林强有些尴尬，抹了抹额头上的汗。

“我帮你送进去吧。”林夏笑道。他是怕挨骂，今天上午卓立灼骂出来的人，用两只手都数不完了。

“真搞不懂你！”安倩白了她一眼，“我为你祈祷。”

林夏无所谓地笑了笑，翻开林强留下的文件夹，内容很多，有点乱，看来还是先整理一下吧，有谁愿意没事找骂挨呢？

叮的一声，电梯门打开，高跟鞋敲击地面的声音传进耳朵里，林夏蓦地抬起头来。

“沈小姐，您好。”她起身，微笑道。

安倩这次学乖了，也跟着迅速起身，只是，笑脸和身形都很僵硬，像服装店里摆出来的塑料女模特儿一般。

“卓董在吗？”沈冰路过秘书台，问着话，脚步一点也没慢下来。

“卓董在里面。”林夏微笑着回答，目送她进去之后，坐了下来。

“真能装！”安倩酸溜溜地说道。

“请您消停一下，人家有资本。”林夏不冷不热地丢给她这么一句话。人家有财有貌有身份有地位，很登对。她是由衷地觉得，不掺一点假的。

“你怎么来了？”卓立灼听见声音，抬头看了过来，脸色稍稍地沉了沉。

“阿姨叫我来看看你，上次不是说过了吗？你不回滨城，我就过来找你呀！”沈冰扬起单纯的微笑，一脸甜蜜地道。

“我马上要开会了。”委婉地逐客令。

“我等你散会。”

“不用，你先找个地方住下来，散会后我去找你。”卓立灼拒绝了她。

“立灼哥，我下了车就赶到你这里来了，真的有点累。”沈冰的眼睛马上就红了起来，显得又委屈又伤心。

“好吧！那你待在办公室，哪也不要去。”毕竟是自己看着长大的小姑娘，卓立灼没能完全狠下心来。

“嗯。”沈冰开心地点点头。

“那我去开会了，别乱动我的东西。”临走之前，卓立灼不放心地提醒道。

“嗯，保证不动！”

走到门口，秘书台前的人好像没受到任何外来的干扰，低头认真地整理文件，卓立灼想了想，走上前去，“沈小姐在办公室里，你们帮忙照看一下。”

“好。”林夏起身，微笑着点头。

什么也没再说，卓立灼走向一旁的会议室。

沈冰倚在门口，嘴角轻轻一扯，将秘书台前的一幕尽收眼底。她悻悻地走回宽大的办公桌前，眼中狠光乍现，伸出细长的手指，一下一下，有节奏地敲打着桌面。

一切尽在掌握，很快所有状态都会恢复如初。

“林秘书，我下去帮卓董买甜点，办公室有点乱，麻烦你帮忙收拾一下。”脸上挂着小女人幸福的微笑，沈冰立在秘书台前，笑容可掬，语气客气却不容拒绝。

“好。”林夏起身点头，目送她俏丽的背影转进电梯后，这才走出秘书台。

“哼！”安倩一脸不屑。

林夏瞪了她一眼，表示警告。

哪里乱了？她定定地环视一周，走进办公桌，桌上的文件似乎被翻动过，零乱地散落在桌面上，这沈小姐是来查岗或者搞商业情报的吧？或者应该是专门来给她找事做的。林夏苦笑一声，开始埋头整理起桌面来。一个牛皮纸袋在几张纸下显露出来，她目光突然一滞，手指跟着颤抖起来。

股份转让书，确切地说，是关于宏宇的股份转让书。

真的是他？林夏在桌前愣住了，半天都没能缓过神来。

何苦来哉，自己不是早就怀疑过了吗？在他没有出现在云城之前，宏宇一直安然无事，孟蔚林，还真是我拖累你了。难怪她从齐骥那里什么都没能打探到，原来是在帮人打掩护。

还记得，那晚他在自己的住所愤怒难当，语气决绝。他问，孟蔚林就那么好吗？他说，希望你永远也不要后悔。

眼睛又疼又酸，林夏伸手揉了揉，指尖碰到脸颊，早已经冰凉一片。怎么就哭了呢？才多大点事啊，越来越没出息了，不是早就有心理准备了吗？没什么接受不了的。

将眼前的东西整理完，林夏迅速地离开，有种逃之夭夭的感觉。

哗啦一声，一个不小心，秘书台下，一片狼藉。

“怎么了？”安倩抬头看了看，皱了皱眉，地上有文件夹、笔筒、尺子、笔，居然还有手机。

“没事，不小心而已。”林夏若无其事地笑了笑，弯下腰，将地上的东西一样样地拾了起来。

“怎么魂不守舍的啊？”安倩不解地嘀咕道。

“好啦，姐姐，做好你自己的事情吧。”怕她紧抓不放，林夏赶忙提醒道。

沈冰回来的时候，手上拎了不少东西。林夏原本想去帮忙接一下，脚正要提，她又打住了。

“林秘书，这是给你和安助理的，感谢你们平日里对卓董的照顾。”沈冰满脸真诚地将手里的蛋糕盒放到秘书台前，没等台后的人反应过来，一个漂亮的转身，就朝办公室走去。

“沈小姐，照顾谈不上，都是我们应该做的，谢谢您的蛋糕。”安倩唰地起身，对着办公室里喊道，“还愣着干吗？摆在秘书台上好看呀！”她伸手将盒子拿到手里，紧接着扔到办公桌下。

“你不是很爱吃甜食的吗？”林夏回过神来，打趣道。

“我怕消化不良！”安倩白眼一翻。

“也对。”林夏笑了笑，她太爱有志气的安倩，“安倩，你深得我心啊。”

安倩轻啐道：“她会这么好心地请我们吃甜点？哼！真受不了她一副趾高气昂的样子，她明明是在警告我们，别——妄——想！”

“嗯。”林夏点点头，装出一副若有所思的样子，“安倩你太聪明了，这都被你看出来了。”

“装什么傻啊，你心里跟明镜似的。”安倩挑眉，表示不悦，“又来消遣我。”

“我哪有？”

“你就有。”

“嘘！小声点，别被未来董事长夫人抓到小辫子呀。”林夏伸出食指放到嘴边，小声提醒道。

“嗯。”安倩猛地点头，表示明了，打了个OK的手势，低下头继续做事。

卓立灼起身回办公室，在经过秘书台时，忍不住放缓脚步，散会的动静有些大，林夏不自觉地抬头望了过来。

无声相望，一方冷冽，一方淡漠，四目相交，没有想象中的天雷勾动地火。

林夏暗暗地深吸一口气，很自然地将目光移开，既然不能两两相望，那就两两相忘吧！

卓立灼也稍稍一怔，掉转目光加快步伐走回办公室。她的眼睛红红的，似乎刚刚哭过，出了什么事？

刚踏进办公室，沈冰就迎了过来，开心地挽起他的手臂，将他迎了进去。才走几步，他便不着痕迹地将她的手推开，回到座位上，有些心烦意乱，恼火地将领带松了松，还是不舒服，干脆一把扯了下来，再解开衬衣领口的扣子，才好受了些。

“立灼哥。”沈冰立在办公桌前，怯怯地唤道，不敢贸然上前，心里早已经咬牙切齿了。

“没事。”卓立灼面无表情地安慰道。

“生意上出了什么问题吗？”

“没有。”他敷衍地说道。

“如果不好做，我们回滨城就是了。”沈冰笑着提议说。

“再说吧。”卓立灼揉揉眉心，这个动作他最近做得很频繁。

“立灼哥，我帮你买了甜点，试一下吧！”说完，沈冰便殷勤地将切好的芝士蛋糕递了过去，“阿姨特别喜欢这个口味。”

“先放一边吧。”他没什么胃口，摆摆手，拿笔批阅起桌上的文件来。

“哦。”沈冰扫兴地皱了皱眉头，将蛋糕放下，缓缓地走到他的左手边，俯下身，说，“立灼哥，我们去哪儿吃晚餐啊？”

“几点了？”他头也不抬地问道。

“五点了。”

“晚上我有饭局，你自己吃吧。”

“立灼哥！”音调略抬高了半度，沈冰站起身来，拉起他的胳膊摇了摇，还嘟着嘴，像是撒娇，又像是在发脾气。

被她摇得实在没办法做事了，卓立灼只好放下笔，转头看向她，“那我安排一下，你坐到那边等我。”

“好。”计划得逞，沈冰心里好不得意，很听话地走到休息区坐好，耐心地等他把事情安排好。

林夏看着来电显示上的名字，心里乱七八糟的不想接。奈何打电话的人意志坚定，她不接，他就继续打一直打。林夏无奈，终于按下接听键放在耳边，“孟大帅哥，你什么时候回来呀？”

“什么，已经回来了？”

“是吧，我觉得应该也挺累的，跑这么多地方。”

“人都瘦了？啧啧。”

“当然，你瘦了，我肯定心疼呀，嗯，我都快心疼死了。”

“当然当然，我当然一直记挂着你，我一直都把你放在我心里最重要的位置，放心放心。”

“嗯，忙得差不多了，快下班了。”

“金厨吗？好，不用你来接我，我自己过去就是了。”

“嗯，晚点见。”

林夏摇着头挂掉电话，刚才孟蔚林在电话里，声音略微有些沙哑。看样子，下巡的工作并不轻松，再加上股份的事情，他应该是真的累坏了。她叹了口气，今晚要怎么开口跟他道出实情？想着她忍不住朝身后的办公室望了眼，里面的两个人，不知道现在在做什么？越看越觉得难过。

那扇门却跟着被人拉开，她立马移开眼，装作前一瞬，根本没有朝那边看过似的。

金厨这种餐厅，对于林夏来说，就是可望而不可即的存在。会员制，不接受订位，你有钱也要看我愿不愿意接待你的存在。

林夏推开包厢门，孟蔚林坐在桌前，还在翻报纸。

“总算安然到达，孟大少爷，您下次订餐厅，能不能考虑下我的身价之类的？”林夏放下背包，“进来这像是被盘查似的，真不容易呀。”

“听说这里又要升级了，以后要来，更不容易了。”孟蔚林笑，“这不趁着还算方便，拉你过来开开眼呀。”

“金厨才开多久，又要升级了？”林夏佩服地啧啧起来，她环视一周，装修果然够气派够豪华，还带着独立的休息区、旗牌室和洗手间，在这寸土寸金的市中心，一个包厢却要浪费这么大的地方，简直人神共愤，“有品位的餐厅都爱开在环境优美、隐私性高的地方，它却非要在市里跟大家挤，再上档次，我估计来这一回，也不会来第二回了。”

“那是那是，我们家林大小姐对这儿入不得眼，下次我注意，一定挑个让您满意的地方。”孟蔚林连连点头附和。

“好啦，点菜，饿死了。”林夏看他的样子，要无语了。

“已经点好了。”孟蔚林笑，“就挑了几道招牌菜。”

林夏的脸上这才有了点笑意，“有肉吗？你知道我无肉不欢的。”

孟蔚林摇摇头，“我现在改吃素，而且金厨以素菜闻名的，你不知道吗？”

我知道就不会来了！林夏真的不想说话了。

菜陆陆续续地上来，第一道是猪脚，林夏瞪着那色泽诱人的大块肉，白了孟蔚林一眼后，直咽口水。

“行啦，戴上手套，咱们开撕。”孟蔚林也不同她计较，递了一次性手套过来。

林夏不客气地接过来戴上，整只猪脚被一分为二，应该是涂了蜂蜜之类的东西，烤得金灿灿的。一口下去，外焦内软，肥而不腻，还特别有嚼劲。接下来的水晶虾仁，晶莹剔透，Q弹可口；鱼头汤，浓浓的奶白色，鲜美异常；就连普通的菜式——蚝油菜心，都特别爽口。一顿饭下来，林夏差点连舌头都吞下去了。

“差不多了，晚上吃七分饱就行了。”孟蔚林趁她放下筷子中场休息的时候，不动声色地将她的餐具移到一边。

“为什么？我又不怕胖！还有这么多菜，吃不完，多浪费呀！”林夏表示抗议道。

“聊聊天吧，我还帮你叫了一盅燕窝。”孟蔚林安抚道，“吃的不在多，在精。”

林夏似懂非懂地点点头。精，那也要自己承受得起呀！像她们这种人，不把鱼翅认成粉丝就不错了。

“现在工作感觉怎么样？”他帮她添了茶水。

“你帮我赎身吧。”她回答得牛头不对马嘴。

“真的假的？你可要想清楚啊！”孟蔚林的眉头微微一皱。

“嗯，差不多了。”林夏肯定地点点头。她不是开玩笑的，如果自己继续待在这里，估计还会拖累人，还是走得远远的吧，就什么都清净了。

“给我一点时间，你自己也准备一下。”

“嗯。”她捧起茶杯，细细地饮了起来，吃得已经有些撑了。

两人撇开之前的话题再也不提，七扯八拉地又聊了一些，孟蔚林吩咐服务员将甜点、水果送了进来。

林夏看了看面前拳头大的盅，只感觉肉疼，三勺两勺就下了肚，翻翻白眼，说：“没尝出味来。”

“那再来一盅吧。”孟蔚林建议道。

“别！我怕消化不良，全给浪费了。”林夏坏笑道。对了，这话白天安倩也说过，办公桌下的甜点，她想着有些微微地失神了。

“差不多了，走吧。”孟蔚林掏出金卡去埋单。

“这么急，不多坐一会儿？”水果还没吃呢！林夏瞟着摆放精美的水果盘，感觉就像一件完美的艺术品，舍不得下手。

“改天再坐吧。”孟蔚林淡然地说道。

“哦，服务生，帮我把水果拼盘打包。”林夏对开门进来的服务生说道。

“好，您稍等。”服务生取了金卡，退了出去。

“你呀。”孟蔚林摇摇头。

“节俭是一种美德。”她得意地眯了眯眼睛，说，“佳人有约呀？这么猴急。”

“哪有？”孟蔚林赶忙说道，明亮的灯光下，脸上却映出不寻常的绯红。

“快说，坦白从宽，抗拒从严。你今天不老实交代，我就缠着你，不放你走了。”林夏觉得自己肯定不会看错，孟蔚林什么人呀，万花丛中过，会是容易脸红的主？答案是否定的，所以，这一次，绝对不同寻常。

“真的没有。”孟蔚林继续否认，可脸色为难，走得很快，已经落下林夏几步的距离。

“说不说，嗯？”林夏故意拖长尾音，追了上去，一把拉住了他的衣袖。

“真的没有。”孟蔚林依然嘴硬，“快走吧，求你了。”

“哈哈，偏不！”看他的样子，已经快缴械投降了，林夏好不得意，准备再加把力，把他竭力隐藏的秘密掏出来，“孟蔚林，我可警告你，要是你有什么情况没有及时汇报，被我抓到现型，皮都扒了，信不信？”

“扒皮？”孟蔚林皱眉，“没什么情况，真的有了被你逮住，让我裸奔都行。”

裸奔？林夏故意上上下下把他瞧了个遍，这身材，不知道算不算穿衣显瘦脱衣有肉的类型？要是没什么看头，那就不期待了。

“大嫂！”

“大嫂，看这边。”

这么高档的地方，谁在过道里嚷嚷，而且声音还很熟？第一声，林夏没有在意，继续研究眼前的身材；第二声，她禁不住抬眸看了眼。不远处立着几道身影，甚是熟悉。出声的那个，不是安少东是谁？那家伙笑得满脸邪气，举着手对着她站的方向，还在招呀招的。

“他在叫你？”孟蔚林问，语气颇为意外，表情倒是不太吃惊。

“不是。”林夏低头，直接拉住他的手，准备朝外走，“我们走吧。”

安少东身后的两男一女，如果没有记错，其中一位晚上约了城建的人在大中华聚餐，这时怎么会在这里？

疑惑归疑惑，她却不想同那行人打招呼，下班时间，她是自由体，做什么看心情。

“是熟人吗？介绍一下吧。”孟蔚林大方地提议。

“不太熟。”林夏答，也不太想介绍。

“你好，我是联志的卓立灼。”那边的人倒是主动走上前来，友好地伸出手。

“你好，宏宇孟蔚林。”孟蔚林挣开林夏的手，握住面前的手，笑道。

一旁的齐骥点点头，嘴里说道：“齐骥，这位是安少东。”

孟蔚林也点点头，当是认识了。还剩下一位，没有人介绍，他也不好问，扭脸看了看一旁的林夏道：“初次见面，本应该多聊一聊，可我忽然有事要处理，改天我来做局，大家聚一聚。”

“好的，那再约。”卓立灼点点头，吩咐似的，“少东，你跟骥子送沈冰先走，孟先生去忙，我来送林秘书。”

“不用，我自己打车就好。”林夏听完他的话，差点跳了起来。她推了推孟蔚林，缩在他身后，让他帮着说句话。

孟蔚林像是了然，拍了拍她的手，笑起来，“好的，那就有劳卓董了。”

这……这该死的家伙！林夏心里一阵悲怆，还说是情深意重的兄弟，就这么轻易地把她扔下不管了。

“立灼哥，我要跟你一起走。”沈冰却不同意卓立灼的安排，挽起他的手臂不放。

卓立灼低头看着腕上的手，眸光冷了冷，再抬头时，眼底里已经冰凉一片。沈冰被他看得一哆嗦，手便松了开来。

“走吧。”他看着躲在人后的身影，“我有事情问你。”

有什么事情，明天上班的时候问不就行了？林夏没挪脚。

卓立灼走了几步，发现身后没人跟来，他直接倒退回来，也不管众人的打量，径直到了林夏身旁，用有两个人能听到的声音道：“你是自己走，还是我抱着你走？”

第十章 那些过往呀

车内狭窄的空间里，静谧到诡异。

林夏手支着下巴看着窗外，默默计算着还有多少距离到家。

“孟蔚林是你喜欢的类型？”

身旁的人突然出声问话，而且问题苛刻，她想了会才答：“是呀。”

“喜欢他什么？”他又问。

“喜欢他什么？”林夏歪着脑袋，这次正经地想了想，“英俊、帅气、温柔、多金……太多了，讲不清。”钻石单身汉的优点好像都差不多，言情小说里描写出来的人物基本也这样。

“是吗？”他冷哼一声，接着是大言不惭，“如果你真看重这些，何必舍近求远？”

“舍近求远？”林夏不解，扭头朝驾驶座望去。

“听不懂吗？”卓立灼勾着唇，似笑非笑，油门却越踩越低。

还在市内，街道上车流熙熙攘攘，车速却快了起来，穿梭在车流之间，林夏抓紧安全带，“你慢点开。”

“怎么，怕死？”卓立灼握着方向盘，侧过脸意味深长地看了她一眼，“有我陪着你，你怕什么？”

“我当然怕死，我还这么年轻貌美，还有那么多事情没做，干吗要死？”林夏提着心，嘴里快速说道，“再说，真要死，也不能拉着你陪，黄泉路上估计也不清静。”

“那你想拉着谁？”卓立灼反问，“孟蔚林？”

“我想拉谁都跟你没关系，孟蔚林怎么了？孟蔚林不好吗？”林夏最讨厌他那副一切尽在预料之中的调调，恨恨地质问道，“至少他单着，谁都有追求的权利，说不定他哪天爱我爱得要死，我说一他不敢说二，我说要去死，他就真的陪我一道去了。”

卓立灼终于笑了起来，不再说话，专心开车。

他倒是熟门熟路，路上连个弯都没绕，一口气开到她住的楼下。林夏下车前还不忘道谢，驾驶座上的人略点了一下头，然后等她推门下了车，直接打转方向盘掉头离开。

林夏看着那渐行渐远的车身，忽然觉得有些无力。估计是防备的姿态保持了太久，稍稍松懈一点，疲累就漫天席地地卷来。这样不行，这样下去，再厉害的心防都会有崩溃的一天，她要早做打算。

打定主意，她才提步上楼，嗯，早做打算好，不用等到那个时候手忙脚乱了。

小提琴手认真地拉着Jessica Simpson的《To Fall In Love Again》，琴声轻柔地飘荡在半空中，银制的烛台，烛光在上面摇曳生姿。

身后响起细碎的脚步声，卓立灼坐直身子。

“立灼哥。”沈冰一脸娇羞地立在桌子旁，今天当真是惊喜，因为上次饭店的事情，她生着气，一直没再去找过他，他也很少主动联系自己，这次破例安排了约会，应该是意识到自己确实过分了，特地来哄她的。她越想越开心，脸上的笑也愈发灿烂起来。

“来了，坐吧。”卓立灼抬头看看她，头发盘了起来，妆容精致，开司米最新款的米色风衣，铅笔牛仔裤，细跟的高跟鞋，有点职业女性的感觉，端庄又不失妩媚。脑海里突然毫无预兆地闪过一道身影在秘书台前认真地忙碌着，合身的职业装也让她穿出了别样的风情。

“什么时候回滨城的？”兴奋得脸颊微微有些发烫，沈冰兴致勃勃地开始找话题。

“昨晚。”被她的声音唤回思绪，卓立灼眯起眼睛又打量起桌前的人，顿时兴趣缺缺。平时她都是要多时尚就有多时尚，什么时候换了品位呢？

“干吗这样看人家，我脸上有东西吗？”沈冰脸更加红了起来，赶紧伸手，边抚脸边掩饰心底的狂喜。

“卓先生，请问现在开酒吗？”服务生走了过来，礼貌地询问道。

“嗯。”卓立灼点点头。

“今天是什么特殊的日子吗？”她其实很明白两个人的婚姻纯粹就是利益化联姻，可是她爱他，于心于情还是希望他能爱上她，所以，她谨慎卑微地努力扮演好自己的角色，希望有奇迹发生。当然，她也没有完全被惊喜冲昏了头，看不透猜不透他，多多少少让她有些忐忑。

“先用餐吧。”卓立灼铺开餐巾，低着头，认真地切起面前的牛排来。

“哦。”沈冰微微一笑，也低下头去。

“沈冰，你跟在我身边多久了？”他问得漫不经心。

他记得很清楚，当时他怕林夏出意外，于是像发了疯一样地到处去找她，后来母亲怕他有事，派人强行将他送出了国。过了很久，林夏依然没有一点消息，他想不明白，一个愿意和他同生共死的女人，怎么可能像空气一般，突然间就消失得无影无踪了呢？

再后来，他心如死灰，沈冰被送到他的身边，两家是世交，两个人小时候又在一起玩过好多次，她也还算聪明乖巧，于是他没有反对也没有答应，就这样应承了家里的安排。

“你是指订婚以后吗？”不明白他为什么问起这件事，沈冰脸上露出微微的震惊，“我们订婚就快两年了。”

“我们订婚了吗？”卓立灼眉头一皱。

“哦……不是订婚，只是对外宣布交往而已。”她小心地解释，生怕再出错，破坏了今晚美好的气氛。

“是这样啊。”他点点头，缓缓嚼着牛排，一副若有所思的样子。

“有问题吗？”她小心地试探道，总觉得今晚有事要发生。

“吃完再说吧，东西冷了就不好吃了。”他好心地提醒道。

沈冰没有接话，小口小口地吃着牛排，味同嚼蜡。

卓立灼也没有再开口，一顿饭吃得很安静。

“把东西撤了吧，甜点和水果可以上了。”卓立灼转过头，招来服务生，轻声吩咐道。

桌子很快被收拾干净，精致的点心和新鲜的果盘很快就端了上来。

“吃饱了吗？我看你吃得很少啊。”卓立灼接过服务生递过来的湿毛巾擦了擦手。

“吃好了。”沈冰笑了笑，试探地道，“立灼哥，你是不是有什么事情要说？到底有什么事，说吧。”她盯着面前的男人，脸上表情淡漠，看不出一丝情绪。

卓立灼没有接话，而是从口袋里掏出一张卡，放在桌上，缓缓地推到她的面前。

“什么意思？”沈冰的脸由红转青，她瞪大眼睛，看着桌上的卡。

“对不起，沈冰，我没有办法再继续了。”卓立灼抱歉地抿紧嘴唇。

“立灼哥的意思是分手吗？”意思已经很明显，可是她还是抱有那么一丁点的希望，希望他开口说不是。

卓立灼点点头，不看她。

“什么叫没办法继续？”沈冰冷笑一声。她真是作践自己，刻意学她的样子来讨好他，结果让他更加坚定了决心，走得义无反顾，“是你根本就没办法放下，对不对？”

“你知道？”卓立灼对她的反应有些错愕。这件事，家里的人基本上是守口如瓶的，对外人更是只字不提，她怎么会知道的？

“你们的事情我都知道。你忘了吗？我从小就懂得讨你妈妈的喜欢。”沈冰脸上荡漾开骄傲的表情。她是公主，做得这么卑微还是得不到他的心，那就作罢，但是，她绝对不允许他再践踏自己最后的尊严。

卓立灼轻吐一口气，他怎么忘了，当初他选她，他母亲才是所有人中最开心的那一个。

“收回你的钱，我不稀罕。”她伸手将面前的卡一把扔到他身上，“你是在打发我吗？”

“你这样说，是在降低你自己的身份。”原以为处理掉这段感情会轻松不少，结果走到这一步，才发现更累。卓立灼揉了揉眉心，头痛。

“你觉得我会缺钱吗？”沈冰的语气里透出浓浓的怨恨。

“可是，你也知道我们从一开始就不单纯啊。”卓立灼反问，“你敢否认，跟着我从来就没有考虑过卓家的背景吗？”

“我……”沈冰语塞。

“我知道你不缺钱，给你，只是想表示，我很抱歉，是我的错，不是你的问题。”卓立灼解释。

“你是要跟她重修旧好吗？”已经到了覆水难收的地步，没有任何挽留的余地了。这个问题她忍了很久，今天终于问出了口。

“就算我想，她也未必愿意。”他的眼神突然变得暗淡了。

“呵呵……”沈冰听完他的话，反而笑了起来。

“沈冰，你别这样。”卓立灼被她笑得很不舒服，安少东曾提醒他，什么都可以欠，唯独女人的情欠不得，所以，他才想到好聚好散。他并不想伤害她，可是眼下怕是避免不了了。要怪只怪自己当初太唐突，不应该开始才是最正确的。

“那你要我怎样？”她硬生生地顶了回去，“被抛弃的人是我，你当然不会了解我的感受！”她有点歇斯底里了，“我从小就被捧在手心里。在我的世界里，只有想不到的，没有做不到的。我从来都没有得不到的东西！”

“我是人，不是东西！”之前的她乖巧懂事，从未让他为难，听完她的话后，卓立灼再次皱起了眉头。

“如果我得不到的话，别人也休想得到！”她咬牙切齿，笑得越发狠厉了。

“沈冰，你不用这样，会有更好的人陪你走下去的。”见她一副绝不罢休的样子，卓立灼只好耐心地开导她，“我们的感情太不单纯，以后也不见得有多幸福，你会找到一个一心一意对你好的人的。”

“你什么意思？”沈冰疑惑地盯着他，“我们的感情不单纯，那你觉得什么样的感情才是单纯的？”

“至少不要牵扯到利益，沈氏三个月前就出现了内部危机，死账、坏账数不胜数，你父亲抵押了百分之三十的股份在卓氏，转了三个亿过去救急。”他慢慢地解释道。

“什么？！”沈冰大惊失色，这么大的事情，自己怎么一点也不知道呢？她长叹一声，是她自己忽略了，这些日子她整日围着他转，围着卓家人转，对家里的人，哪里上过心啊？难怪大哥和二哥总开玩笑地问她婚期定了没，就连最舍不得她的母亲也问过好几次了，她只当母亲是关心她而已，根本没有往深处想。

“卡里有两百万，不是补偿，是感激，感激你陪在我身边，把我照顾得那么好，我确实无以为报，而且真心希望你收下。”她的心用在了什么地方，他怎么会不知道？她要想什么，他也再清楚不过，可她要的，他没办法给。

该说的都已经说过了，现在需要给她时间让她好好消化一下，他招来侍应埋了单，然后起身道别，拿着外套出门。

电梯门叮的一声开启，一群人走了出来。林夏听到声响，抬起头，有那么一瞬间的四目相交，她慌忙地将手里的白色信封压到文件夹下，起身迎接。

卓立灼身后跟着的都是部门经理级别的人物，经过秘书台时，广告部的林强故意放慢脚步，向她投来感激的目光。

“林秘书，准备会议室。”卓立灼开口吩咐道。

“是。”她点头，目送人群走进办公室后，这才转过身，说，“安倩，你去倒茶，我去准备会议室。”

“好。”安倩配合地起身朝办公室走去。

开门亮灯，厚重的窗帘将整个会议室遮得密不透光，就像她的心一样，保护措施做得太好，抵挡心外所有的一切，虽然不会再受伤，但也看不到一点点希望。那晚他送她回去，到了楼下，放她下车，他就掉转车头离开了。连一句多余的话都没有，更别说纠缠。这样也好，反正她都要离开了。

不知道会议期间需不需要播放PPT，林夏想了想，将话筒还有投影仪通上电，再一一打开，调试，都准备好了这才转身去请开会的人。

“卓董，会议室准备好了。”她站在他的对面，汇报道。

“嗯。”他翻着手里的文件，没有要起身的意思。

她也不多说话，说完便出门去忙其他的事。电梯门再次打开，刺耳的高跟鞋敲击地面的声音在耳畔响起，林夏眉头一皱，这种尖锐的敲击声，属于极细的高跟鞋，沈冰来了，她下意识地想道。

“谁是林夏？”来人态度恶劣，很快就到了秘书台前。

“请问小姐你找谁？”林夏抬头打量起台前的女子，简单绑起的马尾，五官却很抢眼，牛仔小外套，紧身小脚裤，配上一双尖嘴漆皮高跟鞋，身材凹凸有致，如果侧身站的话，肯定是完美的S形。一身打扮帅气又不失性感，林夏认为比矫揉造作要好得多。

“林夏！让她出来。”女子语气不善道。

“我就是林夏。”她微笑着自我介绍道，“小姐找我什么事？”

“下战书！”女子一脸戒备地打量起眼前的人来。

“战书？”林夏觉得莫名其妙，目光一瞟，心底暗叫糟糕。卓立灼带着人已经走了出来，应该是看见这边的动静，脚步已经慢了下来。

“因为孟蔚林。”五个字，语气里有着明显的沉重，“我叫陈娉婷。”

“陈小姐，很高兴认识你。”林夏硬着头皮伸出手。不然要立马赶这个女人走吗？早就晚了，不是吗？

“孟蔚林说他在意的是你，他不要我了。”自称陈娉婷的女子没有伸出手，反而自顾自地说起话来，带着些许哽咽。

“所以你就来找我挑战？”林夏挑挑眉问道。敢爱敢恨的女子，她很欣赏，特别是有勇气，直来直去的女子，“可是，我能帮你什么呢？”

“不需要你帮，我要跟你公平竞争。”陈娉婷急急地解释道，她也是一个骄傲的人，不需要别人的赏赐。

“公平竞争啊？”林夏脸上的笑意更深了，“好，我接受。”手依然停在半空中，没有收回去。

“一言为定！”陈娉婷迅速伸出手来，生怕她反悔似的，用力地握了握后，接着就转身离去。

望着那缓缓关上的电梯门，林夏吸了口气，还没吐出来，就听见有人站在不远处道：“林秘书，麻烦你注意一下影响，这里是公司，不要轻易把私事带过来。”

“是，我会好好反省的。”林夏低下头，一副受教的模样。

脚步声渐行渐远，最后听不见。

安倩叫了一声，拍着手就跳了起来，“哇，林夏，我头一回看到这种戏，啧啧啧，真是精彩纷呈呀。”

“是，精彩，精彩到你就顾着看戏，董事长来了，都不记得发信号弹。”林夏埋怨道。

“我踢桌子了呀，也朝你拼命使眼色了，可你完全投入到战斗中去了，没有发现。”安倩摊手，“哎呀，这个陈娉婷我倒是听说过，陈家在云城可是有头有脸的人物，企业做得很大，家里有三位千金，个个都是名媛，其中两位千金都嫁得很好。陈家三小姐听说也订了婚，嗯，就是刚刚的陈娉婷，却不知道她为什么突然悔婚出国了。”

“什么时候的事啊？”林夏问。

“我想想啊。”安倩掰着指头认真地数了数，“四五年前吧。”

“哦。”难怪最近孟蔚林总是魂不守舍的样子，原来是桃花回来了。林夏暗笑，下了班，去找孟蔚林算账。

都说计划赶不上变化，明明忙得差不多了，突然来了几个重要的材料要赶，别说按时下班，就连晚饭都得盒饭解决。全部做完后，已经过了九点，还算什么账？林夏出了办公楼，直接拦车回去。

开门开灯，林夏将脚上的鞋重重地踢到鞋柜边，懒得弯腰收拾，拖鞋也不想穿，才入秋，气温不算低。林夏扔下包，冲进浴室，先将浴缸的水放得满满的，再撒上香香的浴盐，什么也懒得管，宽衣解带，先泡个舒服的澡再说。

她将长发盘起，抬起脚尖试水，水温刚好才踏了进去，整个身体浸进水里，倚在浴缸边，一只手撑着脑袋，一只手玩起水面上的泡泡。

待水有些微凉，她才起身放掉水，打开花洒，小小的水柱倾泻而下，仰头，落在脸上，暖暖的，很舒服。

也不知道冲了多久，胸口有些微微地发闷，她取了条干毛巾，匆匆地走了出去，大概是缺氧了吧。

头发湿漉漉的，还滴着水，林夏拿起毛巾擦了擦，抬头看了看墙壁上的钟，指针快指到十一点了。等头发自然干估计是不可能了，于是，她穿着拖鞋，啪嗒啪嗒地走回浴室，放下毛巾，拿起电吹风又冲回客厅，浴室真的很闷。

电吹风呼呼地转了起来，温热的风扑面而来，她拉起长发，一绺一绺地认真吹干。等收拾完，指针刚指到十一点，算是夜深人静了，她却没有一点睡意。

胸口的闷意还没有完全消退，林夏干脆将身上的浴衣裹得更紧一些，拉开落地窗，走到阳台上，吹吹风，顺带看万家灯火。

十七楼的高度，看得还算远，层层叠叠的黑暗里透着点点明媚的光亮。这么多灯，有没有一盏，是某个女子为了等深夜归来的爱人特地亮起的呢？

切！嘴里轻嗤一声。林夏，你怎么变得这么文艺这么酸了？居然还多愁善感起来。林夏笑了起来，不经意间目光一瞥，笑意瞬间在嘴角凝固。

楼下的路灯旁，有人静静地倚在车旁，没有抬头。熟悉的车，熟悉的人，林夏从惊愕中慢慢地缓过神来，他怎么来了？来了为什么又不上来呢？她飞快地跑进客厅，将房里的灯都关了，缩在阳台上，避免他一抬头，便会发现自己。

夜深人静，那抹身影异常孤寂，看得林夏止不住心生生地疼了起来。他什么时候来的，来了多久了？心里默默地念着，傻瓜，这么晚了守在楼下做什么？

她靠着落地窗坐着，也不知道过了多久，耳畔终于响起微弱的引擎声，再探出头，车子已经缓缓地驶出了小区。她心里有些泛苦，遥望那车身消失在无边的黑夜里，嘴里喃喃道，卓立灼，你要幸福……

几天不见踪迹的孟蔚林终于现身了，约林夏晚上十点到城西的暮光见面。

那里是他的老巢，去过几次，因为太吵，林夏都是坐一会儿就早早地离开了。不过好在对那边的情况都熟悉了，刚去的时候，孟蔚林拉着她，逮到熟人就介绍说她是他未来的老婆，里面认识她的人便开始叫她嫂子，遇到这种情况她总解释说嫂子叫起来太老，还是叫姐吧。

晚上将近十点才下班，她先回了一趟家，总不能穿一身职业装去泡吧吧？换过衣服，简单地收拾了一下，林夏下楼招了出租车就往暮光赶去。

酒吧里已经相当热闹了，灯光昏暗，音响开到最大声。大厅中间，巨大的舞池里，一群人在疯狂地扭动着身体。林夏皱皱眉，站在过道里，一点也不想再迈进去半步。她掏出手机准备打电话。

音乐突然慢了下来，悠扬的钢琴曲在空中飘荡开来，灯光也打亮了一些，舒缓柔和地照下来。林夏握着手机，抬头看了看，原来是中场休息，大厅里的人群散去了一些，但是还有几对紧紧地贴在一起，慢慢地摇摆着身体。

“夏姐，你来了！”

林夏顺着声音传来的方向望过去，是暮光里的酒保，里面的人都称他为丁当。她觉得他的名字很有意思，所以记得比较牢。

“丁当，孟蔚林过来了吗？”林夏扬起灿烂的笑容，询问道。

“早过来了，喏！在那边！”丁当一手举着托盘，一手指着大厅拐角处。

“多谢你呀！”道完谢，林夏转身朝拐角处走去。

“欧巴！人家想喝拉菲，买一杯给我吧！”

娇滴滴的声音冲击着林夏的耳膜，她微微一怔，开始打量起坐在巨大沙发上的人影。

从下往上，迷你短裙刚够遮住臀部，一个不小心，走光的可能性极大。吊带低得不能再低了，球型物体呼之欲出。长发披肩，五官不错，清纯欲女型。两只手像八爪鱼一样，搭在身旁的男人身上，整个身子差不多都贴了过去。

“孟蔚林，你什么时候多了个这么大的女儿啊？”没忍住，林夏冷嘲热讽地说道。

“你来了。”孟蔚林推了推身旁的女人，示意她坐端正，一脸讨好地看着林夏。

“你怎么看人的？”女子满脸不高兴，她好歹是二八年华，容貌出众，怎么看也不像身旁男人的女儿呀！这女人眼睛有问题吧？

“我看都懒得看，耳朵不受控制，刚走近，就听到有人叫爸呢。”林夏漫不经心地答道。

“嗯。”孟蔚林挠了挠头。

“啧啧啧……人家说的是韩文好不好？‘欧巴’明明是哥哥的意思。哼！”女子不屑地撇撇嘴。

“孟蔚林，人人都说宁缺毋滥，你倒是好，找女人的眼光是越来越低了啊。”林夏轻扯嘴角，“好的不学，学人家高丽棒子，哥哥不叫叫爸！啧啧啧！”

“你！”女子腾地站起来，伸手直指她的眉心，说，“死女人，怎么讲话的啊？”

“好好说话，你这样子像泼妇骂街。”孟蔚林一把拉开女子的手，不紧不慢地提醒道。

“哥哥，我……我是太生气了。”女子神色大变。她观察眼前这位公子哥儿有些日子了，出手阔绰得很，跟酒吧里的熟人打听了一下，原来是宏宇的太子爷。今天她想了各种法子才近了他的身，怎样也要给他留下个好印象。

“噗！”林夏笑出了声。

“哥哥，她是谁啊？太没礼貌了，赶她走！”女子噘起樱桃小嘴，拉起他的胳膊，撒起娇来。

“她？”孟蔚林笑道，“我老婆。”

“啊？！”女子惊得直接松开了手，愣在一边，不敢动弹。

“叫她走。”林夏朝沙发坐了过去，“把桌上的东西收拾一下，全部换新的。”

“走吧。”孟蔚林拿出钱包，掏出厚厚的一沓，塞到女子手里，连推带搡地将她送得远远的。回来的途中，遇到酒保，吩咐他过来换东西。

“排场是越来越大了啊。”回到座位里，孟蔚林坏笑起来。

“女王，懂不？唉！这种情景你得多安排几次，让我好好地练练啊！我现在的火候还差得远呢！”林夏舒服地窝在沙发里，动也不想动，这几天，她真的是累极了。办公室的那位几日都没有露面了，可安排给她们的工作却如流水般不断，安倩都嚷着这日子再这么下去，她就要递辞职报告了。

酒保很快就将桌上的东西清了去，重新摆上干净的杯子和小吃。

“把蜡烛点一下。”林夏指了指桌上大大的红蜡烛，对着孟蔚林吩咐道。

孟蔚林听话地掏出打火机，将蜡烛点燃，说：“这么会使唤人，已经很女王了。再练，就没有男人敢近身了。”

“托您的福，就算不女王，也没人近我的身，因为我是有家室的人。”林夏指了指自己又指了指他，翻翻白眼，“陈娉婷是谁？”她直奔主题，这家伙消失了好几天，电话不接，短信不回，她憋了好久了。

“谁？”孟蔚林握着打火机的手轻轻一颤，镇定自若地反问道。

“不说算了。”林夏无聊地打了个哈欠，心想，你就装吧！

“这么吵，你也能睡着？”孟蔚林将打火机放回口袋，伸手倒酒。

“刚听那妞说要喝拉菲，拉菲好喝吗？我们来一瓶如何？”林夏将腿盘到沙发上，穿裤子的好处是，不论怎么坐也不用担心走光。

“不太贵。”孟蔚林轻描淡写地道，“要吗？我请你喝。”

“啧啧啧！还是免了吧。”林夏摇摇头。她见识再少，也听说过拉菲的价位最少有五位数，真是烧钱啊！

“陈娉婷是我三哥的未婚妻。”孟蔚林看了看她，像是犹豫了几秒，还是开了口。

“啊？”话梅刚入口，还没来得及咬，她就直接带着核吞了下去，“咳……咳……”

“那是几年前的事了。当然，现在她是自由身，我三哥的儿子都可以出去打酱油了。”孟蔚林继续说。

“哦。”好不容易顺过气来，林夏装出一副恍然大悟的样子，端起面前的水，慢条斯理地喝了起来，生怕一个不注意又被呛到。

“那晚的男人是谁？卓董？嗯？”孟蔚林也有一肚子的疑问，他不会看错，那男人眼里的醋意就差没把他给淹了，那行人应该早早就在过道里了，他跟林夏出了包厢后的互动全被他们看在眼里了。

“我老板。”林夏装傻外加轻描淡写道。

“只是老板？”孟蔚林见她嘴硬，语气略微加重了一些。

“嗯。”林夏确定地点了点头，“他有未婚妻了。”当然，她不会说，那晚他身后的女人就是他的未婚妻，抛下未婚妻不管送她回家，是猪也能想到这里面有问题。

“这样啊！”孟蔚林若有所思地说道，“真打算辞职？”

“嗯，老板最近没来上班，辞职信递不上去。”

“不打算来宏宇？”

“嗯。我想起了一句话，人若不想落后，就得时刻记住给自己充电。”林夏摆弄着手里的玻璃杯，神色淡漠。

“我去帮你办。”孟蔚林端起杯子，碰了过来，“法国如何？”

“法国太浪漫，我这种保守到骨子里的女人受不了。还是去地球的另一端吧。”她将杯子里的水换成酒，倒满，举杯示意，“我会一直记住你的，在心底。”

“好！”孟蔚林点点头，将杯里的酒一饮而尽，“你随意，女人在外面，不要太逞强，遇到合适的要抓紧。其实许霆还蛮不错的，你怎么就不上心呢？”

“我对医生没兴趣，你就别咸吃萝卜淡操心了。陈娉婷也不错，如果爱，抓紧点。”林夏轻轻地抿着杯里的酒，酸酸涩涩的，葡萄酒怎么会酸呢？

“嗯，走之前，带她来见见你。”孟蔚林笑着提议道。

“祝福你们。”她举杯，将杯中剩下的酒一口喝光，“很晚了，我回去了，明天还要上班。”

“我送你。”孟蔚林跟着起身。

车子在夜色里静静地前行，两个人谁也不说话。

“我上去了。你喝了酒，注意安全。”林夏推开车门，转过身，提醒道。

“没喝多少。”孟蔚林摆摆手，示意她快下车。

林夏立在路旁，看他掉转车头，挥挥手。

“林夏，他是不是孩子的爸爸？”车窗突然被摇下，孟蔚林探出头来。

一瞬间的失神，林夏脚下微微一踉跄，脸上的笑意却慢慢地荡漾开来，“不是。”她轻轻地吐出两个字。

“早点休息，晚安。”孟蔚林点点头，当是知道了，脚下狠狠地踩下油门，车子一头扎进了浓浓的夜色里。

林夏抬头仰望十七楼的高度，轻叹一口气，她没有乘电梯，而是慢慢地晃进安全楼梯。

楼梯间里的灯是声控的，她走得很轻很慢，灯没有亮，眼前漆黑一片，记忆的潮水铺天盖地地涌了过来。

刚毕业，为了省钱，她跟左璇租住在七楼，是顶楼。那天，恒达集团人事部打电话来通知她第二天去上班。她感觉应该准备一下，便和左璇出去逛了逛。回去的时候有些晚了，她们便在外面吃了饭。回家的路上，齐烨突然打电话过来，好像喝高了，他的公司刚起步，应酬多，左璇放心不下，拦了车直接过去找他。

于是，她一个人回家。那夜楼梯间也没有灯，平日里是有的，仿佛嗅到了不安的气息，她每走一步，都有心惊肉跳的感觉。她安慰自己，可能是线路出了问题，现在社会治安这么好，租住的地方也没发生过什么恶性案件，就别乱想了。

终于摸黑走到七楼，她长长地舒了一口气，拍拍胸口，按亮手机灯，掏出钥匙，刚想开门，嘴巴就突然被毛巾捂住了，她用力挣扎，可是身后的人力气极大，根本挣不开。

紧接着，双腿也被牢牢地抓住，原来坏人不止一个，呼吸变得越来越困难，想喊喊不出，腿也使不上劲，她在绝望中不停地呜咽着。

手很快便被反绑了起来，眼睛被遮住，嘴巴也被毛巾塞满，她知道自己逃不掉了，于是放弃了挣扎。

“赶紧离开滨城，知不知道？不要怪我们没警告你。”估计是见她安静下来，坏人终于出声了，只是那声音刻意地压低了，根本不是他原本的声音。

她摇头，拼命摇头。她不能走，这里有她最亲的人，还有她最爱的人，这里几乎有她的全部，她不能走。

“你最好听话一点，不要逼我们出手。”音调高了很多，耐性明显开始不够了，“孤儿院里的那些孩子，拉出来转给那些人贩子，应该还能赚点钱吧。”

她还是摇头，不可以，怎么能那样做？她想叫，却叫不出声来，只在喉咙里呜咽着。

“你这是敬酒不吃吃罚酒是吧！”

话音未落，一个耳刮子就甩了过来，脸上顿时火辣辣地疼了起来。她被打蒙了，可是却没有停下摇头的动作。无论如何，都不能让他们对孩子们下手。

嘶的一声，腿间一冷，长裙被扯开，那人像巨石一样地压了上来。疼，像汽车碾过身体一般。

再醒来时已经是第二天了，手上的绳子已经松了，她挣开后，一把扯下眼睛上的布。天刚破晓，眼睛好不容易适应，偏头打量起周身的环境，天台，她住的楼房的天台。

浑身很疼，使不上力也挪不动身子。她咬咬牙好不容易起身，裙摆被撕到腰际，上面还有点点干涸的红斑，刺眼夺目。她居然没哭，出奇地冷静，裹紧裙摆拎起掉在不远处的包，跌跌撞撞地进了屋。

左璇一夜未归，她先放了缸水，将全身上上下下地洗了个遍，一直洗到喘不过气来，才爬出浴缸，擦干身体，穿衣。进屋前，林夏准备拿钥匙的时候，发现包里的现金和手机已经不在了，是担心她报警吗？

报警，让全世界都知道她被糟蹋的经历？她对坏人一无所知，而且他们还知道孤儿院的事情，他们在来之前肯定是调查过她的，知道她的身世背景，所以下手才能又狠又准。如果报警，如果继续待在滨城，心狠手辣的他们肯定不会轻易罢手的，她不能置孩子们的安危于不顾。

林夏苦笑一声，父不明母不祥的孩子本就命运多舛，能活下来已算万幸，还有多少人会去在意他们活得好不好？

到底谁会这样害她？她一时想不出来，也没精力去想。

她面无表情地收拾行李，庆幸证件和银行卡都没有丢，取钱，火车倒汽车，汽车倒火车，一番折腾后到了云城。从此一个人，没人知道她的过去，她要把握自己的未来。

再后来，她阴差阳错地遇到了孟蔚林，好像遇上他是她人生的转折点，什么都慢慢地好了起来。她努力地不去想那些过往的事情，以为不想就会淡忘。可是她今天才发现，那些伤，不过在心底结了痂，不碰就不疼，可是留下了深深的痕，稍稍用力按一按，就会疼得翻天覆地。

五年，好像很长，长得她以为她会守着这份感情，一个人等着沧海桑田；五年，好像又很短，短得那些甜蜜美好历历在目，就好像发生在昨天一样。

不知道已经爬到几楼了，她用力地踩了踩脚下的楼梯，楼道里顿时明亮起来。八楼，难怪有些喘了，都说女人过了二十五岁，身体就会出现衰老的症状，看看，才八楼而已，自己就已经累得上气不接下气了。她轻笑一声，拐出安全楼梯，按下电梯键。

清早醒来，又是新的一天，林夏看着镜子里的自己，神色黯然，两眼无光，脸色苍白。她干脆化了个妆遮盖一下，这才拿了早餐下楼。

“林小姐。”

楼道口前停着一台红色法拉利，法拉利前站着车子的主人，看到她，妩媚地笑了起来。

“沈小姐一大清早就出现在这里，不会是凑巧吧？”林夏嘴里咬着吸管，眨眨眼，听说喜欢开红色跑车的女人性格傲慢偏激，不知道是不是真的。

“当然不是，我是特地过来找林小姐的。”沈冰敛了敛笑意，表情变得清冷起来。

“找我？”林夏故意装作一副受宠若惊的样子。

“我开门见山地说吧。什么条件才能让林小姐心甘情愿地离开联志呢？”沈冰双手抱胸，脸上满满的志在必得。

“离开联志？”林夏庆幸口里的牛奶吞得快，要不然，自己肯定会被呛得半死。

“是的，离开联志。”沈冰提高音调又重复了一遍，确定自己表述得很清楚。

“这不是我能决定的。”林夏笑答。

“真好笑！你的事情自己都不能决定那还有谁能决定呢？”沈冰的语气狠厉起来，“你以为待在联志，离立灼哥近一点，就能同他重修旧好吗？林夏，你是什么人自己心里最清楚，有我在，你永远都别想进卓家。”

林夏是真的想笑，觉得沈冰挺有意思的，这人不仅偏激还挺死心眼的。不知道卓立灼遇见她，是幸还是不幸？可这都不关她的事，她觉得碍眼的只是这姑娘的态度。真的把她当病猫了，是个人都能在她面前吠两声对吧？他们难道不知道，兔子急了也是会咬人的？

“拜托！沈小姐，这个世界大概只有你这么稀罕卓家。”林夏说着耸耸肩，故意扮出一副我帮不了你的表情，“至于重修旧好这种事，我觉得卓董倒是比较想，只是我对有未婚妻的男人没兴趣而已。还有，我没您闲，如果您真的有心就回去好好守着你的立灼哥，而不是大清早堵在我的楼下，除了没用的警告，别的什么都做不了。”

她说完就咬着面包，绕开面前的人，大步朝站台走去。

沈冰敢这么直接地来警告她，必定底气十足。林夏并不在意她的底气从何而来，倒是好奇她是什么时候知道自己跟卓立灼的那些前尘往事，又是从何知道的？之前是故作不识还是真的没见过？不过，林夏确定，从开始接触，沈冰就对她抱着巨大的敌意。

说沈冰的出现没有影响到心情，那是假的，林夏全天的工作都特别不顺，好不容易熬到下班，孟蔚林却急电召见。

连回去换个衣服的时间都没有，林夏干脆把高高盘起的头发披散开来，用力捋了捋，这样披下来的效果更自然些。好在入秋很久了，职业装外面套了其他的衣服，将上身的小西装一脱，穿上风衣，长西裤、高跟鞋，还算摩登吧！酒吧里的人还不算多，暖气开得很足，不会觉得冷。

“夏姐来了。孟少在那边，一个人。”

林夏拎着衣服，眯眼笑了起来，又是丁当，只是他今天染了金黄色的头发，再加上坏坏的笑容，有点痞痞的感觉。

“知道了，多谢。”林夏道了谢，朝孟蔚林坐的方向走了过去。这家伙总喜欢缩在不起眼的角落里装深沉，怕吵怕被打扰不知道去包厢吗?

“来了。”孟蔚林听到脚步声，懒懒地抬了抬眼皮，昏黄的烛光倾泻下来，照着他一张脸没什么生气。

“催命一样，什么大事啊?”林夏将手里的东西全部放到沙发上，接着整个身子舒服地靠了过去。

“再等等，就来了。”孟蔚林显得无精打采，一副过一会儿你就明白了，不要多问，你问我也懒得说的表情，直愣愣地盯着面前的烛光。

“孟大帅哥，今天被刺激了啊?”林夏嬉笑着给他泼冷水，“是不是被哪家姑娘甩了，伤心过度，在这里玩深沉啊?”

“你消停一会儿吧!”孟蔚林不耐烦地打断她，不再接她的话。

这种状态跟他平时寸步不让，以斗嘴为乐的作风形成了鲜明的对比，林夏小心地吐吐舌头。看来，某人心里是真的有事，算了，自己还是老实一些配合一点儿，且行且看吧。

“孟蔚林，你是什么意思啊?”

林夏正无聊地剥着开心果，还没来得及将刚刚剥开的果肉扔进嘴里，一声娇喝就惊得她手一哆嗦，手里的果肉掉到桌上，再滚到地上，真浪费啊!

“陈娉婷，你可以温柔一点吗?怎么总跟个野小子一样，嗓门这么大?”孟蔚林听到她的声音，像打了鸡血一样，坐得端端正正的，那姿态分明是只刚活过来的好斗公鸡。

林夏偏过头去打量来人，从下至上。好吧!原谅她的不纯洁，貌似她现在越来越习惯从下往上打量人了。陈娉婷着紧身皮裤，衬得两条腿又直又长，那个线条呀，真的没得说，配上小皮衣外套，再加上简单的马尾、烟熏妆、大耳环，漂亮极了。

林夏很没出息地啧了两声，这女人真是天生尤物呀！身材火辣，一身装扮野性十足，火辣辣的妖媚，再看看孟蔚林的表情，会心一笑，两个冤家！

“说，你什么意思？”陈娉婷不悦地指了指沙发上的林夏，质问道。

“你是叫我说还是叫他说啊？”林夏刚才已经被孟蔚林晾到一边，无聊很久了，一个没忍住，插话进来道。

“没你的事！”两个人异口同声地说道。

林夏摊摊手，表示无辜。好吧，怪她嘴贱。她斜着眼睛瞟了瞟身旁的陈娉婷，陈娉婷脸上的表情变幻莫测，意外、惊喜，还有怨怼……

“那个，我说两位，遥遥相望不累吗？坐下来好好地说话嘛。”林夏感觉他俩这样大眼瞪小眼下去，会没完没了的，她明天还要上班，不想跟他们再耗下去了。

这次陈娉婷没再出声，迟疑了一下，最终还是在林夏身旁坐了下来。

孟蔚林也闭了嘴，眼睛直直地盯着面前的两个女人，什么也不说。

“孟蔚林，你催我来看你装哑巴的呀！”林夏对目前的状态无能为力，这两个人到底要怎么样呀？

“林夏，陈娉婷。”

“陈娉婷，林夏。”他说完后，就噤了声。

林夏和陈娉婷面面相觑，好半晌才明白过来，这家伙重复地叫了两个人的名字，原来是在做最简单的介绍。

“我们见过了。”林夏真的彻底无语了，“她到我公司里，当着我们老板的面，说要跟我公平竞争你。”

她似笑非笑地睨了一眼陈聘婷，她的脸颊已仿若天边的晚霞，红扑扑的一片。

“哦。”孟蔚林一脸的镇定，好像是在情理之中一样。

“孟少不感动吗？”林夏想继续逗逗陈娉婷，“两个貌美如花的女人为了你，差点大打出手，你该多荣幸呀！”

陈娉婷似乎有点坐不住了，微微地挪了挪身子。

“嗯，感动。”孟蔚林从鼻子里哼了一声，“你们绝对打不起来。”

“为什么？”林夏睁大眼睛等他解释。

“你身体里可是流着我的血啊。”孟蔚林说得慢条斯理，陈娉婷已经坐立不安了，“所以你不会伤害她的。”

“是哦！我的命都是你给的，天知道，我有多爱你啊！”林夏阴阳怪气地说道。

“孟蔚林，你太过分了！”陈娉婷终于忍不住，腾地站起身，脸色黑得吓人，“你如果想让我死心，直说就是了，大可不必将她领到我面前，让我看着你们两情相悦，你侬我侬的样子！”

林夏摊摊手，表示无奈，也不出声，等孟蔚林继续说话。

“那你死心了吗？”孟蔚林皱着眉头反问道。

“你！”陈娉婷气得直发抖，转身就要走。

“喂！”林夏直翻白眼，实在是看不下去了。她对孟蔚林的表现太失望了，赶紧起身追人。

“陈娉婷！”她开口喊道。其实她打心眼里特别喜欢这样的女子，所以直呼其名，不想把距离拉得太远。

“干吗跟着我？”陈娉婷走得很快，几步就到了门口，听见林夏喊她，犹豫了一下，还是停住了脚步。

“跟我回去。”林夏伸手去拉她，迎着灯光一看，她脸上湿润了一片，还好用的化妆品不错，很固妆，要不然早就成大花猫了。

“不要！”她狠狠地甩开她的手，然后将手背到背后，像个受了委屈的孩子一样。

“拜托，你俩别跟孩子一样置气了，好吗？我明天还要上班，想早点回去休息呢！”林夏抚额。唉！摊上的都是些什么事啊？头疼。

“你什么意思？”陈娉婷一脸不解地问道。

“什么意思？天啊！就是他在四年前的某一个雨夜，开着车在路上游荡，捡到了我。哦，当时我不省人事。后来的事，是他跟我讲的，他送我去了医院，碰巧我大出血，我和他都是AB型的，他输了血给我，所以我身上流着他的血，我的命都是他给的。为了报他的救命之恩，我不知道昧着良心，伤害了多少痴情少女的心。”林夏喘了口气，再继续说道，“说实话，这不是一句两句就能说完的事，你想不想听？想听的话，跟我回去，我慢慢地讲给你听。不过，据我所知，四年前他发傻的时候，是某人悔婚出国的日子。”她和她打起商量来。林夏觉得站着真的很累，再说了，一会儿讲得口干舌燥时都没一口水喝。

“我为什么要跟你回去？”陈娉婷半信半疑地看着她。

“好吧！随便你回不回去。我可告诉你，现在我是不爱孟蔚林，可不代表在一起单独相处的时间长了，我也不会动心哦！”连哄带骗后，林夏丢下狠话，回座位去了。她就不信那丫头不好奇。

“她走了？”孟蔚林像只斗败的公鸡，缩在沙发里，很颓然。

“既然那么爱她，你就不懂得让一让，说点好听的哄哄她呀？”林夏嗔怪道。

“她疑心太重，不信任爱情，当年两家联姻，她总以为是我变了心，不要她，才把她推给我三哥的。”他有些无力，平时的玉树临风早就不知道跑到哪儿去了，表情怏怏的，耷拉着脑袋，看得叫人怪心疼的。

“你不知道解释吗？你三哥傻呀，他会完全听你安排吗？”

“其实两家联姻，全是大人们安排的。她跟我们兄弟几个从小就玩在一起，总像只跟屁虫一样地跟在我们身后，大人们觉得，她长大了，跟我们感情好，而平日里她最黏我三哥，家里也觉得他俩适合，于是就自作主张地定了下来。”他揉了揉眉心，真头疼。

“她对你三哥只有崇拜之情，对吗？”

“嗯！”

“对你才是男女之间的感情，而且你们青梅竹马、两情相悦，对吗？”

“嗯。”

“好你个孟蔚林啊，真没想到你的心思藏得这么深，亏我还对你痴心一片呢！”

“拉倒吧！我们身体里有一部分血可是相同的，你心里不也藏着那个卓董吗？别以为我不知道，你对我的爱是兄长般的！嘿嘿！”孟蔚林干笑两声，抬起头，愣住了。

“都回来这么久了，站着腿不酸呀？过来坐吧。”林夏似笑非笑地邀请道。那人应该就在她身后不远，而且演戏很累的，不能白忙活呀！

陈娉婷像个小姑娘一样无助地绞着手指，立在那里一动不动，连头也不好意思抬。

林夏伸直桌子下的腿，猛踢了孟蔚林几脚。

孟蔚林微叹一口气，起身，将人拉到自己身旁坐了下来。

“孟蔚林。”陈娉婷再也没有迟疑，一头钻进他怀里，哽咽着道。

“傻丫头。”孟蔚林轻抚着她的背，小声安慰道。

好吧，功德圆满。林夏心情大悦，展开双臂，伸了个大懒腰。

孟蔚林的眼睛瞟了过来，林夏赶忙握紧拳头，给他比了个加油的手势，然后拿起衣服，轻手轻脚地起身离开了。就让他们过二人世界去吧！

出了门，冷风一吹，身体有些凉，她抬手裹紧风衣，看看有没有路过的出租车。

一抹亮丽的红色从她眼前经过，她没太在意。奇了怪了，今天酒吧门口怎么连台出租车都没有啊？算了，边走边等吧。她抱着小西装，慢慢地走了出去。

身后两道强烈的灯光打了过来，将她的影子拉得纤长，有出租车了。她欣喜地回头，一团红色飞快地朝她驶来，她挪不动脚步，眼睛一眨不眨地盯着，轰地一声，整个世界都安静下来了……

第十一章 真相靠近

手机铃声骤然响起，打破了车厢里的宁静，卓立灼烦躁地松了松领带，掏出手机一看，是陌生来电。

晚上的应酬已经消耗了他大量的时间和精力，他不想再生出什么事来，于是干脆地按下挂断键，将手机扔到身旁的座椅上，发动车子。

车子刚上路，手机又重新响了起来，卓立灼当作没听见。打电话的人却好像耐性十足，跟他耗上了，一直打，估计准备打到他接为止。

“谁？”他终于没有拗过打电话的人，拿起手机接听。身边走得近的人都知道他的脾气，挂电话就证明他有很重要的事要做，一般被挂一次后，没有大事，是不会再打过来的。

“卓董。”电话那端传来男人嘶哑的声音，很熟悉，似乎在哪里听到过，却又一时想不起来。

“我是。你是谁？”卓立灼皱了皱眉，心里隐约有些不安。

“我是孟蔚林，来同康医院吧。林夏不一定过得了今晚。”

电话那端的人，声音压抑得很，却仍然听得出明显的颤音。

如五雷轰顶一般，卓立灼一脚踩死刹车，如鲠在喉，嘴里一个字也挤不出来，握着手机的手，迅速地渗出汗来，浑身也跟着轻轻地颤抖起来。

“急诊室，我等你！”电话被迅速切断，嘟嘟的提示音响了起来。

握着手机的手抖得已经没办法控制了，他慌乱地伸出另一只手，用力按住，但效果不佳。他努力调整自己的呼吸，拼命告诫自己：卓立灼，不要慌，卓立灼，不要慌。

他好不容易握紧手机，翻开电话簿，拨号出去。

“齐骥……齐骥……”电话一通，他就腾地从座位上蹿了起来，脑袋狠狠地撞到车顶，似乎也不知道疼，只记得对着电话大喊。

“卓子，怎么了？”齐骥软玉在怀，倚在床边，身旁的人已经老大不高兴地伸手过来，作势要抢他手里的电话。

“同康……同康……”卓立灼已经说不出一句完整的话了。

“同康怎么了？谁在同康？”齐骥的脸色沉了下来，一旁的人见他表情不对，赶忙老实地缩在旁边，一动不动。

“查、查急诊室，查里面的人是不是夏儿。”如果没记错的话，同康是齐氏在云城投资建设的大医院，技术、器械、人力都是全国顶尖的。等不及电话那头的人反应过来，他就扔下手机飞速掉转车头，朝同康医院驶去。

“Shit！”齐骥将身上的人一把掀开，顾不得穿衣服，套上浴袍就朝外面冲了出去。

床上的人呆呆地愣在原地，等她回过神来的时候，屋里已经只剩下她一个人了。

车还没停稳，卓立灼就推开车门跳了下去，一把拉住刚要经过身边的人问："急诊室在哪儿？急诊室在哪儿？"

那人被他吓得一愣，听到他的问话，很快就理解了，回头看了看医院大楼，说："一楼向右。"

卓立灼松开手，忘了道谢，飞快地朝一楼奔去。

他站在医院大厅，远远地望过去，过道狭长，长得好像只能遥望另一端；又似乎极短，只要迈几步，就能到达尽头一样。

手术中！看着亮着提示牌，身体里的力量像被掏空了一样，他双腿发软，步履似有千斤重，怎么也挪不动，身旁不时有穿着白大褂的人跑向另一端，却没有人从另一端走向自己。

陈娉婷吓得只知道哭，孟蔚林心烦意乱地一边听着急诊室里的动静，一边轻声安慰怀里的人，时不时地转过头，询问身旁的丁当，他是第一个发现林夏出事的人。

卓立灼认出了孟蔚林，他咬咬牙，三步并作两步地冲了上去。

"你来了。"听到脚步声，孟蔚林扭头便看到了他。

"怎么回事？"声音里带着长长的颤音。

"车祸。"孟蔚林不再看他，收回目光，看向急诊室的大门。

"在哪儿？"

"暮光门口。"

"她为什么会去那里？"语气里透着难掩的怒意。

“我约的她。”孟蔚林不想跟他多废话，回答起来也尽量言简意赅。

“你约她做什么？”顿时怒气冲天，卓立灼控制不住，一把揪起孟蔚林的衣领，“如果她有事，我绝不会放过你！”

“她不会有事的。”语气不容置疑，“只要她没事，怎么样都行！”孟蔚林冷笑一声，“她的命都是我给的，我没同意她有事之前，她肯定不会有事的！你又是谁？有什么资格在这里大呼大叫？”

“你！”卓立灼双目瞪得浑圆，眼珠子都突了出来，举起拳头就要打人了。

“卓子，你冷静点！”拳头落下前的一瞬间，齐骥冲了过来，双臂飞速圈住卓立灼，将他箍紧，拖到一边，“卓子，没人愿意看到林夏躺在里面生死一线间的样子。你冷静一点，理智一点，冲动是解决不了问题的！”

砰！一声巨响，白净的墙壁上，顿时血迹斑斑，卓立灼的手背裂开了好几道口子，血流如注，他也不知道疼，双眼通红，愣愣地盯着急诊室门上的灯。

“我已经吩咐下去了，不管用什么办法，一定要救过来。”齐骥拍了拍卓立灼的肩，现在他心里也乱得很，根本不知道要怎么去安慰他，干脆什么也不说。

他扭头看了看门口的其他人，说：“孟总，到底是怎么回事？”

“车祸发生的时候，我不在现场，该死！我应该先送她回去后再折回来的。”孟蔚林恼火地直拿脑袋撞墙，陈娉婷被他吓得立马止住了哭声，她慌忙地伸手去拉他，生怕他伤到自己。

“这是暮光的酒保，是他最先发现林夏出了车祸，也是他叫的我。”孟蔚林红着一双眼，指了指一旁的丁当。

齐骥打量起孟蔚林嘴里说的酒保来，一头黄发，白衬衫，蝴蝶结，再套一件黑色小马甲，服务生打扮，衬衫袖子上几大块鲜红的血渍，刺眼夺目。

“我出去接朋友，刚走到门口，一台红色的跑车从我眼前飞驰而过，紧接着轰地一声，吓了我一跳，等我回过神来的时候，那车子已经逃之夭夭了。我远远地看到米色的外套，第一反应就是地上的人是夏姐，于是冲了过去，打了120又立马通知了孟少，后来实在不放心，就上了救护车一路跟到了医院。”丁当不等齐骥开口，自觉地将自己所见所闻仔细地描述了一遍，说完，他转过脸，担忧地看了看急诊室那边。

“今天多亏了你。这个你拿着，算是误工的工钱。”齐骥掏出钱包，将里面的钱全掏了出来，厚厚的一沓，也不知道有多少，一把全塞进了丁当的手里。

“我不要！夏姐平常对我很好的！”丁当慌乱地将钱递了回去，急得连连摆手。

“你对林夏的心意我们都明白，这是你应该拿的，不是感情不感情的问题，突然跑出来，回去指不定还得挨老板骂，拿着吧。一有消息我们会通知你的，这边有我们照料着，你先回去忙吧。”说完，齐骥又将钱塞回了丁当手里，用力地捏了捏，不容他再推辞。现在情况有点乱，人多事也多，还是留林夏最亲近的人在这里比较好，说话办事也方便些。他抬头看了看孟蔚林身旁的女人，想了想，掏出手机。

“少东，去查查今晚出现在暮光酒吧附近的红色跑车。”

“别扯了，林夏出了车祸，在同康！

“嗯，知道了，你快点吩咐下去，有消息立马报过来！

“卓子已经在这边了，嗯，行，及时联系。”

在齐骥打电话的时候，丁当已经跟孟蔚林打过招呼，走出去很远了。急诊室门口，三个男人，个个面色阴暗，都不再说话。

吱地一声，急诊室的大门被推开，一个年轻的小护士急匆匆地从里面跑了出来。

“护士，里面的人怎么样了？”卓立灼瞬间移动，用力拉住她。

“病人现在情况很危险，在大出血，医院的血浆不够，我要去血库调血。”小护士一边回答一边甩手，哪知卓立灼用力极大，甩了几下也没甩开，让她疼得直皱眉，忍不住训斥道，“你快放手，耽误了救治时间，你会害死病人的！”

听到“死”这个字，卓立灼像触电一样，哆嗦一下便松了手。

“护士，病人是AB血型，血库里的血如果还不够就抽我的好了！”护士刚迈开脚步，又被孟蔚林拉了回来，“她之前就大出血过，身体一直很虚，只要病人没事，她要用多少你们就抽多少。”

“血库里的血不够了再说，你也快放手！”小护士终于失去了耐性，瞪大眼睛，狠狠地甩了一下胳膊，转身就跑了。

“她大出血过？什么时候的事？”卓立灼的声音冷冷地传来，过道里的温度陡降，气氛旋即又紧张了起来。

“你都已经抛弃了她，还有什么资格过问她的事情？”林夏绝口不提自己过往的事情，逼急了，也只会寥寥地说几句类似恋爱了，被甩了，伤了心独走异乡，孩子是个意外，流掉也好，这样就不会再有纠缠，只是没想到，差点送了自己的命这样的话而已。每每一想起她在病房里憔悴的模样，他就恨不得找到那个负心的男人，将其暴打一顿。

如果没猜错的话，面前的这个男人就是当年害林夏伤心的男人，因为自从他在云城出现后，林夏就开始盘算着离开。她应该还是爱他的，如果不爱了，他在哪儿都不会对她有任何影响。眼睁睁地看着浑身是血的人被送进急诊室后，他翻出林夏的手机，找到卓立灼的电话，刚要拨号，手机提示电量不足，他只好掏出自己的手机，记下号码，这才拨了过去。

“你说什么？我抛弃她？”听完他的话，卓立灼全身的血液都沸腾了起来。他大口大口地呼吸，想要控制住自己的情绪。跟林夏一直暧昧不明的是谁？林夏那么在意的人是谁？现在这个人身边的女人又是怎么回事？今天约林夏去酒吧，是不是为了说明什么？自己一直努力克制着不去找他麻烦，他倒好，先倒打一耙。

“如果不是你抛弃她，她怎么会独自一个人怀着孩子到处乱跑？”孟蔚林的声音越来越尖锐。当初在医院的时候，他被医生骂得半死，说他不是人，把自己的女人和孩子折腾成这样。这些本来应该是卓立灼来承受的，结果倒是自己代受了。想想就郁闷，所以他就是不待见卓立灼，总是拿话刺激他，就是想报复回来，“如果不是我在路边捡到她，你以为你还能见到活着的林夏？”

“孩子？！”卓立灼喃喃地吐出两个字，背朝墙靠了过去，却还是失去重心，顺着墙壁砰地一声滑坐在地板上。

“蔚林，你少说两句！”陈娉婷看见卓立灼的样子，忍不住扯了扯孟蔚林的衣摆，提醒道。

齐骥也被惊得愣在了一边，握着手机的手紧了又紧。

“我没有碰过她。”卓立灼像是在自言自语，又像是在解释什么，声音很轻。他的眼睛里暗淡无光，双手撑地，支起上半身，抬头，仰望苍白的天花板。

“卓子，起来！”齐骥心里一酸。他看不下去了，走过去一把将他拎了起来。

“齐骥，你知道为什么这么多年来，我都一直放不下她吗？因为她傻。有天晚上，我们一起上山，我不小心一脚踏空，眼看就要摔下山去的时候，那个傻瓜，竟然拉着我的手要陪我一起掉下去。”卓立灼将身体的重量全都交给了身旁的齐骥，“她一个人的那个夜晚，到底发生了什么？齐骥你说，她那么爱我，宁愿死也不要和我分开，到底在那个晚上遇到了什么可怕的事，让她能舍得扔下我，从此一走了之？”

心好痛，钻心刺骨是不是就是这样？明明那个原因已经很接近了，他却一点也不想接受，那是他思来想去，千百种原因中，最坏的一个，为什么偏偏就是那一个？

他最爱的人，孤孤单单的一个人，到底承受了多少苦痛？他受不了了，真的受不了了。

哇的一声，嘴里吐出殷艳的红，很是刺眼。

“卓子，你别再想了，我求你，别再想了！”齐骥托住他的身体，苦苦地哀求道。除了在林夏刚走的那些日子里见他发过疯，在一起这么多年，还是头一次见他这副模样。

“怎么了？”安少东刚刚走近，就被眼前几近诡异的场面给镇住了。他小跑起来，到了卓立灼的另一边，将他的胳膊搭到自己的肩膀上。

“孟总，您还是先送您的朋友回去吧。”齐骥看陈娉婷的脸色也好不到哪里去，于是开口提醒道。

“婷婷，我先送你回去。”孟蔚林脑子里也是一片混乱。卓立灼不是那个负心汉，他不过是深爱着林夏的人，那林夏到底经历过什么呢？

“嗯。”陈娉婷听话地点点头，主动牵起孟蔚林的手。

“我马上回来。”孟蔚林微微地叹了一口气，看了看卓立灼，说，“有消息马上通知我。”

“嗯。”齐骥点点头，目送他们离开。

他对卓立灼说：“卓子，你要撑住！难道林夏一个人躺在里面还不够吗？难道你也想躺进去吗？”

卓立灼抬头望了望急诊室的门，想着手术台上躺着的那个人此刻所受的煎熬，苦笑一声便晕了过去。

湛蓝的天空，云淡风轻，齐骥立在落地窗前出神，房间里咯吱几声，唤回了他飘得极远的思绪。

“卓子，慢一点。”他飞快地移步到床边，扶起床上挣扎着要坐起来的人。

卓立灼一把推开他，探着身子在床边寻找。

“卓子，林夏已经脱离危险了，少东在那边照看着，你慢点，不急这一会儿！”齐骥赶忙张开双臂护住他，生怕一个不小心，他整个人会从床上倒栽下去。

“她在哪儿？我要去看她。”卓立灼看到床边的鞋急急地拢上，穿起来就走，也不顾舒服不舒服。

“我带你去，医生说你情绪不宜再激动了。”齐骥急急地跟在他的身旁，嘴里不停地念叨着。他吐过血后，心神涣散，医生看过后，说是急火攻心，睡一觉缓一缓就好了。于是给他打了安眠针，林夏天快亮的时候才从急诊室转到重症监护室，人还没有醒。

其实两个人就住在同一层楼，不过病房不一样罢了，没走多久，转进一间病房，卓立灼看到安少东窝在一张巨大的沙发上打着吨，身后是一间巨大的玻璃病房。

“林夏呢？”卓立灼双手贴在巨大的玻璃窗前，睁大眼睛努力打探病房里的情况。还好，玻璃透明无尘，里面的情况看得一清二楚。病床周围摆满了仪器，床上的人，头上缠着厚厚的纱布，面色如纸，像是睡着了一样，一动不动，身上几处地方都插着管子。他胸口骤疼，脸色变了又变，转过身，说，“开门，我要进去看她！”语气坚决。

“卓子，医生说她会慢慢地苏醒过来。手术进行到早上四点才结束，她的身体能量消耗得差不多了，你让她安静地睡一会儿吧。”齐骥拉住他，怕他听不进去劝，又做出什么惊人的举动来。

“开门，我想看看她。齐骥，我要陪着她。”他的语气很轻，像是在哀求一样，“我保证，绝对不会打扰她。”

齐骥抬头看了看病房里的人，又扭头看了看卓立灼，一脸凝重。

安少东直起身，轻轻地拍了拍齐骥的肩，努了努嘴。

齐骥没再说什么，掏出电话，拨号出去。

不一会儿，几个穿着白大褂的人走了进来，身后还跟着几个小护士。

“病人身体相当虚弱，不宜探视。”站在最前面的是一位老者，胡须花白，一看就知道是位德高望重的医学前辈。

“医生，让我进去看看她，就看一下。”卓立灼声音嘶哑得厉害，脸没洗胡子没刮，一脸的颓废。

“等她醒了再说吧。”老者伸手拍了拍他的肩膀，又看了看重症监护室，绕开他，扬长而去。

孟蔚林手里拎着大袋小袋的东西，走了过来，“林夏醒了吗？”

昨晚他送完人后就折了回来，齐骥去照顾卓立灼，他跟安少东一直守着林夏转到重症监护室。天快亮的时候，他才说出去透透气，几个男人已经迅速地熟悉起来了。

“我买了早餐，大家先吃一点吧。”说完他将袋子里的东西，一样一样地拿了出来，摆到桌上。小米粥余香袅袅，冲淡了周身的消毒水味，小笼包、豆浆、油条也还热气腾腾的。

安少东没说话，端起一碗小米粥，自顾自地喝了起来。

“你吃了吗？”齐骥没动，转过头问孟蔚林。

“没有，打了包就过来了。”孟蔚林望着重症监护室，眼睛都不眨一下，“反正也吃不下，你们吃就是了，不用管我。”

“一起吧。大家都还有大把的事情要操心，如果都像你们这样，到时候谁来照顾林夏？”齐骥说完，拿起两杯豆浆，塞到另外两个人手里，他不再说话，拿起筷子，慢吞吞地吃起小笼包来，可是咽不下去，只能吃一口就一口豆浆，像吞药一样。

“立灼哥。”沈冰踩着高跟鞋，手里拎的东西更多，吭吭地一路小跑着过来。

“她怎么来了？”卓立灼手里的豆浆刚喝到一半，眉头皱了皱。

“我通知她说你住院了。”安少东轻描淡写地道。

“立灼哥，听说你住院了，没什么事吧？”沈冰将东西顺手一放，拉起卓立灼上看下看，好半天，才拍着胸口道，“我接到电话后就朝这边赶了过来，少东把你的情况说得可严重了，吓得我半死，还好你没事。”可能是因为来得太急了，妆也没有化，清汤挂面的样子，卓立灼突然觉得，这样子的她看起来还顺眼一些。

或许也是因为话已经摊开来讲清，心里少了芥蒂，才会有这样的感觉。

“他没事，里面的人才有事。”安少东头也不抬，拿着勺子大口大口地喝着面前的粥，伸出另外一只手，指了指重症监护室。

齐骥冷冷地看着眼前的一幕，不说话也不表态。孟蔚林也感觉到了异样，将豆浆从嘴边移开，直直地盯着眼前的人。

“谁有事？”沈冰一脸疑惑地朝重症监护室里望过去，“林夏？她怎么了？”她惊得张大嘴巴，好半天没合上，只好捂住嘴，脸贴近玻璃窗，似乎想看得更仔细一些。

“沈小姐，你应该把档挂到最高，再将油门踩到底，这样，林夏现在就不会躺在这儿，而是太平间了。”小米粥见了底，安少东掏出纸巾，悠悠地擦着嘴。嗯，味道不错，可能是饿了的缘故。

“你什么意思？”沈冰脸色骤变，感觉到他的不善，却仍然不把他放在眼里。

“我什么意思沈小姐难道不清楚吗？啧啧啧，沈小姐你是表演系出来的高材生吗？还是心理素质实在太好了？差点成了杀人犯，还能装作一副若无其事的样子出现在受害人面前，真是不可思议呀！”一个漂亮的抛物线，纸巾被丢到不远处的垃圾桶里，安少东双手抱拳，对着她作了个揖，“不过也对，自己的未婚夫住院了如果不来探视一下，于理于情也是说不过去的，除非你怕。”

“什么杀人犯？你到底在说什么？小心我告你诽谤！”沈冰脸色铁青，顾不得气质修养了，差点破口大骂起来。

“酒吧那种地方蛇鼠混杂，暮光也不例外，附近的几条街上经常出现打架斗殴事件。警方为了防止恶性事件再次发生，于是在暮光周围的几条街道上都装了监控设备。”安少东适时地停下来，瞟了她一眼，虽然没有百分之百的把握，但是，他感觉他的预感不会错，“红色法拉利，对不对？嗯？”故意哼出长长的拖音。

“什么暮光？什么监控设备？什么法拉利？我又没有法拉利，不对，就算我有法拉利，跟车祸又有什么关系？”沈冰急得直跺脚，越急越说不清。

“有人告诉你，林夏之所以躺在里面是因为车祸吗？”安少东耸耸肩，笑意从眼角荡漾开来，“那法拉利撞倒人后，掉头就走，没作半点停留，这像寻常的车祸吗？”

“啊！立灼哥，放手，疼！”疼痛感从手腕处袭来，沈冰眉头一皱，尖着声音叫喊道。

“是你做的？”卓立灼狠狠地捏住她的手腕，盯着她，眼睛里像是要喷出火来一样。

“立灼哥，快放手！好疼！”避开他的目光，她扭着胳膊想挣脱他的禁锢。

“说！到底是不是你？”他用力一扯，她的身体就朝他靠近了一步。

她与他离得很近，手腕被举了起来，沈冰挣不开，疼得眼睛都红了，她委屈地咬住嘴唇，哽咽道：“立灼哥，我们在一起这么久了，我是这么狠心的人吗？”

“被爱情冲昏头脑的女人，什么事情都做得出来。”安少东意味深长道，狭长的桃花眼用力地眯了眯，“特别是刚被抛弃的骄傲女人！”

“安少东，我跟你有仇吗？你为什么要这样针对我？”沈冰终于忍不住，咆哮起来。

“啧啧啧……我胆小，最怕死了，怎么敢跟心如蛇蝎的女人结仇呢？要不然一个不小心，身后突然蹿出一台车，我的小命可能就没有了。”安少东自信地挑挑眉，盯着她说，“我只不过记得沈小姐有台红色的法拉利，虽然车祸现场的法拉利跟你所拥有的那台牌照不一样，但是，换牌照是件很容易的事情。我已经通知警方取了现场的刹车痕迹，相信过不了多久，就可以拿到结果了。到底是不是沈小姐做的，我们拭目以待吧。”

“你！”沈冰气得浑身发抖，扭头看到卓立灼满脸悲怆地望着自己，慌忙解释道，“立灼哥，立灼哥，你听我说，不是我做的，我是有台红色的法拉利，可是昨天晚上，我不在云城，我在滨城！”

“沈家最近财政紧张，没听说置办了直升机呀。你昨晚在滨城，现在才早上七点，滨城到云城的高速公路变短了吗？如果没记错的话，两座城市可是离了快七百公里啊，而且没有直飞的飞机。你连夜开车过来，精神还能这么好，真不容易呀。”安少东抓住她话里的漏洞不放，步步紧逼。

“沈冰，两百万不够吗？”卓立灼的眉头一直紧皱着问。

“卓立灼！”沈冰彻底红了眼眶，“你是在羞辱我吗？”

“如果两百万不够，你要多少，你说就是了。可是她，你怎么能碰她？我不是告诉过你，她对我有多重要，你可以恨我，可以要了我的命，也不能碰她。”卓立灼一把将她揪过来，手指颤抖地指着重症室说，“你是想要我的命吗？想要你拿去就是了，为什么要对她下手？”

沈冰被他推得一个踉跄，倒退了好几步才稳住重心，停了下来。她泪如雨下，脸上很快湿润了一片，嘴角高高地扬起，表情诡异，不是伤心，看起来反而更像是在笑，冷笑。

“卓立灼，你就这么宝贝她？比你的命还重要？嗯？”她是真的在笑，笑得让人毛骨悚然，“你们在一起不到一年，而我从第一次见到你就爱上了你。我在你背后守了整整七年，后来你们分开，分开五年，这五年我也是竭尽所能地守着你，好不容易走到人前，算一算，我爱你爱了十二年了。立灼哥你说，一个女人，有多少个十二年？她是你的命，那我对你来说算什么？”

她迈开脚缓缓地走向卓立灼，双眼含泪，说：“我比她先认识你，我比她先爱上你，我比她更努力，为什么你眼里只有她，却一直看不到我的存在呢？”

“爱情没有先来后到，只有合适不合适，不管你信不信，我也努力想要忘掉她，因为她不要我；我也努力试着让自己爱上你，可是……对不起！”卓立灼将手里的豆浆盒扔到面前的桌子上，接过安少东递过来的纸巾，低头擦了擦。

“对不起？呵呵！对不起……”沈冰大笑起来。恋爱中最悲哀的事情是什么？不是说分手，而是你爱的人说对不起，“卓立灼，我就是不甘心，不甘心我做了那么多，还是得不到你的心。我不甘心！她什么也没做，甚至抛弃你、伤害你，你却仍然为她甘之如饴，你说到底是你傻还是我傻？”

卓立灼摇摇头，不答话。

“安少东，国内有红色法拉利的人成千上万，你拿什么证明那台法拉利是我的，开车的人也是我，嗯？”沈冰捋了捋耳边垂下来的长发，语带挑衅却又出奇的平静，“我真后悔，为什么五年前只是找几个地痞流氓小小地吓唬她一下，而不是狠下心来直接做掉她，随便扔到哪条河里。孤儿一个，谁会花一辈子的时间去找她呢？她活该，已经走了五年了，我马上就要得到我想要的了，为什么偏偏在这个时候她又冒了出来，还要抢走我的一切？我不甘心，我不甘心！”

啪！齐骥冲到她面前，狠狠地甩了她一个巴掌。孟蔚林动了动嘴巴，却没挤出一个字来。

安少东双手抱胸，冷眼旁观，虽然只在联志的停车场里偶然碰见过一次她停车，但是，调出监控录像的时候，他只看了一眼肇事车辆，直觉就告诉他，车祸应该跟沈冰有关，再一查，牌照是套来的。其实，没有直接证据和目击证人，警方根本就没有十足的证据，所以是不会提车来检验的。什么刹车痕迹，什么分析报告，那都是假的。先不说车祸的事情，五年前的疑问好歹也水落石出了，虽然结果并不让人轻松。

滴！滴！滴！监护室里的仪器发出提示音，一声一声，很刺耳。

“叫医生，快叫医生，林夏醒了！”孟蔚林揉了揉眼睛，病床上的人睁开眼睛，转了转头。他顾不得其他，扯开嗓子就吼了起来。

脚步匆匆，监护室的门被打开，白大褂冲了进去，护士们却将其他人挡在了门外。

“你最好祈祷她没事，要不然，我会让沈家付出最惨痛的代价！”卓立灼回头看了看她，一脸的厌恶。

“你真的是一点旧情也不念呀！”沈冰摇摇头，轻笑出声。她现在一败涂地，已经输了最重要的东西，还有什么可以在乎的？早晚有一天，他会发现真相，所以她从来都没有奢望过他会放过她。

不如现在直接告诉他，他不让她好过，她也不会让他好过。

白大褂检查过后，退了出来。护士走过来，开始帮其他人进行严格的消毒，几个男人耐性极好，异常配合。

“卓立灼，你以为你和她还能在一起吗？她进不了卓家的，就算卓家接受她，她也不一定会接受卓家！”沈冰笑得越来越厉害，面部严重变形，看得让人害怕，“因为所有的事情，都是因你妈妈的提议而起的。哈哈！是你妈妈让我想办法让她知难而退，是你妈妈鼓励我，天塌下来她会顶着，是你妈妈告诉我，卓家只认我这一个媳妇。卓立灼，你和林夏中间横着你妈妈，所以，你们一辈子也别想在一起！”

卓立灼，你和林夏中间横着你妈妈，所以，你们一辈子也别想在一起！一辈子也别想在一起！

车祸，孩子，流产，嫌疑人沈冰，五年前的秘密，幕后主使，妈妈……

当真相终于敞开来，晴天霹雳也不过如此，卓立灼呆呆地望着重症监护室床上的人，脸色如纸，心好疼，疼得他恨不得杀了自己。原来如此，原来到头来所有的事情串成一线，那线的当头牵着的那个人，其实就是自己，那个罪魁祸首其实就是自己……

第十二章 偷来的幸福

林夏只是呈现短暂的苏醒状态，她睁开眼睛，转了转眼珠子，看了看周围的人和物，扯了扯嘴角，最后还是没能吐出一个字来，紧接着又沉沉地睡了过去。

孟蔚林的样子比哭还难看，前脚退出重症监护室，后脚就抱着脑袋蹲到地上，顾不上形象地大声干嚎起来："林夏她不认识我了！"

安少东听得直翻白眼，恨不得伸腿给他两脚。这人哪里有上市公司老总的模样？怎么看怎么像欠收拾，"孟蔚林，你别喊了，医生说过，林夏只要醒过来，情况就差不多稳定了。她哪里是不认识你了，只是太累没有力气说话而已，你再嚎我就把你丢出去！"说完，安少东连拖带拉才把他从地上揪了起来，一把扔到之前他打盹的沙发上，"大难不死，必有后福你知道吗？林夏只要撑过去了，以后肯定就是大福大贵之人，你再添乱，小心我揍你。"说完他还真的挥了挥拳头，样子相当凶悍。

齐骥低着头，最后一个退出来，说："去请几个专业护工，我们几个大老爷们，不太方便。对了，少东，你打个电话，通知左璇，叫她过来。”

“左璇是谁？”孟蔚林咬着嘴唇像个受了委屈的孩子一样，缩在沙发里，弱弱地问道。

“超级无敌大美女。”安少东没好气地回答他，“林夏没告诉过你谁是左璇？”

“没有。”孟蔚林的表情更受伤了，“我和她处了这么多年的兄弟，那个臭丫头，打死也不提她之前的事情。”

“所以你知道的基本上都是自己猜的，最后还非常英勇地让卓子气到吐血是不？”安少东只差没五体投地了，心里暗暗怀疑他的性别，怎么看怎么像个女人，是林夏跟他处姐妹吧？

“你们在这里守着，我去看看卓子。”齐骥转过身，看着林夏苍白的睡颜，悬了一夜的心，总算落下地来。

“去吧，好好开导他一下。”安少东点点头，摸出手机，准备打电话。

“卓立灼那个王八蛋，他总有一天会害死林夏的，我跟他没完！”孟蔚林像打了兴奋剂一样突然从沙发上蹦了起来，满脸愤怒，之前怏怏的样子不见半点踪影。

啪！安少东一巴掌拍到他的头上，“你最好给我老实一点！”他提起腿对着他的膝盖弯就是一脚。

“啊！”孟蔚林惨叫一声，倒在沙发上，嘴里不停地哼哼唧唧着。

齐骥看得实在无语，摇摇头，朝卓立灼的病房走去。

“她的情况怎么样？”卓立灼立在落地窗前，背对着齐骥，也不管到底是谁来了。他最终放弃进去看她，因为他不知道要用什么心态什么表情去面对她。

“醒了一会儿，又睡了过去。”齐骥走到与他并肩的位置，说，“肋骨断了一根，戳到脾脏，出了很多血。右手骨折，中度脑震荡，身上到处都是伤。车子冲过来的时候，她站着没动，身子也轻，捡回来一条命。”说完，他抬头望向远方。

“她肯定很疼。”卓立灼抚着胸口，用力闭上眼睛，她有多疼，他就有多疼。

“她会没事的。”齐骥皱着眉头说。他也不好受，心疼得快要死掉了，他从来没见过这样的林夏，毫无生气地躺在那里，像个易碎的瓷娃娃，“你有什么打算？难道就这样一直避而不见吗？”

“她因我而受到伤害，我会连本带利地帮她讨回来。至于见她，我想我需要调整一下。”视线落到窗外的建筑上，阳光明媚，照在身上，丝丝暖意入骨，心却怎么也暖和不起来。他现在很清楚，接下来自己要做的是什么。

齐骥不再多问，他很了解，按照卓立灼的性子，接下来会发生什么。不管发生什么，报复、赎罪……他只要跟他站在一起就OK了。

林夏在重症监护室又待了两天，才终于转到普通病房。

请来的几个专业护工很负责，忙上忙下的，把她照顾得很好。左璇接到通知后，第二天便赶了过来，看着昏昏沉沉、醒醒睡睡的林夏，哭了又哭，后来便一直守着她，寸步不离，情况总算一天比一天好了起来。

“夏夏，你醒了？”左璇从洗手间走了出来，看见林夏艰难地挪动着身体，额头上已经有一层亮晶晶的汗水，“要起身叫我一声就可以了，硬撑什么？”护工也不知道突然去忙什么了，她就去了趟洗手间，房里怎么就没人了呢？

病房很宽敞，跟两居室一样，只是多了几台监测仪器，电器、家具样样齐全，基本上可以自己生火做饭，不过一日三餐有专业的营养师料理，也不劳自己动手了。

林夏撇撇嘴，笑了笑，没吱声。

“伤筋动骨一百天，你老实给我记住了。再这么犟，老娘就不管你死活了。”左璇像个大妈一样不停地碎碎念，将床头慢慢调高，拿个松软的枕头塞到林夏的背后，试图让她更舒服一些。

“我已经没事了，再说这里也有护工啊。你把齐烨一个人丢在滨城，总在我这里耗着实在说不过去呀。”她的声音又轻又缓，一句话太长，说完后有些微微地喘。

“你闭嘴，他要是有意见，我立马就休了他！”左璇嘴巴硬得很，撂下狠话，起身走到茶几前，从成堆的补品里翻出两挂晶莹剔透的法国红提，洗干净了，坐在沙发上，一颗一颗地剥了皮，放进盘子里装好。

“我不要喝葡萄汁。”林夏小声地抗议道。不知道左璇从哪里打听到的偏方，说骨折的病人多吃葡萄恢复得比较快，所以，她就不辞劳苦，天天剥了皮打成汁给她喝。一连喝了好几天，导致现在她一看到红提就条件反射似的想吐。

“拜托，这是进口红提，不是寻常人家吃得起的，别身在福中不知福。”左璇白了她一眼。这些天，来探病的人还真不少，但数那个孟蔚林来得最殷勤，而且话比屁还多。只要他在病房里出现，耳根子就清净不下来，也不管别人愿不愿意听，嘴巴总是吧啦吧啦地说个没完没了。从发现林夏出车祸到将她送进医院抢救，再到重症监护室的事情，他重复地讲了几百遍了，有时候林夏听着听着都睡着了，他也没有停下来的意思。哪像安少东和齐骥啊，来了也都是安安静静的，顶多跟医生沟通一下，问问林夏的恢复情况，待一会儿就走了。

“什么进口红提，不过比葡萄长得好看一点而已。对待病人要像春天般温暖，别老凶我。”林夏对她的话不以为意，伸出还能活动的左手，摸了摸额头上的伤，说，“左璇，一出院，我得先去换个发型。”

“为什么？”左璇疑惑地抬起眼皮看了看她。

“额头上估计会留疤，肯定很难看，我得剪个刘海遮住它。”她指了指额头，解释道。

“切，我打听过了，同康医院各种专业都处于业界领先水平，找个整容医生，折腾一下，不就是一块疤嘛，就算你毁了半张脸，也照样给你整回来。要不林夏，你干脆趁这个机会，把自己整成沉鱼落雁，哎呀呀，我觉得这主意不错，你考虑考虑。”说到这里，左璇突然亢奋起来，音调最少高了八度。

“你自己怎么不去啊？”林夏没好气地哼了一声，这出的什么馊主意啊！

“谁要整容？”孟蔚林的声音在门外嘹亮地响起，未见其人先闻其声。

“关你什么事。”左璇一见他脸色就沉了下来，她就是不待见他。

“哼！要整容也是你整容，我们林夏早就是沉鱼落雁、闭月羞花了。”孟蔚林将手里的东西放到一边，在病床边大咧咧地坐了下来。他也不待见左璇，安少东嘴里的超级无敌大美女其实跟母老虎没太大区别，要多失望就有多失望，听说还是搞播音主持的，一见到他总是凶巴巴的样子，也没感觉声音有多甜美好听。

“你！”左璇气得声音发抖，瞪大眼睛瞅着孟蔚林，一句话也说不出来。

孟蔚林得意地耸了耸肩，拿起刚刚拎过来的保温瓶，递到林夏面前，说：“鸡肉粥，娉婷亲自下厨做的，你试试。”

“好。”林夏点点头，只要不让她喝葡萄汁，给她什么就吃什么，当然，前提必须是能入口的。

孟蔚林见她同意，赶忙打开瓶盖，热气袅袅，清淡的粥香弥漫开来，萦绕在鼻尖，久久不散，“香吧？她还从来没为我下过一次厨呢！臭丫头，你有福气呀！”话里透着浓浓的醋意。

林夏扑哧一声笑了起来，咧着嘴安慰他道：“赶紧把她娶回去吧，以后就有的是机会了。”

右手动不得，左手也不太灵活，孟蔚林体贴地替她舀了一勺粥，先吹冷，然后才送到她的嘴边。

“夏夏，喝几口就好，一会儿还要吃营养餐呢。”心里虽然还是不爽，可是看到他对林夏这么细心，左旋硬生生地将胸口的怒意压了下去，她们这类人就是这样，很稀罕别人的关心和疼爱，或许是因为她们天生缺爱吧。

“我未来嫂子煮的粥，怎么能不给面子呢？再说，比医院的营养餐好吃多了。”说完，林夏又吞了一大口，还咂巴咂巴着嘴，像只馋了很久的猫，终于闻到了鱼腥味似的，又期待又满足。

孟蔚林笑了笑，拿起纸巾帮她擦擦嘴。他来得勤，还总是拖着她说话，只不过是希望她能好受些。好几次见她疼得满头大汗，怎么劝也不打止痛针，咬着牙死死地撑着，他的心揪得紧紧的，生怕她一下子疼晕过去。这些天也将她的事情了解了一遍，早就猜到她是有故事的人，只是没想到来龙去脉原来是这般，他很心疼她。

所有人如同约好了一般，对之前的过往只字不提，只是卓立灼，一直没在病房里出现，林夏也像没注意到一样，从来不问。都说女人的直觉是最准的，或许，她早已了然于心，只是她不愿意开口证实而已。

孟蔚林待林夏喝完粥后便走了，换药、吊水又是一天。

安少东在黄昏时分现了一下身，稍坐了一下便借口有事，匆匆离开了。吃过晚饭，左璇连同几个护工帮她擦过身子后，她看了一会儿电视，便早早地睡了。

可能因为伤口又疼了，也可能因为睡得太早，夜深人静的时候，林夏悠悠地醒了过来，睁开眼睛，床边的监测仪器一闪一闪地亮着红色提示灯。她已经没事了，不知道还监测个什么劲。休息室里开着门，里面透着微弱的灯光，她上半身动不得，左璇肯定是怕她夜里有事，特意留了灯和门。

厚重的窗帘将窗户遮得严严实实的，换气扇和中央空调在轻声运转，林夏长长地叹了口气，心里像被什么东西堵住了一样，闷得慌。

过道里突然响起一阵轻微的脚步声，估计是护士来查房了。

咔的一声，门被打开，林夏赶忙闭上眼睛屏住呼吸，过了好久，耳边也没传来脚步声。

她狐疑地睁开眼睛，牢牢地盯着门口，走道里昏黄的灯光透了进来，门只不过被微微地推开，留了一道细细的缝。

犹豫了半晌，她偏过头，轻唤道："护士。"

门缝迅速被掩住，微弱的灯光也跟着被切断了。

门外有人，林夏心里咯噔一下，谁会这么晚来看她呢？她轻轻地闭上眼睛，咬了咬嘴唇，问道："卓立灼，是你吗？"

她并不确定，可是除了他，她想不到还能是谁？她不傻，红色法拉利冲过来的一刹那，她的瞳孔里清楚地映出沈冰狞笑的脸。

这些天，能来的人统统都来过了，却单单不见他，她有预感，很多事情已经水落石出告一段落了，只是他们不说，她也不问。

"夏夏，你怎么了？"休息室里传来左璇担忧的询问声，紧接着窸窸窣窣起床的声音便响了起来。

"左璇，你不用起来，我没事。"她赶忙出声制止，她是真的没事。

又是啪嗒一声，病房门被紧紧带上，脚步声再次响起，只是不像刚刚那么轻，步伐变得有些匆忙凌乱。啪啪两声，房里的灯亮了起来，光线有些强烈，刺得她睁不开眼睛，感觉很酸涩。

"夏夏，怎么了？"左璇顶着一头乱发，站在她的床边。

"没事，说梦话而已。"她微微一笑。

"做噩梦了吗？"曾经听人说过，人在受到极大的创伤之后，心里会形成阴影，这种阴影并不会随着身体的恢复而消失。当人完全康复以后，它反而会时不时地突然出现，干扰人的正常生活，左璇越想越担心，直直地看着她的脸。

“不是噩梦，是美梦，梦到你嫁人了，我舍不得，喊了几句。”林夏见她满脸忧虑，拉住她的手安慰道。

“真的？”左璇半信半疑，可能是因为没有安全感，自己的睡眠一向很浅，林夏喊第一声的时候，她就惊醒过来了，只是怕听错，没有动。她喊第二声的时候她却听得很清楚，那是某人的名字，只是林夏不想承认，那就只好作罢了。

两个人又扯了几句，便各自继续休息了。林夏早已经没了睡意，歪着头，努力地竖起耳朵，听着门外的动静。

只是听了很久，再也没有动静传来。

林夏看着脸蛋红扑扑的陈聘婷，兴奋得不得了。她的身体已经恢复得差不多了，孟蔚林也终于舍得把她带过来给自己蹂躏了，“婷婷呀，你说不说，嗯？”

陈娉婷头摇得跟拨浪鼓似的，“不要，打死也不说，谁会笨到揭自己的短呀？要说也是孟蔚林说，我什么也不会说的。”

“真不说？”林夏兴致更浓了，伸出还算灵活的左手，在她眼前晃了晃，趁她分神，直挠向她的小腰，“这么小气，不就问问你什么时候相中孟蔚林的，这有什么？死也不说是吧，我看你不说，不说……”

陈娉婷吓得左躲右躲，奈何林夏的指头太灵活，她被挠得受不了，连连救饶：“林夏，林夏，痒死了，快放开我，痒死了……”

“痒也不说？”林夏手指头没停，看陈娉婷又哭又笑，模样狼狈，却还是半个字都不吐，终于有点泄气，“孟蔚林，你不是说她最怕痒痒的吗？问什么一挠准会说的，你看你看。”

她说着鼓着腮帮子，白了一眼坐在床边削苹果的孟蔚林。住院的日子太难熬了，孟蔚林话虽多，却总是围绕着那几件破事来回不停地说，谁受得了啊？实在无聊得紧了，她就逼着他说一下他跟陈聘婷两个人之间的事，哪知道那家伙拐弯抹角死活不说，逼急了才告诉林夏，陈娉婷有个最怕痒的小秘密。若真有什么特别想知道的，挠陈娉婷让她说就是了。

“你要一直挠呀，挠到她受不了了，自然就说了嘛。”孟蔚林将削好的苹果递到林夏面前，“喏，把嘴堵上。从娉婷过来后，你就没消停过。”说完，他还不忘温柔地拍拍她的头，像哄小孩子一样。

林夏心安理得地接过苹果，把它假想成孟蔚林，嘎嘣一声狠狠地咬下一大口，用力地嚼了嚼，但一点也不解气，于是，接着又咬了一口。趁着她接苹果的工夫，陈娉婷终于躲开魔爪，缩在一旁不敢靠近床了。

“你手里的是苹果，不是我。”孟蔚林像看透她的心思一样，大声提醒道。随后他起身飘到陈娉婷身边，一会儿搂搂她的腰，一会儿摸摸她的脸，一会儿扯扯她的头发，轻声细语，耳鬓厮磨。

这跟之前一见面就吵的情形相差得也太远了吧！怕是十万八千里都不止了。

林夏被他俩你侬我侬的甜蜜模样弄得没了食欲，捏着苹果，轻轻地咳嗽两声，提示两人地点不对，注意影响，但效果不太明显。

“我说，你俩是来探病的，还是来表演的啊？”她忍无可忍，几位护工阿姨各自忙碌去了，左璇见他俩过来，说是去拿复检的结果，转身就不见了踪影。肯定是借口，一定是抽空跟多日不见的男人在电话里互诉衷肠去了。屋里只剩下他们陪护，结果他俩倒好，卿卿我我的完全当她是透明人，这里可是病房，她是病人，是主角，主角居然被忽略了，能不怒吗？

“嫌我俩碍眼呀？”孟蔚林得意扬扬地眯了眯眼睛，好看的凤眼变得又细又长，林夏瞅着他，觉得他笑得特别奸诈，特别猥琐。

“滚！”她将苹果搁到床头柜上，双手抱胸，扬起头，底气十足地吼出一个字。

门适时地被推开，卓立灼抱着一束巨大的康乃馨愣在门口，进退不是。

“你来了。”孟蔚林看清来人，表情立马冷了下来，转过头又看了看林夏，拉起陈娉婷朝门外走去。与卓立灼擦身而过的一瞬间，他小声提醒道：“她是叫我俩滚，不是你。”

卓立灼感激地笑了笑，抱着花，走了进来，“感觉怎么样？”语气生硬。

“还好，能吃能睡。”林夏抬头打量起眼前的人，除了清瘦一些，其他都还好。

“你当养猪呢。”卓立灼嘴角弯了弯，脱口而出。

“猪有什么不好？哼！猪的世界单纯得很，它能吃能睡。现代人动不动就厌食失眠，你没听说过吗？能吃是福，能睡当然也是福啦！”眼珠子一转，视线落到刚刚吃剩下的苹果上，她气鼓鼓地抓起来，又送到嘴边。

单纯！卓立灼的心口上像被撒了把绣花针一般，扎得他钻心地疼。听着她的话，仿佛回到了校园里的那些日子，她伶牙俐齿，嘴巴上不饶人，而他总是辩不过她，常常被她噎得直翻白眼，只是那些单纯美好的日子，他们回不去了。

“林夏。”他声音嘶哑地唤她。

“嗯。”她抬头，对上他的眸子。这些天，她时常想起曾经，他的自大、他的霸道、他的宠溺、他的真心……车祸之前，她很少想起，一来不愿意，二来不敢想起，因为那是她心里的瘾，这些年努力在戒，想的话就容易犯，犯了后，那些血腥的记忆也会随之而来，痛得她快要活不下去。

不是没有想过死，可是死后必定长眠，她还想过，再过几年，等他什么都忘记了，她再回去，远远地看他几眼，只要知道他是幸福的，就够了。

可事实上，计划永远都赶不上变化。

“为什么要走？”卓立灼心底早就有了答案，但是，他希望她鼓起勇气亲口告诉他，而不是像现在这样，将伤疤遮起来，不敢示人，就连自己也不敢触碰，这样，她只能永远地待在那片黑暗里，挣脱不开。不是她的错，她只是受害者，受了伤，他可以帮她疗伤，用他的爱带她走出那片阴霾。

林夏的动作滞了滞，她机械地一口一口咬着手里的苹果，若有所思。

“从小到大，只要是我想要的，家里都会满足我，我以为我想怎样就可以怎样。直到你突然消失，我怕你出事，于是像发了疯一样地满世界找你，最后被人架上飞机的一刹那，我才意识到，自己不够强大，所以不能肆意妄为。”

他坐在床边，拿开她嘴边的苹果，扔进垃圾筒，再拿起毛巾，认真地帮她擦干净手，接着用自己的手掌包裹起她的小手。

“我告诉自己，一定要变得强大起来，这样才能为所欲为。五年来，我从来没有放弃过找你，你相信我，我从来没有放弃过，夏儿，你爱我胜过爱自己，所以，你绝对不会轻易离开我的。告诉我，你为什么要离开我？”

鼻子有些酸，林夏大口地吸着气，尽管努力压抑，可是心脏还是像被刀子剜开了一样生疼，“我已经是死过两次的人了，其实到了今天，也没有什么不能说的，就算不说，凭你们的本事，查起来应该也不难。”

她笑得有些无力，做着深呼吸，将眼里的液体硬生生地逼了回去。

“就是被疯狗咬了一口而已，这么久了，我已经快忘记了，只是当时很慌很怕，一下子没了方向，于是便逃跑了。”她努力说得轻松一点，可是眼泪终是不争气地一滴一滴地落了下来。

“夏儿。”卓立灼的指尖抚过她的脸，轻轻地帮她擦去脸颊上的泪水，“我来晚了，让你受苦了。”

“可是卓立灼，你知不知道，我都快要忘记你了，你为什么偏偏又找来了？”林夏突然大声斥责起来，哭声也渐响，她真的受不了了，这些年，她已经生生断了念想，就算重新寻来，她都没有妄想过什么。她以为她的心已经足够强大了，大到可以支撑这一切，结果却事与愿违。

她一点点筑起来的心墙，只因为他那一句，我来晚了，让你受苦了，瞬间坍塌，溃不成军。

她累了，想找个地方靠一靠，靠一靠就好，于是将头靠在他的肩上，那是她想念了很多年的肩膀，宽厚舒适，眼泪反正也止不住了，干脆放开声，痛快地大哭起来，希望可以将这些年来所有的委屈、伤心都哭出来。

卓立灼也跟着红了眼睛，听着她哭，心头沉重得喘不过气来。他伸手轻抚她的背，她单薄得只剩下一副骨架，这些年她肯定过得很不好，想到这卓立灼心底又是一阵苦涩，连带着喉咙、嘴里都泛着苦。他皱皱眉，很想把她拥进怀里，却又顾虑到她身上有伤，只能由着她靠在自己的肩上，放肆发泄。

林夏不知道自己是怎么睡过去的，只依稀记得，自己哭得很凶，断断续续地说着五年前的事。

她没有目的地到了云城，吃了紧急避孕药却还是意外怀孕了，不敢去医院只好在路边药店买了米菲司酮，一个人缩在小小的屋子里，疼得死去活来。她怕自己真的会那样死掉，于是冲到楼下，雨很大，没人愿意停车，快撑不住的时候，孟蔚林出现了……

眼睛疼得厉害，好半天才睁开。已经是黄昏时分，晚霞映照进病房里，红彤彤的一片。

“醒了？我帮你准备了敷眼水，来，试一下，眼睛会舒服一些。”卓立灼调高床头，回到床边，打开手中玻璃瓶的盖子，将金黄色的液体倒在几张化妆棉上，递了过来，说，“闭上眼睛。”

“哦。”林夏点点头，听话地闭上眼睛，眼睛被化妆棉轻轻地覆盖着，冰冰凉凉的，很舒服。

“左璇呢？”病房里异常安静，似乎没有其他人，她忍不住开口问道。

“去帮你准备晚餐了。”他温柔地回答道。

“哦。这个要敷多久啊？”她指了指眼睛上的东西，撇撇嘴，“是不是肿得很难看？”

“不会。”声音里透着明显的笑意，“十五分钟就好。”

“夏夏，你醒了。”房间里响起欢快的脚步声。

“今天晚上吃什么？”是左璇，听出她的声音，林夏张嘴便问。

“参粥。”左璇如实地回答道。

“我不要喝参粥，又腥又难喝。”她眉头一皱，化妆棉掉了下来。

“你要好好地补一补，是老参磨成粉加进粥里的，多少喝一点。”他体贴地帮她把化妆棉移回到正确的位置，耐着性子哄她。

左璇低着头，轻轻地微笑着，放下餐盒，退了出去。

“吃可以，可是我有个要求。”她噘起嘴巴谈起条件来，“明天我要出去转一转。”

“我去问问医生可不可以。”卓立灼端起粥，吹了吹，试了下温度，舀了一小勺，递到她嘴边。

“不答应就不吃。天天窝在病房里，我都快闷疯了。”林夏坚决不妥协，不达目的绝不罢休，她的上半身已经能动了。再说了，腿又没受太大的伤，出去转一转应该没有问题，再这样住下去，她不疯也会傻的。

“好。不过，必须坐轮椅。”只要她不乱动，问题应该不大，已经入冬了，太阳暖洋洋的，晒一晒对她的恢复也有帮助，“嗯，来，喝粥。要不冷了就更难喝了。”他提醒道。

林夏满意地扯扯嘴角，配合地张开嘴，今天的粥貌似比平时的要好喝些，应该是饿了。她在心里暗暗地对自己说。

第十三章 我们就到这

除了守夜以及男女有别的事情依然交给左璇来做，剩下的事情卓立灼都尽量亲力亲为。

他整个白天几乎都陪在医院里，齐骥、安少东来得极少了，孟蔚林倒是比之前跑得更勤快了些，还动不动就跟卓立灼唱反调，常常搞得林夏望着两个身形高大的男人直直地杵在自己面前脸红脖子粗的，又好气又好笑。好在卓立灼脾气变得极好，也不跟他计较，还总是先退一步。

局势缓和后，林夏总会暗暗地庆幸，要是依卓立灼之前的脾气，孟蔚林不死基本也半死不活了。还好他没事，要不然自己怎么向陈娉婷交代啊？

每每看着卓立灼手忙脚乱地帮自己打理事情的样子，她心里总是满满的温暖。用半条命换来这短暂的幸福，她觉得很值得。她原先以为，这辈子空有一条命却再也不会幸福了。

她偶尔也会感慨一下，像他这样的男人真的只适合放在商场上叱咤风云，摆在厨房里还真有些埋没了。

不就是煮个粥、煲个汤之类最简单的事情嘛，折腾了好久，卓立灼愣是没太大长进。味道一般般也就罢了，还非逼着她全部吃光，真是霸道。

午餐时间，林夏看着面前的营养餐，提不起半点兴致，任卓立灼怎么哄，她就是不配合，僵持了好久，她也只同意喝瘦肉粥，刚喝两口，卓立灼的电话铃声就响了起来。

他无奈地笑了笑，放下勺子，掏出手机并按下接听键。

“他来了。”齐骥的声音通过无线电波传了过来，隐约透露出疲意。

“嗯，好，知道了。”卓立灼握着电话，继续微笑着。合上手机，他转过身，看向床上还是一脸不悦的林夏，走过去，拿起纸巾，弯下腰。

“好吃吗？怎么吃得满嘴都是？”他温柔地擦拭着她微微上扬的嘴角，笑意盈盈地盯着她的眉眼，好像怎么也看不够似的。

“有吗？”林夏伸出舌头朝嘴角舔了舔，没东西呀！她疑惑地抬起头来，他的脸近在咫尺，她呼吸一滞。

卓立灼眯着狭长的凤眼，饶有兴味地继续盯着她。她可爱的小动作，像小猫的爪子挠在他的心口上一样，又酥又痒。

四目交接，呼吸相闻。

卓立灼一把按住她的肩，毫不犹豫地攫住眼前莹润诱惑的红唇，让她无处可逃。

林夏被这突如其来的亲昵惊得瞪大眼睛，条件反射似的伸手去推，奈何却被他按得死死的，根本动弹不得。他闭着眼睛，一副深情投入的样子，让她心里突然像吃了蜜一样，甜得化不开。

他吻得更深了，呼吸越发困难起来，她刚想张嘴呼吸，他的舌就蹿了进来，轻易攻陷，勾住她的舌，缠绵悱恻。

砰地一声，门被推开，更确切地说是被一脚踹开的，孟蔚林铁青着一张脸立在门口，一副鼻子不是鼻子，眼睛不是眼睛的样子。

卓立灼轻笑一声，依依不舍地离开她柔软的嘴唇，起身之前，又蜻蜓点水一般地吻了一下她，好像是在提醒林夏，刚刚发生过的事情。

“你来了。”卓立灼笑得灿烂，像是偷到腥的猫，隐约透着一丝得意。

“我来了，你可以走了。”孟蔚林语气僵硬，摆明对他很不爽，直接下了逐客令。

林夏的思维还停留在刚刚的吻上，整个人傻傻呆呆的，没有反应过来，更没有嗅到剑拔弩张的气味。

“好，我先走了，你照顾她。”卓立灼点点头，回头望了望床上的人，眼底飘过一丝沉重，“我还有事，晚一点过来，你好好照顾自己。”

“你快走。”等不及林夏回话，孟蔚林已经推搡着将他赶出门外，砰地一声，将门反锁起来。

卓立灼站在门口，苦笑一声，转身下楼，他没有乘电梯，而是走安全楼梯，一步一步，步履沉重。

“决定了？”齐骥倚在车旁，狠狠地抽着烟。

“嗯。”卓立灼点点头，拉开车门钻了进去。

“你确定孟蔚林会像倒豆子一样，将所有的事情全部告诉林夏？”齐骥也跟着钻进车里。他明白，卓立灼根本开不了口，两个都是自己深爱的女人，维护谁都不合适。

“他是真的疼林夏。你都不知道，他像防贼一样地天天防着我，生怕我对林夏不轨，其实他早就在挣扎着要不要告诉林夏，又担心林夏受不了，一时狠不下心来而已。”卓立灼双手抱胸，闭上眼睛，如果不是因为孟蔚林有了爱人，对林夏的感情也还单纯，自己应该也不会放心地将人交给他吧。

“你今天让孟蔚林狠下心了？”齐骥望向窗外，天很蓝，心里却是一片阴霾。

“嗯。”卓立灼抿了抿嘴唇。

轻轻的电流声过后，车窗被升了起来，齐骥没有转头，继续看着窗外。要做的事情已经在进行中，现在他们需要耐心等待。

“该回过神来了！”孟蔚林没好气地伸出手在林夏的眼前晃了晃，心底暗暗地叹了一口气，真是个没出息的家伙。

林夏面红耳赤，等真回过神来后，迅速拉起被子连人带脸全给遮盖了起来。亲就亲呗，居然还被孟蔚林给撞上了，真是没脸见人了。还好卓立灼已经走了，要不然她真的会找个洞把自己埋进去。

“没出息的家伙！”孟蔚林干脆利落地将她身上的被子拉了下来，恶狠狠地盯着她，张了张嘴，欲言又止。

林夏看着他憋得有些发白的脸，整了整有些凌乱的头发，淡然地开口道：“想说什么说就是了，在我面前不用弄得这么矫情。”

孟蔚林扯了扯嘴角，还是没开口。

“说吧，我看你这个样子更难受。”林夏拍拍床沿，示意他坐下，总像根柱子一样，直挺挺地立在床边也不是个办法。

“你还爱他？”他的语气尽量保持委婉。

“你跟陈娉婷分开了多少年？”林夏拐着弯其实是想说，分开了那么多年的你们，不是一样还深爱着彼此吗？

“你觉得你们还能回到过去吗？”是，那个时候爱得天真，爱得单纯，两个人在彼此的心里扎下了根，忘不掉、抹不去，没人能替代得了，所以他们一如既往地深爱着。可是，能回去的爱情是因为还算单纯，至少没有伤害。

“为什么不能回去？”林夏笑靥如花地说。

“你们不可能回去了，因为伤害太多了。”孟蔚然摇头道，“撞你的人可能是沈冰。”

“嗯。”林夏一点也不意外。

“五年前伤害你的人，也是她找来的。”还可以保持淡然？

“嗯？”林夏脑子有点短路。那个时候，她根本不知道有沈冰这个人存在，联系不起来很正常。

“是卓立灼的妈妈提议的。”最猛的药下去了，很明显，她对五年前的伤害一无所知，卓立灼那个浑蛋，他以为这样一直瞒下去，林夏就不会知道真相，就不会追究，就可以跟他从新开始了吗？“他身边的人一而再、再而三地伤害你，林夏，你就不怕还会有下次、下下次的伤害吗？”

脑子里开始嗡嗡作响，林夏拼命让自己镇定下来，努力表现出不在意的样子，“孟蔚林，不管你信不信，我从来都没想过能跟他回到过去。”稍稍停顿了一下，她继续说道，“这些天，我都当是老天爷不小心打了个盹，让我偷了那么点幸福来。等老天醒了，幸福就结束了。”

听完她的话，孟蔚林有些吃惊，原来，她早就将前方的路堵死了。这几年，林夏一直在他面前展现出锱铢必较、绝不吃亏的女汉子形象，凭着对她的了解，他以为她最少会闹腾一阵，结果现在的她却很平静，平静得似乎所有的伤害根本就不是发生在她的身上一样。

“不过，今天确实是一个意外。对了，这些事你从哪里打听来的？不是自己想象的吧？”她打着哈哈，努力调节气氛。孟蔚林平时虽然想象力丰富，特别喜欢胡编乱造，可是关键时候，他绝对不会乱大嘴巴的。是的，的确是意外，但却有足够的说服力，真相居然是这般的不堪，卓立灼知道后，应该也不好过吧。

“嗯。看见卓立灼占你便宜，我被刺激得乱编了一通。”孟蔚林显得心不在焉，嘴里胡乱地敷衍道。

林夏干笑起来，她抓住他的衣袖，轻轻地晃了晃，说：“去问问医生，我可不可以现在出院？”

“什么？”怕自己听错了，孟蔚林瞪着眼睛看着她。

“孟蔚林，帮我办出院手续吧。老天爷醒了，我也醒了。你知不知道，睡得太沉的话，刚醒的那会儿，人不会觉得精神抖擞而是会觉得特别累。”

“然后呢？”他等着她把话说完。

“我现在就特别累，想回家。”她继续笑道。

“回哪个家？”他问，他知道她在这个世界上没有亲人，她总是称呼她租的房子为住地，她哪里来的家？

“我想回去看院长了。”她说道。她想回到人生最初的那个地方，那里简单安静，有院长，还有遮风避雨的港湾，“我现在已经好得差不多了，其他的问题静养就OK啦。去帮我办出院手续吧，趁他还没回来，送我走。不去他身边就不会再有伤害，我这身子再也经不起折腾了。”死过几次的人，还会有什么害怕的，不过是想打动他让他帮忙的借口，凭着她一个人，无论如何是走不了的。

孟蔚林站在床边没有动。

“你是怕他找你麻烦吗？”她摇摇头，说，“他不会的，因为这是我的选择。”

孟蔚林沉吟了片刻，说：“如果你可以原谅，试一试，未必不可。”

“我太菜了，还没有本事做到选择性失忆。”林夏继续摇头，说，“孟蔚林，算我求你，送我走吧。”

“其实留学的事情早就办好了。”孟蔚林停了停，说，“我压在手里很久了。”

“不用去那么远了。”她扭头望向窗外，阳光明媚，当初是想他幸福，才远远地避开他。现在她了解到，他的幸福只能由他自己掌控，她改变不了什么。如果他要找，即使天涯海角也还是会被他找到的，索性就不要躲了。她感激地对着孟蔚林笑了笑，“送我回孤儿院吧，好久没回去了，我一直都想回去看一看。”

“我去帮你办出院手续。”孟蔚林说完后就匆匆地出了病房，生怕再多待片刻，那句舍不得就会脱口而出。他生命中最重要的人，父亲和哥哥，女人不多，母亲早就不在了，爱的那个叫作陈娉婷，还有一个叫林夏的女人总是让他莫名地心疼。是因为身体里流着一部分相同的血，抑或是其他，他偶尔也会感觉到混乱，是妹妹吗？不像。是红颜吗？也不像。他想疼她，想宠她，可是她时近时远他抓不住，只能放开，由着她来去自如，现在她说要走，那就送她走好了。

孟蔚林今天开了一辆Q7，林夏坐在轮椅上望着眼前熟悉又陌生的车，弯了弯嘴角。他也开过Q7，还逼着她上了车，两个人一同去上班，现在回想起来觉得两个人都很孩子气。

车子很快驶出医院，上了宽阔的大道，孟蔚林转过身，回头对后座的人道：“现在就出发吗？什么时候回来？”

“不知道。”林夏摇摇头。

“你在云城的东西怎么处理？”

“好像也没什么东西，我本来就是空着手来的，现在想空着手回去。”她想了想，缓缓地回答道。

“你先睡一会儿吧。到了中午，我叫你起来吃饭。”孟蔚林点点头，他自有打算，就不用告诉她了。

“我还不累，孟蔚林，打开电台，我想听歌。”她窝在宽大的真皮坐椅里，轻声请求道。她需要缓冲一下情绪，要不然会一直胡思乱想的。

“好。”孟蔚林点点头，按下开关。

永远的承诺是你赐给的，只是当初任谁也不晓得。

爱情的转折比想象中的坎坷，感情的怨怼拉扯牢牢捆绑着。

有些裂痕你无法去遮只能舍得。

对的错的做了选择故事说到这儿，只是过去的钳蜜太过深刻。

要多久才能够褪色。

爱的恨的做了选择我们就到这，就让我曾爱过的记忆深刻。

其他的(才能够极色)，就此放手微笑地带过……

柔柔的歌声流过心底，她轻轻地闭上眼睛，高一句低一句，跟着哼了起来，心底涩涩的，鼻子也跟着发酸。车里的暖气开得很足，车内车外形成温差，车窗上覆盖着一层薄薄的水汽，她伸出手指，对着车窗一笔一画认真地写起字来。卓立灼，我们就到这……

冬天的太阳很珍贵，林夏闻着被子上暖暖的味道，满意地点点头。

身体已经恢复得差不多了，只是变天的时候，右手还是会酸酸地疼，估计是落下病根了吧。

院长不准她操劳，说要让她好好地休养，可是她闲不住，实在闷得慌就跟孩子们一起做做游戏，帮他们整理一下房间。

“林姐姐，林姐姐，璇姐姐回来了！”两个小萝卜头蹦蹦跳跳地跑到她的面前，笑得很开心。

“璇姐姐回来了？”林夏蹲下身子，抚摸着他们的小脑袋，说，“璇姐姐回来了很开心吧？”

“嗯嗯……”小脑袋点得像小鸡啄米似的，“璇姐姐不是一个人回来的，还带了个长得很高的大哥哥。”小脸上是掩不住的兴奋。

“是吗？”林夏起身一手拉起一个，“走吧，去看看。”

门外，左璇穿着一件长长的紫色羽绒服，将自己裹得严严实实的，见林夏走了出来，笑眯眯地迎上去。

“回来了。”林夏松开手，两个小萝卜头飞快地跑回正在做游戏的同伴身旁，“怎么把自己收拾得跟长茄子一样啊？”

“就你会说话。”左璇翻翻白眼，抬头看了看跟孩子们玩得正欢的高大背影，一脸温柔地道，“他说乡下会比城里冷一些，非叫我穿成这样。”

“终于舍得带他回来了？”林夏顺着她的目光望了过去，齐烨的身影特别打眼。但是，年龄不是差距，身高不是问题，虽然差别实在是大了点，可是，一点也不妨碍他成为孩子王，组织孩子们玩着最幼稚的丢手绢游戏。

“嗯。”左璇点了点头，“之前说好的，准备结婚前，一定要把男人带回来给院长妈妈看一看。”

林夏笑了笑，不置可否，那是小时候的约定。她们都习惯称慈祥和蔼的院长为妈妈，因为她将大半辈子都奉献给了这座孤儿院。如果没有她，也不会有现在的自己和左璇，她就是她们的妈妈，这里就是她们的家。

跟卓立灼相爱的时候，她无数次地幻想过能同他一起回来看看，可是最后只有她一个人回来了。

“夏夏，我结婚你会去观礼吗？”左旋一脸期待地问道。

“在哪儿办酒席呢？”

“滨城。齐烨的亲戚基本上都去了国外，而朋友差不多都在滨城，他的父母会过来。”左璇停了下来，迟疑了一下，“回去看看吧。滨城变化可大了，而且还更漂亮了。”

“再说吧。”现在滨城对她来说，有一种从未有过的陌生感，就算读大学的时候，一待就是四年，如今回想起来也会感觉很空白，偶尔有的一点点的记忆，也是支离破碎的。

“夏夏，我希望你能来。”左璇一把握住她的手，捏了捏，冰凉冰凉的。

“结婚了，也要多回来看看，知道吗？臭丫头！”林夏笑着提醒道。她是真的替她开心，一辈子说长不长，说短也不短，在对的时间遇上对的人，然后相知相守。可是，如果一不小心出了点小差错，错过一时，可能就是一辈子。

“夏夏，如果可以，回去看看吧。我们在那里度过了最年轻、最单纯、最美丽的日子。你真的舍得全部忘记吗？”

“再说吧。”林夏微笑着抽回手，然后插进厚厚的外套口袋里。天是真的冷了，应该快下雪了吧。

单纯也好，美丽也罢，还有伤害，都已经过去了。让未来到来，让过去过去吧！放开，未必不是解脱。心还是会疼，但慢慢地都会好起来的。林夏耸耸肩，说：“我不想强求自己，好的坏的，忘不忘得了，已经不重要了，顺其自然。我现在过得很好，陪着院长妈妈，她现在越来越健忘了。有时安静下来我总是会想，时间真的过得很快，我们长大了，妈妈也老了。”

左璇抿着嘴不接话。是呀，人生最抵不过的就是时间，很多东西再也回不去了，那就朝前看吧！重要的还是未来，不是吗？

“那随你吧。我们朝前看就是了。”

两个人默契地相视一笑，抬起头，望向远方。

气温骤降，今年冬天里的第一场大雪，纷纷扬扬，飘飘洒洒，屋顶、树枝、道路上，很快就积了厚厚的一层雪。林夏望着窗外银装素裹的世界，瑞雪兆丰年，心底一片宁静。无论如何，生活还要继续，悲伤绝望是一天，开心快乐也是一天，为何不让自己活得轻松一些，朝前看，不回头呢？

因为温度太低，担心孩子们感冒，活动全部被安排在室内，孤儿院的条件一般，没有集中的供暖系统，几十个孩子围着大大的火炉玩着游戏，烤着地瓜，不亦乐乎。

“林姐姐，尝一尝，可香了！”扎着小辫子的女孩捧着刚从炉子里扒出来的地瓜，递到林夏面前。

“谢谢妮妮。”林夏拍拍她的脑袋，接过她手里热气腾腾的地瓜。不要拒绝孩子们的好意，他们那么真心地对你好，你不接受，他们会很伤心的。

“哇，好香呢！妮妮，你的手艺又有长进了。”剥开皮，里面被烤得金灿灿的，她轻轻地咬了一口，满口都是香味，她忍不住夸奖道。

“林姐姐，你不走了吧？你要是不走了，妮妮天天烤地瓜给你吃。”妮妮一脸天真，眼睛里透着满满地期待，说，“璇姐姐和大哥哥待了几天就走了，我们可舍不得了。”

“我不走。”林夏给了她一个安心的微笑，“林姐姐在这里看着你们长大。”

“真的？不骗人？”妮妮咧开嘴，迅速伸出小拇指，要拉钩钩。

“妮妮，林姐姐是大人了，不能总待在这里。”院长一脸慈祥地走了进来，笑眯眯地揽住妮妮。

“院长妈妈，什么是大人？是像林姐姐这样，高高的、大大的、漂漂亮亮的吗？”妮妮眼珠子一转，疑惑不已。

“妮妮，你想呀，在你长大的过程中，院子里不时会有别的弟弟妹妹进来，等你长到跟林姐姐一样大了还待在院子里不出去的话，人太多，院子肯定是装不下的，那怎么办呢？”院长蹲了下来，耐心地跟她说。

“那我就出去呗，把地方让给弟弟妹妹们。”她回答得很爽快。

“是呀。妮妮把地方让出来，之后妮妮要去哪儿呢？”

“妮妮去林姐姐以前待的地方，学林姐姐一样工作挣钱，给弟弟妹妹们买礼物。”妮妮仰头，冲着林夏笑，眼角弯起来像月牙儿一样。

“我们家妮妮真懂事，现在明白什么是大人了吗？”院长站起身，拉起她坐到火炉旁。

“嗯。”妮妮似懂非懂地点点头，朝院长怀里缩了缩。

林夏捏着微微有些凉的地瓜也在火炉边坐了下来，低着头，不说话。

“夏夏，听璇璇说，她结婚你不去观礼？”院长招来院里大点的孩子，将妮妮带过去做游戏了。

“还不确定。”林夏抿了抿嘴唇。

“院子刚建起来的时候，只有两间瓦房，孩子也不多，就几个，你和璇璇就在其中。经费太少，没有多余的钱请人，更没有义工，我跟刘妈轮着照顾你们几个孩子。时间过得真快，一晃你们都长大了，回头想想，就好像还在昨天。”院长脸上洋溢着慈爱的笑容，转过脸，看了看林夏，说，“你们生下来就没有亲人，却一起长大，形影不离，就算身体里没有流着相同的血，也一点都不影响你们成为彼此在这个世界上最亲密的人。”

“我知道，院长妈妈。”喉咙有些堵，林夏点点头，盯着手里慢慢变凉的地瓜，没有继续吃下去的欲望了。

“夏夏，你从小就聪明懂事，让人省了不少心。妈妈也不多说什么，只想告诉你，珍惜爱你的人，宽容伤害过你的人，握紧自己的幸福。”院长意味深长道，“没有爱你的人，你会很孤单；没有伤害你的人，你学不会成长。幸福不幸福，只能靠自己，老天是公平的，给世人的爱也是对等的，你们缺少的爱，会有人帮你们补回来。”

“嗯。”林夏拼命地点了点头，隐忍着心底涩涩的酸楚。回到这里好些日子了，还是头一次聊这么沉重的话题。

“上次送你回来的小伙子不错。”

“院长妈妈，人家有青梅竹马的爱人。我刚出车祸那会儿，人家两口子和璇璇在医院里轮流照顾我呢。”林夏赶忙解释道。

“哦。”院长不好意思地笑了笑。难道真的看错了？那男人将林夏交给自己的时候，满眼的不舍和心疼。

叮……活动室外铃声响起，中餐时间到了。林夏舒了口气，这话题终于告一段落了。

天气放晴，路况好了以后，孟蔚林便载着陈娉婷来看林夏，还带了不少东西送给院里，可把孩子们乐坏了。

玩了好一会儿，孟蔚林嚷着要去镇上别的地方转转，陈娉婷也满脸期待，这是她第一次来，对这里的一切都感觉新奇实属正常。林夏拗不过，只能和院长打了声招呼，带着他们出门了。

车子行驶在水泥小道上，路况不太好，时不时地还会遇上大段坑坑洼洼的路，孟蔚林将车速减了又减，越开越谨慎。

“小地方可比不上城市里的柏油马路。孟总，心疼爱车了吧？”林夏逮住时机就酸他。

“我哪是心疼车呀，明明是心疼人好吗？不是怕颠到两位美人儿吗？”孟蔚林从来都不是省油的灯。

“切！”林夏从鼻子里轻嗤一声。

“林夏，你给我们当伴娘吧。”陈娉婷说，她坐在副驾驶座上，不得不转过身子看向林夏。

“哟，好事将近呀！”林夏顿时眉飞色舞，故意看向陈娉婷的小腹，“啧啧啧，速度很快呀。说，是不是，嗯？”

“什么？”陈娉婷的脸刷地就全红了。

“你脸红得跟个大苹果一样，哈哈，被我猜中了吧！”大笑两声，林夏伸手拍了拍孟蔚林的肩说，“哥们，速度挺快的呀。我说你怎么突然转性，懂得怜香惜玉了呢！搞了半天，原来是心疼下一代呀。不错不错，你们一家三口大老远地跑过来看我，我还真有点担当不起呀！”

明明力道不大，孟蔚林硬是装模作样地身子一歪，嘴里配合地喊了起来："哎呀！你想拍死我啊？你想我儿子一生下来就没有爹吗？"

啪！话音未落，陈聘婷一巴掌就削了过去，"乌鸦嘴！"

"嘿嘿！对对对，我乌鸦嘴，乌鸦嘴。"孟蔚林赶紧讨好道，"该打，该打。"

"啧啧啧，肉麻死我了。"林夏抱着手臂，装模作样地摸了摸。

"林夏，当我的伴娘吧。"陈娉婷旧话重提，样子正经得不能再正经，严肃得不能再严肃了。当然，一辈子就一次的事情，不慎重都不行。

"不要。"明知道她是把自己当朋友才诚心邀请的，可是她不想回到之前待过的地方，怕勾起回忆，徒增伤感。

"为什么？"陈娉婷噘起嘴，郁闷起来，"孟蔚林，你不是打包票说林夏会答应的吗？现在怎么办？"说完，她就去掐他。

"婷婷，轻点轻点，疼！疼！"哄完她，孟蔚林又立马唬起一张脸，转头看了看林夏，说，"死丫头，抬举你了，别给脸不要脸啊！"

"孟蔚林，你就一纸老虎，我还怕你了不成？！"林夏朝他挤眉弄眼，根本不把他放在眼里。

"婷婷，咱不稀罕她，咱去找比她好一千倍一万倍的伴娘啊。"孟蔚林见林夏根本不配合，只好立马转移对象。

"不要，我就要林夏当我的伴娘，其他人我都不要。"陈娉婷有恃无恐地耍起赖来。

"切！"林夏对着孟蔚林努了努嘴，又看向陈娉婷。其实，她不是不感动，"陈娉婷，你的心意我明白，可是我听说伴娘必须连续当三次，要不然很可能就嫁不出去了。我朋友本来就不多，连续当三次的可能性几乎为零，你就看在我都一把年纪的份上，体谅体谅我吧。”

“是这样吗？”陈娉婷半信半疑地问道。

“真是这样。”林夏点点头，“要不是年纪大了，我也是乐意当你伴娘的啦。陈娉婷，你也别矫情了，你的心意我领了。”

“好吧，那我就不难为你了。其实孟蔚林说你身体刚复原，不宜操劳，我也知道当伴娘很累人的。”语气里透露出微微的失望，不过，强人所难的话，再好的事也都变得不那么好了。

“停车停车！”陈娉婷突然喊了起来。

孟蔚林疑惑地看了她一眼，虽然不知道她要做什么，却还是顺从地将车子稳稳地停在了路边。

“怎么了？”他关切地问道。

“蔚林，你看你看！”陈娉婷下了车，伸出手朝前方指了指，蜿蜒的河面上，停着几只小船，船头站着成排的鸬鹚，也叫鱼鹰，鸟嘴金黄，一身黑羽，直挺挺地站在船头，很英勇的模样。

这应该算是小镇的特色吧。捕鱼的技术是越来越先进了，只有这种小地方还保留着原始的捕鱼模式。林夏笑了，她都有好多年没见过这样捕鱼的情景了，难怪从小在城里长大的陈娉婷会好奇，“小时候我们常常在河边摸鱼捞虾，还可以捉螃蟹呢！”

渔翁们握着长长的竹竿，将鸬鹚赶到河里，大声吆喝起来。

“那大鸟叫什么？”陈娉婷好奇地迈开步子朝河边走去。

“婷婷，你慢点，慢点！”孟蔚林赶紧跟了上去，嘴里不停地念叨着。

很快三个人便到了河边，陈娉婷的注意力完全被努力捉鱼的鸬鹚吸引了，眼睛直勾勾地盯着河面，一眨不眨。

林夏蹲下身子，玩起河床上的细沙来，还有漂亮的鹅卵石。

“哇，好漂亮的石头呀！”陈娉婷头一低，看见林夏手里的石头，忍不住惊叹道。

“漂亮吗？给你。”林夏将手里的石头递到她面前，不过就是普通的鹅卵石罢了，只是她挑的那些，花纹很奇特，乍一看，褐蓝黄白混在一起，煞是好看。

“真的吗？”她惊喜不已，开心地捧起石头，如获至宝一样，“哇，地上还有好多呢，我自己也找找。”说完她还真的煞有其事地低着头，认真地找了起来。

孟蔚林看她玩心大起，也不好阻拦，只交代她当心脚下别摔着，便由着她玩去了。

林夏摇摇头，感觉到陈娉婷还真是孩子天性，真想象不出当初她是怎么狠下心来违背父母的意愿，决心悔婚的。

“怎么了？”孟蔚林见她一副不可思议的表情，忍不住开口问道。

“孟蔚林，你现在很幸福吧？”她摇摇头，笑道。

“是呀。”孟蔚林也眯着眼睛笑了起来，“林夏，我听少东他们说，卓立灼跟家里闹得很厉害，沈家现在也大不如前了。”

“是吗？”林夏很意外，“其实他没必要那样做，有什么意义呢？还会牵连一些无辜的人。”而且，还不能挽回什么？

“你还真是大度呢，真的不计较？”孟蔚林不太相信地问。

“不是大度，只是觉得伤害已经造成，报复、弥补什么的都没什么意义。心底的烙印那么深，怎么可能轻易消失？”林夏答。

“其实有句话，我不知道当讲不当讲。”孟蔚林迟疑了一下。

“你什么时候变得这么婆婆妈妈了？”林夏故意打趣道。

“因为你出车祸，我跟少东、骥子他们倒是处得不错了，时不时还会聚在一起，会聊到你跟卓立灼的事情。其实，我听得出，卓立灼一直爱着你，而你呢，我也了解，死心眼一个。为什么不给彼此一次机会，试一试，说不定有些结真的可以解开呢？”孟蔚林语气恳切道。

“我说孟蔚林，卓立灼可小心眼了，当初因为吃你的醋，他就高价收购你家的股票，差点害你丢了公司。我再大度也没你大度啊，不但不记仇，还来帮仇人讲话。”说完，林夏吃吃地笑了起来。

“这话是什么意思？”孟蔚林被她的话弄得有点摸不着头脑。

见他一副茫然的样子，林夏便将之前在卓立灼办公桌上看到的股份转让协议书的事情一股脑地全告诉了他。

“呵呵，不可能。”孟蔚林打着哈哈，直摇头。

“我亲眼看到的还有假？”林夏急了。

“我那小公司卓立灼根本看不上。再说了，那事情已经差不多查清楚了，就是有人高价收了几个小股东手里的股票，然后放出风声来，说要大肆收购宏宇，可也只是说说罢了，后来根本就没有什么动静，害我白紧张了好些日子，还想着暂时离开大本营，引蛇出洞呢，结果连条蚯蚓都没引出来。我现在想想就窝火！”孟蔚林说完还跺了跺脚，像是被耍了一样，着实不甘心，“你说你在卓立灼的办公桌上看到过转让书？让我想想。”

“不用想了，我大概猜到是谁做的了。”林夏伸出手抚了抚额头。转了一圈，所有的一切终于变成了一个圆，很多事情前前后后串起来想一想，很快就能得到答案。

“谁？”孟蔚林瞪大眼睛，能做出这么无聊的事情来的人，肯定不是什么好货色。

“沈冰。”林夏无奈地耸耸肩，摊开手，说，“是她没错。好了，我不想做细节描述，没事就好，你闭上嘴，不要再问了。”

“好，那你跟卓立灼呢？”他仍不死心地坚持问道。

“不可能的事情，也不要再说了。”心刚刚安定了一些，这人还真是哪壶不开提哪壶啊。

“你不试怎么知道没可能呢？”他继续坚持，不达目的不罢休。他还是希望她能幸福。幸福是什么？应该就是可以跟爱的人相守，然后平平淡淡地过一辈子吧。

林夏做了个打住的手势，指了指远处的人影。

“孟蔚林，我在泥坑里抓到了一只小螃蟹，好可爱，快来看啊！”陈娉婷兴奋地举着手，朝他俩挥了挥。

孟蔚林别有深意地望了林夏一眼，摇摇头，朝陈娉婷走去。

夕阳西下，天边泛起绚丽的霞光，远处两个人的身影似乎被包裹起来，周身闪着红艳艳的光。

林夏望过去，心里不禁感叹道，这就是所谓的执子之手，与子偕老吧！这辈子，她不知道还有没有机会感受到。

第十四章 期望落空

转眼到了农历新年，院子里自然热闹非凡，还来了好几个大学生义工。

吃过年夜饭，孩子们洗干净手，跟着院长和义工在大大的活动室里拼起几张桌子，一起动手包起饺子来。林夏看他们忙得热火朝天，也想帮把手，刚包了一个，却被嫌弃包得太丑，被众人轰到一边休息去了。

林夏悻悻地站在一边，看着他们忙碌，有些无趣，她将双手插进口袋，指尖突然触到了硬硬的东西。啊！差点忘记了，那是自己一大清早去外面换好的零钱，十块的新钞，准备给孩子们包红包的。钱不多，贵在心意。

找到事做了，不过得偷偷地做，她兴冲冲地转身出门。

镇上守岁时有开灯的习惯，说是妖魔鬼怪见到了灯火会绕行，于是院长叫孩子们把楼上楼下的灯都打开了，灯火通明，映得院子外都亮堂堂一片。

卓立灼靠着车窗，眼睛紧紧地盯着院子里，一楼有扇门突然被打开，有人走了出来，呼吸一滞。院子里灯光很亮，他一眼就认出那人，旋即站直了身子。头发被风吹乱了，林夏抬手捋了捋，望见院门口一闪一闪的车灯，接着那车旁立着的人映入眼帘，看得她心头一颤。

隔着院子的大铁门，两两相望。林夏的脚步顿了半晌，终是走了过去，拉开铁门。

卓立灼屏住呼吸，看着日思夜想的人一步一步地朝自己走过来，血气上涌。

一只胳膊的距离，他伸手一揽，将人紧紧地拥进怀里。他很用力，箍得很紧，像是要把她嵌进自己的身体一般。

“你怎么来了？”闻着他身上淡淡的烟草味，林夏没有挣开他的胳臂。

“来看看。”卓立灼将下巴抵在她的额头上，闭上眼睛，享受怀里的柔软。

“吃过饭了吗？”孤儿院在滨城边郊的小镇上，从市中心到这里最少要四个小时的车程。今天是阖家团聚的日子，他一身正装情绪低落地出现在自己面前，不是不担心，只是他不愿意说，她也不追问，但并不代表她不会猜。

“没。”他老实地回答道。城里热闹非凡，卓稼祥在国外没有赶回来过年，他不想回家，于是，今天一天都待在办公室里，心里异常冷清。他想她，想得太久，终于忍不住就来了。

到了镇上，导航仪起不到什么作用，中途还迷了一次路，他问了好多人，才安然到达。现在想想确实有些狼狈，但怀里的真实，却让他觉得再狼狈也无妨。

“外面冷，进去吧。”屋里温度还是高很多，乍一出来，风也不小，吹得她有些受不住了。

“去车里吧。”他提议道。他舍不得放开她，舍不得被其他人打扰。

“你还饿着肚子呢。哪有大过年饿肚子的啊，进去吧！我弄点东西给你吃。”她挣开他的怀抱，拉起他的手，不想惊动其他人，于是领着他直接朝厨房的方向走去，刘妈刚好端着剁好的饺子馅从厨房里走出来。

“夏夏，这位是？”刘妈愣了一下，很快反应过来，上下打量了一番面前的人。

“我朋友小卓，刘妈妈。”林夏大方地介绍，晃了晃卓立灼的胳膊。

“刘妈妈好。”卓立灼礼貌地和她打招呼。

“好好。”刘妈点点头，说，“饺子馅不够，我又剁了点，他们还等着呢，我先过去了。夏夏，你好好地招待小卓呀！”说完，她便端着饺子馅像旋风一样地消失在两人面前。

林夏耸耸肩，这下好了，估计全院的人都知道了。

卓立灼看着她无奈的表情，温柔地笑了笑。

“我找找看有什么吃的。”林夏踏进厨房后就开始翻找起来。虽然年夜饭很丰盛，但只剩下些残羹冷炙，哪里还能吃啊！

好在还有些菜没有用完，鸡蛋，西红柿，萝卜，白菜，林夏想了想，挑了鸡蛋和西红柿，又找了一包面条。然后开始洗洗切切，打上火，手上一阵忙碌，不过速度倒是很快，没多久，一碗西红柿鸡蛋面就端了上来。

“给你，只能凑合了。”她将碗递到卓立灼面前。

卓立灼不可思议地看着面前热气腾腾的面，香气扑鼻，刺激着他的胃。

“这是什么？”卓立灼嗫嚅地开口问道。

“面啊。”林夏看了看碗里的东西，觉得他的问题很奇怪，怎么可能连面条都不认识呢?

“我当然知道是面。”卓立灼看她一脸狐疑的样子笑了笑，“是你给我煮的面。”他说完盯着面，不舍得下筷子。

“快吃吧，一会烂了就不好吃了。”她又催促道，却不再盯着他，而是拉了张小凳子在他旁边坐下，掏出口袋里的零钱和红包，认认真真地封了起来。

卓立灼终于咽下一口面，好吃得差点连自己的舌头都跟着吞下去了。他看着她，拿着一大沓红包，折折叠叠很用心的样子，忍不住问：“你在做什么？”

“封红包呀。”林夏喜滋滋地将手里封好的红包在他眼前晃了晃，“小时候最盼过年了，守完岁我们就会跟院子里的阿姨们拜年，阿姨们就会给我们一个小红包。拿到红包是我们最开心的事。”她歪着脑袋慢慢地回忆，那些日子就像在昨天一样。

卓立灼握着筷子搅着面，又往嘴里送了一大口。他对过年感觉很淡，没有多开心也没有多不开心，一家人聚一聚吃顿饭而已。

林夏见他不接话，继续埋头包红包，不理他了。

面条很快就吃完了，卓立灼端起碗连面汤也喝了个干净。林夏手头上的红包也包好了，见他已经吃完，便起身开口道：“走吧，既然被撞见了，那就露个脸吧。”

“什么？”她的话没头没尾的，听得他有点摸不着头脑。

“我是说，让你出去跟院子里的其他人打个招呼。”

“哦。”他恍然大悟，心里是抑制不住的小惊喜。

两个人肩并肩地走到活动室，林夏伸手将门打开，朝他点点头，示意他进去。

卓立灼搓了搓手，没来由地紧张起来，让他进退不是，为难得很。

林夏见他站在门口迟迟没有动作，急得一步跨进屋里，再将他一把拽了进来，转身，迅速将门关上。

卓立灼看着满屋子的人直直地盯着自己，心里更加局促不安，手脚都不知道该怎么放了。

林夏关上门，回头看到一屋子人表情诧异，好一会儿才挤出一个超级不自然的笑脸，指了指身旁的人，说：“我的朋友，姓卓。”她一时还真不知道要怎么介绍了，屋子里的人有大有小，有长辈也有平辈，一个个来介绍肯定不现实，那就笼统一点得了。

“各位好！我是卓立灼，林夏的朋友。”这介绍也太短太不正式了吧？顾及到场合，卓立灼还是压制住了心里的抱怨。卓立灼整理好自己的不适应，礼貌地打起招呼来。

“来客人了，欢迎欢迎，随便坐呀！”几位年长的阿姨满脸欣喜地对林夏使眼色，院长抬起头，认真地打量起卓立灼来，没有表态。

“这是院长。”林夏发现院长的表情很认真，附在他的耳边赶紧提醒道，声音刚好够他听见。

“院长您好，各位阿姨好，包饺子呢？我也会，能一起包吗？”卓立灼赶紧讨好道。

“那一起吧。”院长盯着他看了足足几秒钟，这才点点头，招招手，示意他过去。

卓立灼边挽袖子边朝他们走了过去，扔下林夏一脸惊讶地立在门口。

“夏夏，拿件围裙给卓先生，别把西装弄脏了。”院长见她一动不动地站在那儿，赶紧提醒道。

“哦。”林夏点点头，去找围裙了。

“院长，叫我小卓就好，拘束了就没气氛了。孩子们，你们是怎么称呼她的呀？”卓立灼指着林夏的背影，对着身边的孩子们问道。

“林姐姐。”孩子们异口同声地回答道。

“那你们就叫我卓哥哥吧。这次来得急，没准备，卓哥哥保证，下次过来的时候一定给你们买礼物，好不好？”别的不行，收买人心他最在行了。

“好！”孩子们使出吃奶的劲齐声喊道，声音大得差点震破他的耳膜。

大人们笑眯眯地直摇头。

林夏找到围裙回来的时候，看到卓立灼拿着擀面杖有模有样地在桌边忙活开来，突然就想起了住院时的那些日子，他待在厨房里手忙脚乱，温暖在心底蔓延开来。

“喏，给你。”她将手里的围裙递到他面前。

“我的手粘了面粉，你帮我穿吧。”卓立灼说完便张开双臂，低下头。

他个子高，她只到他的肩膀处，林夏努了努嘴，没吭声，踮起脚帮他把围裙套到脖子上，然后绕到他的身后，将围裙带子系在他的腰间。

“好了。”系好后，她轻声提醒道。

“谢谢。”卓立灼对她眨眨眼，拎着擀面杖继续忙活着。

院长抬头望了过来，没忍住，直接笑出声来。其他人听到她的笑声，也陆续抬起头来。

卓立灼很认真地忙着，努力将手里的小面团擀成薄薄圆圆的饺子皮，头几张有点四四方方的，慢慢地就好了起来，心里好不得意，于是更加卖力地表现起来。

林夏听到他们的笑声后，发现他们都在看着卓立灼。她觉得奇怪，这才认真去打量他。

怎么搞的，她怎么挑了件粉红色的围裙给他穿上了？他身形高大，围裙底下又是很正式的西装，这样搭配着，确实有点滑稽，可是当事人却完全不知情的样子，忙得不亦乐乎，根本没察觉大家脸上的表情都不正常。

热闹的时候，时间过得特别快，眼见着十二点近了，大家都开始准备迎接新年。义工们过来的时候，特地买了各式各样的烟花爆竹分送给了孩子们。男孩子们拉着卓立灼要他一起去放烟花，卓立灼开心地掏出口袋里的烟，一支支点燃递到孩子们手里。这样比用火柴和打火机要安全一些。林夏见他跟孩子们处得不错，于是在提醒他注意安全后才放心地跟着妈妈们去厨房煮饺子了。

噼里啪啦的鞭炮声此起彼伏地响起来，夹带着孩子们的追逐嬉闹声，林夏将形状不一的饺子一个个地放进已经沸腾的水里。

“夏夏，你跟小卓？”院长隔着玻璃窗，看着院子里的情况。

“他是我大学里的对象，后来分手了。”她一直把院长当亲生妈妈一样看待，所以并不打算瞒她。

“这样啊……”语气里透着淡淡的思量。

“嗯。现在只是普通朋友，他有未婚妻了。”她并不知道他跟沈冰怎么样了，不管怎样，都跟她没有关系了。

“哦。”

“吃饺子啦！”热腾腾、香喷喷的饺子被端了出来，孩子们欢呼着丢开手里的鞭炮冲进活动室。

“赶快去拿自己的碗，排好队分饺子啦！”林夏将手里的大面盆放在桌子上，扯着嗓子喊道。

话音刚落，院长跟义工们也端着面盆进来了。碗早就准备好了，孩子们端着自己的小碗，不争不抢，听话地分成几组，在面盆前排起队来，井然有序。

卓立灼站在一边，看着眼前的场景，眼睛里不自觉地起了一层薄薄的雾气。

饺子很快就分完了，林夏帮卓立灼盛了一碗，递到他面前。

“这可是元宝，吃吧，吃了新的一年多进财呀！”她调皮地对着他吐了吐舌头。

卓立灼点点头，虽然还不饿，可还是接过碗，大口大口地吃了起来。第一次吃到味道这么好的饺子，不知道哪些是自己擀的皮。

“你怎么不吃？”他好像突然想起了什么似的，猛地抬起头来。

“我在厨房吃过了。”林夏连忙解释道。

“不信。”他一脸的怀疑，“你也吃一个。”说完，他夹起一个递到她嘴边。

“你快吃吧。”她脸腾地就红了起来，连连摆手说，“我真的吃过了。”

“你不吃的话，那我也不吃了。”他皱皱眉头。

“好吧好吧！”看着他孩子气的表情，她张开嘴，一口一口地将他夹起的饺子吃完，“我吃完了，你快点吃吧。”

“好！”他满意地点点头，开心地将碗里的饺子吃了个干净。林夏看着他狼吞虎咽的样子，想起他不是才吃过一大碗面吗？心微微地有些疼，估计这家伙一天都没吃东西，是饿着肚子来找她的。

“装好啊。”她掏出一部分刚刚封好的红包，偷偷塞进他的口袋里。

“什么？”卓立灼条件反射地伸手摸向自己的口袋，手与手在半路轻触。

“红包。”她缩回手解释道。

“给我的？”他兴奋地弯弯嘴角。

“给孩子们的。”她翻了一个白眼，还真会自作多情，跟从前一样。

“哦。”语气中透着淡淡地失望，他掏出一个打开来看了看，说：“才这么点，真小气！我拿不出手。”

“拜托，心意最重要好吗？”她反驳道，连礼轻情义重都不懂的家伙！

“你只给孩子们准备吗？”他问，之前她在厨房包红包的时候，他没在意。

“嗯。”林夏点头。

“应该见者有份吧。院子里还有那么多大人，要给也是一起给嘛，你还真是的！”他忍不住摇摇头。

“这……”他说得似乎有道理，她当时只想着孩子们，也没想那么多。

“还有红包吗？”他挑挑眉。

“有。”她点点头。

“快点去拿吧。”他推着她迅速出门，还好大家都在开心地吃着饺子，没有人注意到他们。

取了红包，卓立灼掏出钱包，开始往红包里塞钱。

“喂，意思一下就好。”看着一张张百元大钞，林夏皱皱眉头，出手还真大方啊！

“孩子们当然没关系，给大人们的却也不能小气。再说了，也没多少。OK，搞定！”他挥了挥手里的红包，拉着她回活动室。

林夏站在屋前拍拍手，很快便引起了孩子们的注意，她赶忙高声喊道：“孩子们，卓哥哥给红包啦！”

“哇！”欢呼声差点没把屋顶给掀了。

卓立灼拿出林夏装在他口袋里的小红包，笑眯眯地发了起来，林夏也掏出剩下的红包，跟着他一并发了起来。

“谢谢卓哥哥！”

“谢谢林姐姐！”

拿到红包的孩子们欢呼雀跃，又蹦又跳，开心极了，屋子里的气氛欢快又热烈。大人们笑眯眯地站在屋后，看着两人忙活着。

“好啦好啦！快点把饺子吃完，准备休息了！”这样闹下去肯定会没完没了的，林夏赶忙指了指桌上的碗，大声提醒道。

孩子们配合地拿起各自的碗，开始埋头吃起来。

“各位阿姨和同学也有哦。”卓立灼走到屋后将红包掏了出来，年纪大的就叫阿姨，年纪轻的也不知道怎么称呼，叫同学应该没错吧。

“我们也有？”大人们都瞪大眼睛看着卓立灼，满脸惊喜。

“当然有，虽然不多，贵在心意。”说完，他将手里的红包一一塞到他们手里。

“今晚让小卓破费了。”阿姨们不好意思地说道。

“哪有哪有。”卓立灼连连摆手，“我头一次过年过得这么开心，我还得感谢你们呢！

孩子们总算都睡觉去了，阿姨们留下来收拾房间，卓立灼见林夏一脸疲惫，虽然舍不得，但也不好意思继续待着，于是便起身告辞。

“这么晚了，要不就在这里过夜吧，反正也有空房间。”阿姨们热心地挽留他。

“这……”他转头看向林夏，希望从她的脸上读到一些信息。

“明天可是大年初一，不是有初一拜父母的老规矩吗？”林夏头也不抬地擦着桌子，语气不轻不重道。

“是有这样的规矩，你们一个两个的看来真的上年纪了，小青年们都知道的规矩，你们倒是给忘记了。”院长点头道，“夏夏，你别忙活了，送送小卓吧。”其他的阿姨也赶紧附和着。

林夏推不过，只能放下手里的东西，望着卓立灼，说：“走吧。”

卓立灼没再出声，对其他人点点头，便跟着她出了门。

凌晨的温度更低了，风迎面一吹，林夏禁不住打了个哆嗦，天空又开始飘起雪了，纷纷扬扬地从高空中散落下来。

卓立灼发现她缩了缩身子，迅速走到车前拉开门，从座位上拿出一件大衣，转过身来替她披上，“温度低，小心别感冒了。”

“没事。”林夏摇摇头，拉了拉风衣，将自己裹得更紧了一些。感冒最难受了，还是不要感冒的好。

“夏儿，谢谢你，我很开心。”他喃喃地说道，今晚他是真的很开心。

“大家都很开心呀。”她的声音里透着笑意，“时间不早了，回去吧，开夜车要当心。”她转过脸看着他，晶亮的眸子在黑夜里宛若星辰，熠熠生辉。

“夏儿，陪我说说话吧。”他的声音隐约有些沙哑。

“说什么？”她伸手捋了捋被风吹乱的长发，无声地叹了口气，这才是他来的真正目的吧。

“外面太冷，去车里吧。”她的身体刚刚恢复，还是注意些好，说完，他便替她拉开车门。

“好吧。”她点点头，钻进车里，外面实在是太冷了。虽然裹着大衣，但她还是冻得打颤，他穿得更少，这样子吹着风，两个人都不好受。

体型庞大的越野车，车内空间宽敞，暖气一开，身体渐渐暖和起来。

“夏儿，对不起。”想说的话岂止千言万语，但真要说的时候，他却不知道要从哪里开始。

“怎么了？”明知道他为什么道歉，林夏却故意表现出一副不解的样子，想了想，开口道，“其实应该是我说不好意思，在医院里实在是待得烦了，所以求着孟蔚林帮我办了出院手续，你也看到了，这里就是我的家，有我的亲人。走得太急了，都没来得及跟你们打声招呼。”她伸手指了指院子，不以为然地笑了笑。

卓立灼看她的样子，终于长叹了口气，“是我的母亲太荒唐了，是我太没用，没有保护好你。”他说着一拳砸到方向盘上，砰地一声。

林夏吓了一跳，拉着他的胳膊阻止道：“卓立灼，你别这样。”

他是真的没必要这样，忏悔、内疚、心痛……这些统统没必要，她不需要别人心疼怜悯，这或许就是她的命。做什么，都抹不去已经在那的伤，唯有时间，它会轻逝着替她一点点抚平。时间长了，她就不会疼了。

“夏儿，我们把从前都忘了，我带你走，走到一个没有人认识我们的地方，重新开始好不好？”卓立灼拉住她的手，很冰很凉，他用力握紧，十指相扣。

林夏知道他不是说笑，因为他脸上有异样的认真。重新开始，那都是自欺欺人的话。就算事隔多年，那些往事还是像鬼魅般如影随形。放不开，忘不掉，她时常夜里惊醒，这样的状态怎么可能重新开始?

就连孟蔚林都说过，伤害太多，伤口太深，最要命的是对她下手的人，都是跟他有关的人。

院长妈妈也说过，要宽容，要有勇气试一试，她也想过，可当她确定自己真的没有办法做到当所有的事情都没有发生过，才决定离开的。

“卓立灼，你知道我的梦想吗？”她语气不紧不缓，目视前方，不带任何情绪，“其实，我是个挺没出息的人，这一生吧，就想着有份安稳点的工作，然后找个简单的人，相爱相知，结婚生子。我们这样的人，最缺的就是血脉之情，我最想当个贤妻良母，家里老人安康，孩子听话，男人体贴，一大家子人热热闹闹幸福美满地在一起。”

“我也恨过、怨过，如果我爱的人从来就不是你，那么会不会就没有那样的伤害？”林夏吸了吸鼻子，努力不让眼眶里的酸泛滥成灾，“卓立灼，你知道的，我是个挺死心眼的人，你说，若换做是你，你能不能无事般跟伤害过你的人，成为一家人？”

卓立灼的唇抿成薄薄的一线，眼眶发红，看向窗外。是的，没有人能做得到，可心那么疼，恨不得缩起身子。什么时候可以麻木呢？麻木了，不知道疼了也是件好事。

“很晚了，我要进去了，你开车回去路上注意安全。”话已至此，能说的都说完了，林夏拿下身上的风衣，折好，放回后座，推门下车。

“夏儿。”

身后响起急促的脚步声，林夏手臂一紧，一道力拉着她身体一旋，接着就撞进一个坚实的胸膛里。

“夏儿，让我再抱抱你，就一会儿，一小会儿。”

头顶上的声音带着微颤，林夏没有挣扎，由着面前的人将自己抱得更紧。一滴冰凉渗进发丝间，接着密集起来。

“卓立灼，我们都要好好地生活。”林夏无声地叹了口气，相爱的时候，他们何曾想过，会走到这一步。谁说过，不能相守，只因不够相爱。她觉得这话有错，就算相爱，也不一定能够相守。

“好。”卓立灼应道，环着她的手臂也缓缓松开。

“走吧，我看你走了再进去。”林夏抬头看他，故作轻松地笑了笑。

“好。”卓立灼的步子又大又快，上了车，将车窗大开，风呼地一声灌了进来，脸上的冰凉更加扎人，他挥挥手道，“林夏，我们再见。”

阳春三月，天气乍暖还寒，孩子们动得多倒是不怕冷，早就将厚重的棉衣脱了。林夏不行，可能是气血虚的原因，她怕冷怕得厉害，所以还是把自己裹得严严实实的。

太阳正好，林夏站在院子里，浑身上下被晒得暖洋洋的。她满足地伸了个大懒腰，转到孩子们的寝室，将他们床上的小被子抱了出去，晾晒开来。

“不错。”望着院子里晒满了色彩斑斓的小棉被，林夏满意地拍拍手，心底好不得意，等晚上被子散发出太阳的味道，暖暖的，才舒服。干脆连自己的那床也一起晒了吧，外带院长以及各位阿姨的，林夏想了想，便一头钻进了自己的房间。

“林姐姐，林姐姐，院长妈妈叫你过去。”

她将被子放到一边，顺带将床上收拾了一下，还没忙完，妮妮就冲到房里，扯了扯她的衣裳。

“院长妈妈叫我？”她放下手里的事情，蹲下身来，轻轻地问道。

“嗯。”妮妮点点头，眼睛里透着兴奋，“在院长妈妈的办公室里，来了一个很好看的大哥哥。”

“你才几岁啊，就知道好看不好看了？”林夏摇摇头，敲了敲她的小脑袋。难道现在的孩子真的早熟？

“不骗你，林姐姐你不信就自己去看嘛。干吗敲我的头呢？会变傻的！”妮妮不开心地摸了摸脑门，正经八百地教训道，“你记得，小孩子的脑袋是敲不得的！”

林夏有些哭笑不得，不知道她是从哪里听到这些的。心里隐隐地有些纳闷，会是谁来了呢？她笑着摸了摸妮妮的头，牵着她出了门。

“少东。”林夏站在院长办公室门口，看着来人熟悉的身影，惊喜不已，赶忙走上前去，“你怎么来了？”

“看来你恢复得不错哦。”安少东眯着眼睛上下打量了她一番，点点头说。

“院长妈妈，这是我上班时候认识的朋友，安少东。”林夏这才想起一旁满脸疑惑的院长，赶紧介绍道，“安少东，这是我最最敬爱的院长妈妈。”

“现在才想起来介绍啊？我跟院长早就认识了。”安少东很不给面子地冷哼一声，转过头，对院长笑得灿烂无比，“院长，刚刚我们聊的事情先放一放，能不能把林夏借我一会儿？”

院长微微颔首，不接话，只微笑地看着他俩。

“怎么是借呢？我是东西吗？”林夏听到他的话，张嘴辩驳道。

“人也是可以借的。”安少东得意地笑着，说完拉着她就朝外走去，反正院长已经同意了。

出了院子，安少东就安静了下来，哪里还有在办公室里嬉闹的样子啊。他一边走一边低着头，脚不停地踢着路边的小石子。林夏不知道他葫芦里卖的是什么药，也不好吱声，跟着他，一路朝前走。

“想知道我今天为什么来找你吗？猜猜看。”走了不知道多久，他突然没头没脑地开了口。

“啊？”林夏走着走着便发起呆来，听到他说话，一时没接得上话来，“不知道。”她摇摇头。

“林夏，卓子不见了。”他停下脚步，抬头眺望远方。

“什么？”她以为自己听错了，对他整句话产生了怀疑，“什么不见了？”

“半个月前，我收到他寄给我的邮件，里面是一份完整的规划图。我想着他是让我帮他把把关，看过后，回复了他，也没太放在心上。可是，一个星期前，我的私人账户上多了一笔巨额资金，骥子的邮箱里也出现了我之前看过的规划图，还有一封信，信的大致内容就是以联志的名义，捐助你所在的孤儿院。”他睨了她一眼，“之前，我们故意在他面前提过，你待的孤儿院条件很简陋，其实就是想刺激他来找你。结果他总是很敷衍地应两声，我们都以为他根本没听进去，其实……”

安少东似说不下去，摊了摊手，停了下来。

“这跟他失踪有什么关系？”半晌林夏才转过弯来，心乱如麻地弱弱地问了一句。

“这件事由他来做再好不过，指不定还能抓住机会与你重修旧好，可是他却拜托给了我和骥子。当我跟骥子意识到不对劲的时候就开始到处找他，一个星期了，还没有一点消息。从前不管他去哪儿，我们多多少少都会知道一点消息，这次他谁也没说，就连他父母那边也没有消息。”安少东掏出烟，朝她看了过来。

“没事，你抽吧。”林夏不介意道，口气很淡，努力掩饰心底真实的情绪，“我跟他早就不可能了，你们怎么还那么努力地撺掇呀？”

“你是不是已经这样明确地告诉过他了？”烟盒没有打开，又被直接塞回口袋里，安少东的语调高了起来。

“林夏，可不可以不要总是摆出一副全世界对不起你的样子？是，你是受了巨大的伤害，可是你以为卓子好受吗？他不会比你疼得少！你突然消失，他像疯了一样到处找你，被强迫送到国外，中间还接受过心理治疗。你走了多少年，他就找了你多少年，你以为我们会无缘无故地突然出现在云城？你出车祸急救时，他在急救室也差点丢了命。后来了解了你消失的起因和经过后，他根本就不敢面对你，纠结了很久，才终于决定让你知道一切。可是，那是他的母亲，你知道他有多心疼多为难吗？你以为凭我们的本事，孟蔚林能轻易地带走你吗？做梦！是卓子任你选择，你要走，他就放你走。他先跟他母亲闹翻，又收拾了沈家，最后天天醉生梦死。好了，现在他整个人都消失不见了。林夏，你到底有没有心啊？如果有心的话，我求你心疼一下他吧！”

“出生在条件优渥的家庭，很多东西我们选择不了，很多别人想要却得不到的，我们能轻而易举地得到，可就因为生在这样的家庭，有些你们觉得是很简单的事情，对我们来讲说不定就是奢求。说再多也许你也体会不到那种感觉，算了，林夏，卓子是我们的手足，我们希望他不要有事，只要他没事，无论怎样都行。如果有他的消息，请及时通知我们。”

林夏点点头，从震惊中清醒过来，安少东说的那些是她从来都不曾知道的，她需要时间好好地消化一下。

“卓子交代的事情，我和骥子会帮他进行，你不用操心，好好照顾自己，我回去了。”

“好，我送你。”

两个人肩并肩地沿着来时的路走着，都不再说话。

送走安少东后，院里不时会有人来，再后来机器声也多了起来。林夏觉得自己最近变得有些怪，每当听到院子里有人说话的声音响起时，她的一颗心就会悬到半空，等分辨完那声音后，心马上就会跌落回去。

是期盼吗？不确定。

因为要建新的教室和娱乐场，孩子们特别开心。工程车的引擎声，机器的轰鸣声，出出进进的工人，都让他们觉得热闹。三个月的时间一晃就过，卓立灼却依然杳无音讯。白天渐长，林夏有时候去食堂打打下手，偶尔教孩子画画唱歌，日子过得波澜不惊。

左璇寄来了喜糖和婚礼现场的纪录片回来，院长和另外几位阿姨边看边抹眼泪，大概是像自己嫁女儿一样舍不得吧。因为院子里人手不够，大家都没法抽开身去婚礼现场。后来，左璇带着齐烨回院里办回门酒，小两口非常甜蜜，任谁看了都会羡慕不已。

林夏也不例外。

吃过中饭，院长妈妈拉着左璇的手，长叮嘱短叮嘱，林夏在一旁作陪，刘妈妈突然在院子里喊道，夏夏，有人找。林夏的心怦怦地跳了起来，起身就朝外跑。

天气已经很热了，正午时分，工人们大多都在休息，门外只有一抹纤细的身影，看得林夏有一瞬间的恍惚。

“林夏。”那人看到她，像是有点慌，手不知道朝哪放，只僵僵地扯了扯裙摆，“我是卓立灼的妈妈。”

“卓立灼的妈妈。”林夏重复着她的话，样子有点呆，“卓妈妈，您找我？”

林夏心里莫名升起不好的预感，她镇定下来，打量来人，保养得宜的脸上，没有一丝皱纹，根本看不出真实年龄。头发高高地盘起，身着一条湖蓝色真丝长裙，衬得气质雍容又高贵。

“林夏，随我去看看立灼好不好？”卓母说着已经哽咽，眼角有泪，她连忙伸手按了按，“我知道这样出现在你面前很冒昧，可是林夏，我是真的没有办法了，是我的罪孽，怎么能报应在孩子身上？他还这么年轻，怎么能生那样的病？林夏，他自己不想活，他不接受治疗，你看在一个母亲的情面上，求求你，去帮帮他，帮帮他……”

“他……生了什么病？”林夏嗫嚅地问，努力让自己的声线正常些，不要抖。

“胃癌，林夏，林夏，你去看看他吧，医生说，如果他配合治疗还是有希望的，林夏，你去劝劝他，让他配合治疗，我给你跪下了。只要你愿意去劝她，你想怎么样都可以，你想解恨，你想报复，只要你说，要我做什么都可以……”

看着面前的人说着膝盖一软，作势就要双膝落地，林夏虚托了一把，将她的身子接住。

她现在脑子里嗡嗡作响，乱作一团，连思考都没有力气。怎么可能呢？大年夜的时候，他还好好地站在自己的面前，怎么就生病了，而且还病得那样重。不可能，肯定是在开玩笑，或者是医院弄错了。对对对！误诊，现在误诊不是很正常吗？而且现在有的医生为了拿回扣，总爱吓人，把问题说得很严重，然后唬着病人拼命拿药，一点点的小问题就得住院，一定是医院弄错了，一定是！

“伯母，肯定是医院弄错了。”林夏抽回手，裹紧衣服，有冷意丝丝入骨。

面前的人低头抹泪，说：“他在齐家开的医院里，那里有全国最好的专家和仪器。”

“什么意思？”她偏过头去，还是不愿意相信，误诊，就是误诊。

“我的意思是，误诊的可能性几乎为零！”

第十五章 我陪着你

林夏只觉得浑身的力气都被抽空了，腿一软，就坐了下去。

“林夏，林夏，林夏你怎么了？”

耳边有人急急地问，林夏当作没听见，摆摆手，“我没事，我想安静下，我先进去了。”

她吃力地起身，什么也顾不得，转身朝院子里走。阳光太亮，照得眼睛睁不开，林夏不自觉地伸手挡在额前，脚步似踩在棉花上一样，每一步都打着飘。

冷，冷得浑身打颤，她努力想寻找一丝丝热度，回了房间，直接拿起一套衣服进了浴室。冬天最冷的时候也是这般，全身上下冻成冰一样，她就喜欢把水温调高些，冲个热水澡，等冲到身上的血脉像重新活过来暖烘烘的了，她再爬到床上，一睡到天明。

衣服被陆续褪去，花洒里的热水喷了下来，淋在头上，沿着脸庞朝身下流去。水似乎不够热，不然怎么还是那么冷？林夏将水温又调高了一些，浴室里的蒸气很快弥漫开来，她仰起头，迎上倾泻而下的小水柱。

身体的某个地方疼得厉害，她努力地想要忽视，但最后却不得不承认失败了。因为疼得太厉害，她只能蹲下身子将自己蜷曲成一团，似乎这样才能好受一些。

长发湿透了，一缕一缕地贴在颈脖、后背上。脸上一片湿润，已经分不清是水还是泪了。

卓立灼，卓立灼……心底无数次地默念着同一个名字，傻瓜，放手你都不懂吗？为什么非要折磨自己呢？你麻痹自己，不爱惜身体，我能拿你怎么办？

我们的爱情千疮百孔，做不到宽容，只能放开手，难道也错了吗？

“夏夏，夏夏！”耳边响起急切地呼唤，声音好熟，可是她睁不开眼。

“夏夏，醒醒，睁开眼睛！醒醒！孩子，快醒醒！”声音一遍比一遍急促。

头好疼，眼皮好重，林夏想拿手掀开它，可抬了抬手臂，居然也使不上力。怎么回事？心里一惊，眼睛总算睁开了，眼中映入院长妈妈和几位阿姨担忧的脸。

“我怎么了？”好半天，她才挤出一句话来，全身软得不行，很难受。

“我听刘妈说，有个穿着很高贵的女人来找你，本想跟去看看，走到门口刚好看她上车离开，也没见你，我怕你跟着上了车，就想打个电话问问你情况，可是你一直不接。”院长侧着身子在床边坐下，握住她的手说，“后来他们说看到你回房间了，我就过来找你，哪知道你把门反锁了，怎么敲也不应，我担心你……”她顿了一下，继续说，“反正最后就砸了门，看到你倒在浴室里。”

“哦。”林夏点了点头，原来如此，“不好意思，让大家为我担心了。”

“没事就好，没事就好。”几位阿姨连连摇头，表情已经放松下来了。

“你们先去忙吧，我陪陪夏夏。”院长对身旁的几位阿姨交代道。

“好的好的。夏夏，你好好地休息啊。”

“是呀是呀，我们去忙了。夏夏，我们晚点再过来看你。”

林夏目送几位阿姨出门后，这才抬眼迎上院长慈祥的目光。

“院长妈妈。”她苦笑一声。

“死丫头。”院长一巴掌打了过来，“你到底在想什么？水温调得那么高，整个身子都灼红了，你到底在浴室里待了多久了？你知道不知道，如果妈妈再晚进来一会儿，你……你……”

“妈妈，对不起。”顾不得疼，林夏挣扎着想要坐起来。她何尝不知道，孤儿院条件一般，几个阿姨住在这里，还要共享一个浴室，院长为了照顾她，给她安排了一个带浴室的房间，可是孤儿院长年失修，浴室里的排气扇早就坏了，也没换新的。往常她只要一觉得闷，就会立马裹上浴巾，关水退出来，只是今天想事情太过于专注了，于是便忘了这茬。

“回院里以后，你心里有事，整日一副闷闷不乐的样子，你是妈妈一手带大的孩子，还不好开口吗？你看看你，把自己折磨成什么样子了？才二十几岁的人，就一脸沧桑，像看透了世事一样。”院长一声长叹，“妈妈之前就开导过你，你怎么全当耳边风了呢？”院长握住她的手紧了紧，一把将她扶了起来。

“妈妈，我想一个人担着就够了。”过了很久林夏才接过话，低下头，声音很轻地道，“何必让更多的人因为自己而不快乐呢？”

“唉……夏夏，你从来都只考虑别人的感受，为什么不多为自己想一想呢？为什么不懂得让自己活得好一点呢？”院长伸手帮她捋了捋头发，还有些湿，乱乱地披在背后，“你不是圣人，就算是圣人，偶尔自私一两次，也没有谁会怪你的。”

“好。”她点了点头。

“你看，你刚刚几乎死过一次了，把从前开心的不开心的，好的不好的，都忘掉吧！重新开始好不好？”院长复又拉起她的手，拍了拍她的手背说，“不要再去顾忌任何人、任何事，去做你想做的事情，爱你深爱的那个人，一辈子那么长，长得我们有的是时间去慢慢地学会遗忘；一辈子又那么短，如果抓不住、遇不上，一转身或许就是一辈子。”

一辈子，那么长又那么短，她何尝不明白，可是，她就是只蜗牛，习惯了缩在自己的壳里，这样才不会受伤。

林夏反过手掌，握紧院长妈妈的手，指尖触到她掌心厚厚的老茧，鼻子一酸，眼泪就掉了下来。

“夏夏，你想一想，如果刚刚你真的不在这个世界上了，会有遗憾吗？”院长替她抹了抹眼泪问。

“遗憾？”她蓦地抬头，望着眼前的人已经斑白的双鬓，又是一阵心酸。假设不了，毕竟她现在还真实地活在这个世界上。

那不配合治疗、放任病情恶化的卓立灼，在离开这个世界之前，会有什么遗憾呢？

“如果我到了那一天，只想最亲最爱的人能陪我过这最后一段人生。”院长语气平缓，表情异常淡然地说。

“或许我会选择一个人悄悄地离去，因为守着我的人，肯定会难过。”林夏摇摇头。

“对于真心相爱的人来说，那是最后的机会，从此再无相见之日了。如果不让他守着你，连最后的面都没能见上，那么在余下的日子里，他都会在遗憾和思念里度过。”

“是这样吗？”林夏眉头一拧，表情疑惑不定。如果她在他最后的日子里没有守着他，当他真的离开后，她岂不是会比现在更难过？

院长确定地点点头，说：“刚刚来找你的是卓立灼的母亲？”

“嗯。”林夏点头说道，“院长妈妈，您认识卓立灼的母亲吗？”

“要怎么说呢？应该算是认识吧。第一次见卓立灼的时候，我就觉得他很面熟。现在仔细想起来，如果我没猜错的话，卓立灼的母亲姓沈，我姓纪，纪、沈两家曾经有过一段渊源，只是事情隔得太久了，再说起来已经没有太大的意义了。我这个人别的不信，信因果报应，好的坏的已经尘埃落定，就都让它过去吧。夏夏，你要明白，卓立灼的母亲只是他母亲，并不代表他，不要拿别人的错来惩罚自己，更不要因为惩罚让爱你的人跟着一起受伤。”

“妈妈，我明白了。”林夏点点头，“我知道后面的路应该如何走下去了。”经历了一场生死后，有种豁然开朗的感觉。

不管前面的路有多艰险、多坎坷，至少，现在她想让自己好过一些，不想自己永远躲在不见光的世界里，更不想他因为爱自己而更难过，最后带着遗憾离开，然后，她再用一辈子去怀念他。

阳台上的男人靠在宽大的沙发里，似乎在打盹，阳光倾洒下来，光影交错，只让他的侧脸轮廓更加分明。

林夏不禁想起读书那会，他好像瞌睡格外多，两个人在草坪上看着书他会忽然嚷着困了，然后身子一歪，枕着她的腿开始打盹。那种感觉，自然又亲近，已过这么多年，那些场景似还在昨天般，历历在目。

“骥子，我的身体我知道，它很好，不需要治疗。”沙发上的人突然懒洋洋地开口道。

没料到他是醒着的，还会张口说话，林夏站在门口，有点进退不得。

“一直站在那里不累吗？刚才不是说还有事情要忙，怎么又回来了？舍不得我啊？”轻笑声荡漾开来。

林夏还是没有动，脚步沉重得迈不开。

“怎么了？”沙发上的人终于察觉到不对劲，侧过身朝门口望了过来。

他瘦了许多，连眉骨都凸了起来，精神状态也不太好，脸上有隐隐的倦意。林夏狠狠地掐了自己一把，那疼终于让她缓过神来，笑道：“我看是你舍不得齐骥，所以听到有人来，就想是他回来了。”

“你来了。”卓立灼扬起唇角，笑得像是没心没肺的大孩子，“对，你猜对了，我是真的舍不得放他走。”

“那对不起，让你失望了。”林夏放下手里的花，四下打量了病房一圈，房间收拾得很干净，摆设也很温馨，如果不是床边排着的那些仪器，她都以为这是酒店套间了。

“卓立灼，除了齐骥，都没有别的人来看你吗？”林夏站在病房中央转了一圈，“一般病房里要是来探视的人多了，不是会有很多花呀水果补品之类的吗？你看，你这里什么都没有，怪冷清的。”

卓立灼握拳抵在唇间，掩着自己的笑意，“阿姨会帮忙收拾的，我不喜欢房间里堆得满满的，会乱。”

林夏知道他没有说谎，她去过他的宿舍，最让她震撼的是他那满柜子的书被排列得整整齐齐的，如果不是在书上一字一句认真地记着读书笔记，她都要认为那些书只是买来装样子的。

“你怎么知道我在这里的？”见她半天不接话，卓立灼起了身走进房间。

“你猜。”林夏见他走近，身体有些发僵。

“不想猜，你告诉我好不好？”卓立灼走到她面前，扯着她的衣袖，轻轻晃了晃。

林夏脑子里轰地一声，是不是生病容易让人脾性转变？换作从前，若是让他猜什么，他肯定会不耐烦地各种逼迫她，赶紧说出来，而不是像现在这样。这样打着商量，语气又低又软，像是撒娇。

“你、你妈妈去找过我。”林夏迟疑了片刻，回答道，“你不要乱想，我相信，如果你还这样任性，她不去，很快也会有别的人去的。”

卓立灼面色平静，像是预料之中，眸子里没有一丝怒气，反而歉意地微笑问：“是不是让你很为难？”

“没有为难。”林夏摇头，“我冰雪聪明，这么简单的问题，怎么会让我为难呢？卓立灼，为什么要去那么远的地方？是因为想要赎罪吗？”

卓立灼静默片刻，点点头，那头点得极为郑重，慢慢低头再慢慢抬头，如被故意放慢的电影镜头，“要赎的太多，做的却太少。”

言语中不缺惋惜之情，林夏听了微微一笑，“就是，嫌自己做得少，为什么不继续做下去？还有，你要赎什么罪？”

看她笑，卓立灼也跟着笑了笑，“你知道的。”

“噢，既然你说我知道的，那就当我猜的是对的好了，你做了那么多，难道不是想让那些人得到原谅和宽恕吗？如果是，我还没有点头，我还没决定原谅和宽恕的时候，你又怎么能半途而废呢？你知道，我最讨厌不能坚持的人了。”

卓立灼侧过脸，从上衣口袋里摸了烟出来，塞了一根在嘴里，接着又去摸打火机。

离得不远，他的脸逆在光里，林夏连他脸上细小的绒毛都看得清，“好了，我既然来了，就不会轻易走了，你不要说没用的废话。今天天气这么好，我们出去走走如何？”

她望着他，目光盈盈，卓立灼咬着烟，竟忘了点，那满满的期待他如何拒绝？遂点了点头，“好，想去哪？”

医院门口不时有下客的出租车，林夏扭头，卓立灼闲庭散步般慢慢走来，“打车吗？”

“你选。”卓立灼答，说完头一偏就望见不远处的公交车站台。

“那就不打了。”林夏眨眨眼，顺势就牵住他，像是怕丢了似的，十指相扣，“我们坐公交车。”

“好。”卓立灼扬眉，拉住她的手，微用力，“都随你。”

“你身上有硬币吗？”上了站台，林夏一摸口袋，才记起自己忘了换零钱。

“去换就是了。”离站台不远就有小卖厅，卓立灼拿着钱，买了两个冰淇淋，一人一支。

林夏指着缓缓驶来的客车，语速快了不少：“走走走，就上这台。”

车上刚好还剩下两个位子，两个人并排坐了下来。林夏转过头，看向窗外，风景如画，滨城真的变了很多，越来越漂亮了，往昔的痕迹也越来越少了，难道真的是物是人非事事休吗？

不是，他还在，现在就坐在她的右手边，愿他能一直在她左右。冰淇淋甜滋滋的，吃完一支，还觉得不够。车速慢了下来，渐渐在路边靠站。他们也不聊要去哪，就这样安静地坐着，好像只要在一起，去哪里都不用在意。

上的人多，下的人少，车厢里拥挤起来。又到了一站，有对老人挤了上来，慢慢地朝林夏的座位旁靠，挤得有些费力，两人相互搀扶着，微微地喘着气。

林夏见状就要起身，身旁的人跟她的动作几乎一致，“你身体不好，坐着。”

她看了他一眼，声音冷了冷，然后又望着老人，“奶奶，你坐。”

胡须花白的大爷，脸上溢满笑，“谢谢你呀，姑娘，老伴，你快坐吧。”

“谢谢姑娘。老头子，你坐吧，你腰不好。”老婆婆望着林夏感激道。

“叫你坐，你就坐，还真是啰唆得不行啊！”老大爷说完就将老婆婆推到座位旁，还瞪了瞪眼睛。

“还是你坐吧。”老婆婆不依，“站得久了，腰不好受，晚上一夜都睡不安稳。”说完，她拽了拽老大爷。

看着老两口你一言我一语的争执里，满是对对方的心疼，林夏鼻子有些酸。

“好了，两位老人家一起坐吧。”卓立灼还是起了身。

林夏看他脸上的执意，没有再阻拦。

“好了，没事了。”像是发现她的不对，卓立灼拉住一只手环，另一只手将她圈进怀里。

林夏蹭了蹭他的衣襟，闷闷地嗯了一声。

两位老人都落了座，目光却还是停在他们二人身上，老婆婆咋着舌，忍不住夸赞道：“真是善良的小两口。”

林夏的脸腾地一下就红了，头顶上传来愉悦的笑意，脸贴着的胸膛仿佛都震动着，接着就听见：“是的，奶奶，我老婆脸皮薄，经不起夸了，您看，她都快羞死了。”

高大的梧桐树郁郁葱葱的，一片生机盎然，一幢老式的教学楼掩映在繁茂的枝叶间，白墙红瓦，像是翻新过了一样。

“卓立灼。”林夏侧过脸看向身旁的男人，脸孔清晰，嘴唇略有些发白。

“回国后，待在滨城的时候，我偶尔会来这里走一走。”卓立灼脸上带着微微的笑意，“心里再乱再烦，只要到这里坐上一会儿，整个人就会慢慢地安静下来，再大的问题都能慢慢地理清思路，最后解决。”

“时间过得真快，我已经好几年没来了。”林夏倚向他，不禁感叹道，“我还以为这幢楼已经拆了呢。”

“滨大本来的计划是要拆的。”他笑道，“你以为的是正确的。”

“卓立灼。”她歪着头，将脸贴到他的颈脖间，他的呼吸热热地喷到耳边，心里静谧无比，“是你把它留下来了，对不对？”

卓立灼没有答话，只笑着看她。

“卓立灼，你不能这样。”林夏的声音沉了沉，“你不能打算离开了，却又努力地把这些留下来。我不喜欢缅怀，如果你不在了，这里我是绝对不会再来的，卓立灼，我陪着你，后面的路，我陪着你，你舍得把我推开，走了再也不回来，你舍得吗？”

卓立灼还是没说话，却将手臂张开，把她揽进了怀里，低头蹭了蹭她的发顶，似呢喃一般开口：“我舍不得，可是，有些事不是努力就可以的，那个手术台是个矛盾体，它可能意味着新生也可能直通地狱，夏儿，你想好了吗？”

林夏缩在他怀里，顷刻间，泪流满面。原来不是放弃治疗，是害怕。都是凡人，面临生死，有多少人能淡然超脱到无所谓？

至少她做不到，那么难受那么痛的时候，都从未想过放弃生命。

这一生，来这个世上，只这一遭，活的时间太短，死的时候却太长。他们还有太多事没做完，太多人要挂怀，舍不得，想着能多活一日也是好的，总好过马上就死。

“医生说，有多少机会？”她问。

“百分之三十。”卓立灼答。

“你会是属于百分之三十那一队的。”林夏抬头，看着他近在咫尺的脸。

她的眼睛红彤彤的，映着自己的脸，像是漆墨里亮着的星火，亮得他血液开始翻腾，生生不息的状态，像是生怕再一停下来，就会冰冷，他缓缓地覆下脸，用力道：“好。”

第十六章 旧伤重揭

林夏拉开门，看着门外对自己挤眉弄眼的面孔愣了好几秒钟。

“谁来了？”卓立灼见她站在门口一动不动，赶忙询问道。

“林夏，我现在是不是特别丑，吓到你了？”委屈的声音从门外传来，“孟蔚林，我不要生孩子了，很多人告诉我，生个孩子傻三年，我现在肯定又傻又丑，林夏都认不出我了！”

林夏扑哧一声笑了出来，赶忙伸手去拉门口那个可怜巴巴的人，“娉婷，我是太意外了，一时没缓过神来，哪里是认不出你来了啊？”

这才多久没见，怎么变化这么大？林夏心里暗叹。且不说陈娉婷的腰身粗了一圈，原本标标准准的瓜子脸，已经成了鹅蛋状。林夏牵起她的手，她才缓缓地踱进屋子，肚子大得走路的速度都慢了不少。

“今天吹的是什么风呀？”卓立灼看到来人，坐直了身子。

孟蔚林甩着车钥匙跟了进来，从鼻子里轻嗤一声，不屑地道：“东西南北风，咱们想刮什么风就刮什么风。”

“是是是，就你有能耐。”林夏点头附和道，拉着陈娉婷的手不舍得松开。她胖了很多，连手握起来都软软的，很舒服，“你要是真有能耐的话，孩子早就打酱油了。”

“林夏，你当真是白眼狼啊！养了你这么久，一点也没变亲。我哪儿疼你就往哪儿戳是不？”孟蔚林气急败坏地就去抢陈娉婷，“别把我老婆带坏了，离我老婆远点。”

“孟蔚林，你都是要当爸爸的人了，怎么还这么幼稚啊？”林夏撇撇嘴，“这月份了，宝宝的听觉神经已经发育完全，可以透过妈妈的肚皮听见外面的声音了。你呀你，注意胎教，注意形象，要不然你儿子还在他妈妈肚子里的时候，就知道他的爸爸不靠谱了。”

“我怎么不靠谱了？”孟蔚林较起真来，“婷婷，林夏说的是真的吗？儿子现在听得到我在外面说话吗？”说完，他就弯下腰作势要将脸贴在陈娉婷的肚皮上。

“走开走开。”陈娉婷一把掀开他，脸红得像个大苹果似的。

卓立灼看他在意的样子，脸上的笑意也越来越浓。几个人开始闲聊，孟蔚林到滨城开会，将陈娉婷单独留在家里又不放心，陈娉婷又不愿意去孟蔚林老家那边，自己家里又离得太远，考虑再三，孟蔚林决定将她带在身边，这样走到哪里都能照应得到，也不用劳神挂心了，只是路上的时间花得多了一些，好在不耽误正事，两个人一路办事一路玩了过来。卓立灼的事情，他们通过齐骥和安少东的嘴也了解了一些，到了滨城，就马上过来了。

几个人聊着聊着就到了中午，天太热，干脆让人送餐过来。陈娉婷食欲很好，吃了两大碗饭，孟蔚林细心地帮她夹菜、剔鱼刺、夹排骨、舀汤，耐性极好。看得林夏啧啧地不停称赞他，卓立灼状态也不错，营养餐吃得一点也没剩下，吃完后，还非要求表扬一下。林夏无奈，好好地夸奖了他一通，才被放过。孟蔚林在一旁看得直翻白眼，陈娉婷倒是吃吃地笑了半天。

病房里刚收拾整齐，齐骥和安少东就一前一后地过来探病了。陈娉婷嫌闷，齐骥提议干脆让林夏带着她去医院产科打个转，他来安排。

陈娉婷当然求之不得，这样也好，留几个大男人聊聊天也方便。在孟蔚林交代又交代的情况下，她终于受不了，拉着林夏冲了出去。

林夏一边笑眯眯地挽起她的手，一边轻声提醒她注意脚下。

两个人肩并肩地进了电梯，叮地一声，电梯门打开，刚走出来，几个漂亮的护士小姐便笑意盈盈地迎了上来。

“陈小姐，齐副董帮您约了医院最权威的产科专家，给您做最全面的孕期检查。请跟我来。”站在最前面的护士小姐一脸温和地微笑着，礼貌得宜。

“齐副董？”陈娉婷看向林夏，一脸疑惑。

“就是骥子，这是齐家开的医院，医生设备都很厉害的。”林夏解释道，“亏他心细。你既然来了就顺路去检查一下，更安心些。”

“嗯。”陈娉婷点点头，“反正你陪着我就行。”

“秦老刚刚吩咐我转告林小姐，叫你去他办公室一趟，我们陪陈小姐过去，林小姐您就放心吧。秦老都交代好了，我们会全程陪同陈小姐，检查完以后，送她回卓少的病房。”护士又道。

“秦老是谁？”陈娉婷拉着林夏的手不放。

“卓立灼的主治医生。娉婷，护士带着你去行不行？不行的话，我先陪你过去，然后再去找秦老。”林夏拍拍她的手，回答道。

陈娉婷抬头看了看林夏，歪着脑袋想了想，说：“你去找秦老吧。卓立灼的病情更重要，在云城的时候，每次检查孟蔚林都陪着我，而且他问题特别多，我根本插不进话。既然齐骥都安排好了，我打算今天好好跟医生聊聊，你放心吧。”

“你确定？”林夏还是不太放心。

“嗯。”陈娉婷点点头，对护士道，“麻烦护士小姐了，现在就带我过去吧。”

“陈小姐，这边请。”几个护士侧着身子，领着陈娉婷上了旁边的另一部电梯。

林夏看着她乘的电梯合上门，这才转身准备去找秦老。

“林小姐，我们董事长想见你。”

到了秦老在的楼层，一只手忽地拦住她，林夏抬头一看，眼前的人面庞陌生，四十岁的模样，挺和善的，“请问你们董事长是谁？”她疑惑地问道。

“去了您就知道了。”来人伸手摆出请的姿势。

林夏迟疑了一下，点了点头，跟在来人的身后，朝医院外走去。

从正门走到边上的侧门，一台车被人拉开车门，林夏低头钻了进去。车子走走停停，经过几个红灯，最后拐进一条巷子，在一家外观看上去并不起眼的房子前停了下来。

“林小姐来了。”房子里有人迎了上来，模样中规中矩，只是特别客气，一直嘴角微弯着笑，“这里请。”

林夏跟着他朝里走，才发现这里竟然是间茶社，越朝里走茶香越清晰。

“卓董在里面等您。”到了走道最当头的包厢门口，那人停下脚步，替她推开门。

如果说来时林夏还不知道要见的人是谁，到了现在，她是完全清楚了。

“林小姐，我们又见面了。”包厢里的人原本面窗而立，听到动静，转过身来，神色和蔼。

“卓董，您好。”林夏站在包厢中间，略微颔首。

“这样请林小姐来有些冒失，还请林小姐不要介意。”窗前的人朝她走来，“我想，立灼是不会同意我跟你见面的，所以，只能出此下策。”

“卓董您叫我小林或者林夏就好，我知道您为什么请我来，所以我不会在意的。”林夏面色自若，“您希望的也是我希望的，卓立灼他只是害怕，不是放弃治疗，您放心，只要有一丝希望，我都不会允许他放弃的。”

“好好。”卓稼祥连说了两个好字，嘴唇有一点点哆嗦，“林夏，我知道你是个好孩子，立灼的妈妈对你做了荒唐事，我代她向你道歉，我感谢你，可以大度地回到立灼身边。立灼有你陪伴，肯定会更快地好起来。”

“伯父，我只是在做自己力所能及的事情。”林夏低下头，“不是回到他身边，而是陪伴，陪着他先渡过这一关。”

所有人大概都以为他们和好如初，可他们作为当事人却最清楚不过。那血淋淋的过去不可能被抹去，他们回不到曾经了。他们维持着这种相处方式，不过是觉得就算是假象的幸福，也是幸福，对他们来讲已经难能可贵，就算总有一天，这种假象会被打破，那也是以后的事情，他们只想顾着眼前。

“我懂，我懂。”卓稼祥点着头，“你放心，我跟立灼妈妈年纪都大了，真的经不起白发人送黑发人的打击。林夏，立灼康复了，如果你心里还是没办法面对立灼的妈妈，我可以把公司交到立灼手里，然后带他妈妈去环游世界，我们不出现在你面前就是了。林夏，你一定要让他康复，现在我只是作为一个普通的父亲在祈求你，我把我的儿子，交给你了。”

卓稼祥说到最后几句，声音已近哽咽，林夏听得眼睛发酸，却努力忍住，点点头答道：“好。”

等林夏急急忙忙赶到产科楼层，陈娉婷的检查还没做完，她躺在B超台上，高一声低一声地问着问题。见到林夏来了，她接过护士递过去的纸巾擦了擦肚皮，缓缓地坐了起来，开口就问：“卓子的情况怎么样？”

林夏扶住她，轻声说道：“没事。”

“没事就好。”陈娉婷微微地舒了一口气。

“宝宝怎么样？”林夏转移话题，如果没猜错，见面这件事情从一开始就是安排好的，要不然齐骥怎么会突然提议让她们来产科？

“宝宝很健康。”陈娉婷脸上荡漾起幸福的笑意，“差不多了，我们回去吧。”

“都检查完了吗？”林夏转身问一旁的护士。

“是的，已经差不多了。”护士点点头，递过来一沓打印单，“这是陈小姐的检查报告，请收好。”

“好的，麻烦你了。”林夏道谢，“也麻烦医生了。”

“应该的，应该的。”医生和护士连连摆手道。

林夏一手拿着报告单，一手挽起陈娉婷走出B超室。她转头对身后跟上来的护士道：“我们自己回去就好了，你忙你的去吧，不必麻烦了。”

“好。”护士点点头，立在原地，没有再跟上来。

两个人慢悠悠地回到卓立灼的病房里，孟蔚林看见陈娉婷略显疲惫的脸，立马起身迎来，“怎么样？”

“嗯，情况都很好。”陈娉婷微微一笑，跟着他走到沙发前坐下，将头靠在他的肩上。

林夏目光一掠，经过齐骥身上的时候，停了下来。

齐骥刚好抬头打量她，眼神交汇。

林夏眯了眯眼睛，点点头。

齐骥弯了弯嘴角。

“几个大男人都聊了些什么？啊！我都忘了给你们倒茶了。”林夏惊呼一声。

“嫂子，不用那么客气，我们很熟了，别把我们当客人，太见外了。”安少东咧着嘴笑道，顺带给了身旁的齐骥一脚。

“林夏，不用忙活了，要喝的人自己会倒。”齐骥懒懒地张嘴附和道。

“你也歇会儿吧，别搭理他们了。”卓立灼笑了笑，拉着她坐在床边，“我们聊手术的事情。”

“什么手术？”林夏一时间没缓过神来。

看着她的反应，所有人都不出声了。

“傻瓜，能有什么手术？”卓立灼轻轻拧了下她的鼻子。

“你会不会在手术台上睡过去再也醒不过来？”人的嗓子真的挺有意思，前几秒都还正正常常的，转眼却能哑得不成样子，林夏盯着面前的人，想从他的脸上读出否定信息。

结果卓立灼笑了起来，“放心，我舍不得睡过去的。”

陈娉婷听不下去，捂住耳朵缩在孟蔚林怀里，眼眶都红了。其他人也都敛了笑意，满脸不忍。

“是呀，他怎么舍得睡过去？他还没当过丈夫、父亲，他的人生还那么不完满，所以，林夏，我向你保证，他不会睡过去的，我们也不允许，对不对？”齐骥见她半天不说话，就定定地看着面前的人，神色哀凄，他于心不忍地开口宽慰，“卓立灼，你听到没，我们都不许你睡过去，要不然，我们都不会放过你的！”

“知道啦。”卓立灼比了个OK的手势，又伸手揉了揉林夏的头发。

“好了，你休息一下，我去找秦老再确定一下手术的事情。”齐骥说完直接踢了一旁的安少东一脚。

安少东收到信号，连忙跟着起身，“噢，我公司还有事，我要过去安排一下，骥子，我跟你一起走吧。”

孟蔚林揽着陈娉婷，“婷婷也累了，我们也要回去了。”

“好啦好啦，都走吧。”林夏知道他们什么意思，就是多留些时间给她跟卓立灼相处，“走了就别回来呀，影响我们亲热。”

“走走走，快走快走。”

“走了走了，绝对不会回来了。”

“不行呀，我想看他们亲热呀。”

孟蔚林只管得了陈娉婷，突然改变主意想赖下来的安少东被齐骥拖走。门口的嬉闹声越来越远，林夏才吐了口气，起身准备去把门关好，手腕却多出一道力，拉着她直接坐回到床上去。

“去哪？”卓立灼望着她，眼睛亮晶晶的，携着明显的笑意。

“关门呀。”林夏答，心想着怪了，这人怎么这么盯着自己？“你休息会，养精蓄锐。”

她说完又准备起身，结果握着她手腕的人，没有要放松的意思，她疑惑地扭头看，刚想提醒，那人却先一步出了声：“你不是说要亲热的吗？”

林夏的脸唰地一下红了，她故作镇定，装傻充愣道：“啊……什么？”

“亲热呀。”卓立灼故意逗她，看她的脸绯红一片，心情大好起来，“要不要把刚才的那几个喊回来，问问你是不是说过我们要亲热？”

“哎呀，我那是开玩笑，逗大家乐一乐的呀。”脸已经快要烧起来了，林夏甩了甩手，腕上的手还是没有松开。

“可我当真了。”卓立灼手臂用力，直接将她拉进了怀里，“至少要亲一口。”

他煞有介事地把脸凑过来，还自己戳了戳，提醒道：“这里。”

林夏再也笑不出来了，她抿着唇，嫌弃地拿食指将他的脸推开，“怎么像个小孩子？”

小孩子要赖要糖吃就是这样的，没脸没皮，得到那颗糖才是正经。

“你要是不亲，我就打滚给你看。”卓立灼说着又把脸凑过来，没打算轻易放过她。

林夏扁嘴，看他不达目的不罢休的架势，“你把眼睛闭上。”

卓立灼这次倒是配合，依言很快地闭上了眼睛。林夏抬手在他脸前晃了晃，确定他是真看不见了，才吐了口气，也闭上眼睛，唇朝他的脸缓缓靠去。

触碰时，唇上先是一软，温润的感觉，有灼热的气息抚过鼻间，她蓦地睁开。眼前是一张放大的脸，脸的主人也睁着眼，那眼里俱是目的达成的笑意。

林夏这才发现自己的唇所在的位置，她一怔，就要撤开。面前的人却不许，抬手就捧住了她的脸。

她想瞪大眼，面前的人却闭上了眼睛。

唇上的力道由轻到重，先是辗转再慢慢深入，那灼热的温度漫延在整个唇齿间，她有点招架不住。呼吸困难，胸口的位置，有东西扑通扑通跳跃着，像是下一秒就要破口而出。

“夏儿……”

有声音低喃，很近又似很远，林夏觉得快要抓不住，那声音又重复了一声：“夏儿，我们能不能永远这样在一起？”

呼吸终于顺畅了，心口的位置却还没恢复如常，林夏不敢抬头，她怕一抬头，看到那张满怀期待的脸，就会忍不住点头。

“你不是说想吃滨大门口那家甜点店的蛋糕吗？”林夏顺势抱了抱他，“我现在去买，刚好还要给院长他们打个电话，出来这么久，都没打过电话给他们。”

“好。”卓立灼身体朝后微仰，空出距离让她起身。

“那我出去会，你好好待着，我马上回来。”林夏走之前不忘叮嘱道。

“嗯，我睡会，你快去快回，注意安全。”卓立灼也提醒了一句。

医院门口交通方便，林夏想着就是出来透口气，再则手术将至，她也实在不放心把某人自己扔在病房里。有出租车经过，她连忙拦了下来，上车关门还没坐稳，车门忽地又被重新拉开，紧接着一个身影钻了进来。

“去典范。”那人对着前座的司机大声报出地名。

“这……”司机感觉到形势不对，狐疑地转身看了过来。

林夏愣几秒，看清来人的面容后，轻轻地吐了一口气，对着司机点点头。

“你不怕我？”沈冰娇笑的声音异常阴冷。

“有什么好怕的。难不成你能吃了我？”林夏轻描淡写地道。她冷静得有点不可思议，想必是因为有过最黑暗最可怕的经历后，已经没有什么能让她轻易害怕的事情了，“你是来看他的，还是来找我的？”

“你管不着。”沈冰轻哼一声，避开她的问题，紧接着命令道，“把手机关掉。”

林夏配合地掏出手机，按下关机键。

车厢里一阵沉默，司机专心地开车，一副对后座的对话充耳不闻的样子。

车子平稳地前行了二十分钟的样子，速度渐渐慢了下来。

“姑娘，到了。”车子停稳后，司机提醒道。

林夏低头拿钱包，沈冰却捏着一张百元大钞递给了司机，嘴里道：“不用找了。”

不等司机表态，她一把推开车门，拉起林夏的手腕便下了车。

“我跟你走就是了。”林夏见她紧紧地拽着自己的手腕，生怕自己会逃跑一样，忍不住说道。

沈冰回头看了看她，没说什么，却松开了手，昂着头朝不远处装修考究的咖啡厅走去。

这架势怎么像自己做了对不起她的事情似的？林夏苦笑着摇了摇头，迈着步子跟了上去。

“我从来没想过能跟你心平气和地坐在一起喝咖啡。”沈冰优雅地抿着咖啡，声音淡得听不出任何情绪。

“在今天之前，我也没想过。”林夏点点头，眼睛盯着面前的咖啡一眨不眨，实在是太漂亮了，都舍不得喝了。

“他怎么样？”见她一副孩子气的表情，沈冰耸了耸肩道。

“还行。”林夏实话实说。

“他害沈家倒台，这应该算是报应吧。”沈冰冷笑道。

“沈冰，我相信你听过一句话，叫‘自作孽，不可活’。沈家为什么会倒台，你是再清楚不过了。”林夏不以为意地摇摇头，本以为事到如今，她多多少少会反省一下，现在看来，本质就有问题的人，即使错得再离谱、吃的亏再大，也不会去反省、去认错，他们只会认为全世界对不起他们，而自己却不会对不起任何人。看来，今天跟她来是错了，她摆明是来挖苦人的，绝对没有丝毫忏悔的意思。

“他害得我有家归不得，千金小姐变成过气小姐，现在报应来了，胃癌，呵呵，应该没太长时间了吧。这就是所谓的‘自作孽，不可活’，古人的话说得多好啊！呵呵……”笑声里却听不出欣喜，“老天都看不过去了，替我来收拾他了。”

“沈冰，你说，要有多灵巧的一双手，才能在咖啡上画出这么漂亮的画呢？你看，和艺术品一样，我都舍不得喝了。”林夏眉毛一挑，眼中波光流转，话锋随即一转，“那么同样，要有多恶毒的心，才能做出取人性命的事，说出咒人早死的话呢？”

“你什么意思？”沈冰愣了半秒钟，端着咖啡的手微微地抖了一下。

“没什么意思？据我所知，立灼对沈家并没有赶尽杀绝，可是你对我却不一样。”对着这样的人，咖啡再美，点心再诱人，也没有食欲了。

林夏掏出钱包，拿出埋单的钱，压在咖啡杯下，说：“沈冰，你真心爱过卓立灼吗？纯粹地爱他，有过吗？”

“什么？”或许是对她的提问感到意外，沈冰觉得自己听错了。

“你爱过卓立灼吗？单纯地爱他那个人。”林夏耐着性子重新问了一遍。

“你问这个干吗？”沈冰不解，搞不明白她葫芦里卖的是什么药，所以拒绝回答。

“沈冰，如果你单纯地爱过他，那就祝他早日康复吧！这才不枉你的一片真心。你想，一个人一辈子从未有过真心，该多可悲，没有真心的人，怎么可能得到别人的真心呢？”似乎猜到她不愿意回答自己的问题，也不想跟她再继续纠缠下去，林夏拿起包站起身，说，“你慢慢喝，我得走了。”

“你不恨卓立灼的母亲吗？”沈冰看着她的背影道。

林夏转过身来，对她粲然一笑，“人这一辈子越活时间越短，恨这种事情做得太多，会越来越不快乐；爱却刚好与它相反，爱会让人幸福快乐，所以我宁愿抓紧时间去多爱一点，这样才划算。”

“所以你打算和卓立灼在一起了？”沈冰嘴角带着明显的讽刺，“你觉得你们还能回到以前吗？别忘了你的经历，当然，他也有过不少女人。”

“沈冰，我只想告诉你，立灼的病情会得到很好的治疗，他会康复，你所谓的报应大概并不存在。我跟他会不会在一起，那应该是我跟他之间的事，我没有必要向你报备，而且我向来随心所欲，今天答应的事情明天说不定就变了，反正立灼他一直等在那里，只要我点头，他就会朝我走来，所以，我一点也不担心着急。”林夏说着，“你放心，未来是自己的，我会把握的。”

沈冰的脸已近扭曲，她腾地起身，指着林夏的脸就吼道：“你是在炫耀吗？你就是在炫耀！你真恶心，居然在我面前炫耀……”

看她已经气得浑身哆嗦，林夏觉得自己仿佛出了一口恶气。她不是圣母，说她一点也不恨眼前的人，那是假的。林夏确实恨她，恨不得把从前她对自己做过的事情，全部让她体会一遍。

可若是那样，自己跟沈冰这样的人，又有什么区别？她不再理会沈冰，边开机边朝外走，手机屏幕刚刚亮起来，卓立灼的电话便打了进来。

“喂，立灼，我马上回去，你再等我一下。”她握着手机，先出了声，“有点堵车。”

“手机为什么关机？你现在在哪儿？”一连串的质问从电话那端传了过来，语速很快，看来他是真的怒了。

林夏撇撇嘴，小心翼翼地回答道：“我也不知道在哪儿，反正是个菜市场，打车过来的。我现在马上就打车回去，回去再向你解释，成不？”

“你现在在哪儿，我过来接你。”语气不容拒绝。

“不用了，不用了。”林夏急得连连摆手。

“林夏……嗯？”长长的拖音。

“嗯什么？”她装傻。

“林夏，不要惹沈冰，我马上过来。”他提醒道。

“天，卓立灼，你太神了，你怎么知道我见沈冰了？”林夏不忘拍马，千穿万穿马屁不穿，先熄熄他的火再说。

“我让齐骥调了医院门口的监控录像。”卓立灼答，“还查了你坐的那台出租车。”

“原来你不是神仙呀。”林夏乐了，估计看到录像里出现沈冰的身影，应该是吓得够呛了，“好了，不用担心，我没事，马上就回来了，你不要找过来，要不我又得担心你。”

电话那端沉默了几秒，终于再次传来声音：“好，那你快点回来。”

林夏下车，抬头就望见医院大门口的身影，挺拔如松。那身影也看到自己，快步走了过来。

“没事吧？”卓立灼询问，低头上下查究着，“以后不要再做这么危险的事情，不准一个人去见沈冰。”

看他紧张的样子，林夏扯过他的一只手，牵住，笑道：“以后不会了，放心。”

三天后，卓立灼的手术如约进行。手术室外的指标灯亮得林夏的眼睛生疼，室外温度有三十好几度，医院开着中央空调，气温还算舒适，可她就是觉得凉，凉得背后冷汗津津。

眼前的那道门像是天堑，将她和他隔开，他在内，她在外，他是生是死，她无从得知。

沈文玉脸色苍白，安静地坐在卓稼祥的身边，一动不动，卓稼祥紧抿着唇一言不发。

齐骥和安少东一左一右地背靠着墙壁，都是一脸严肃。

静得可怕，林夏数着时间，一下一下地踢着墙根。

咔地一声，手术室门被拉开，秦老边摘口罩边从里面走出来，齐骥、安少东立马围了上去。

林夏觉得腿软，一步也挪不开，只能盯住秦老，眼睛一眨不眨。秦老一脸疲惫，缓缓地摇了摇头。

林夏脑子里轰地一声，心底的某一块地方瞬间坍塌下去，有什么被活生生地从身体里剥离开去，疼得她直不起身子，眼前一黑，整个人趔趄着就要摔下去。

齐骥反应最快，一把托住了她，急急地解释：“林夏，林夏，你没事吧？秦老是说癌细胞没有转移，是个好消息。林夏，林夏。”

原来是她会错意了，原来是个好消息。林夏揪着衣襟，努力想站起来，可鼻子却酸得控制不住，眼泪就落了下来。

真好，没有转移真好，这些日子每天都悬着一颗心，现在终于能放一放了。

“怎么哭了？”齐骥问，嗓子沙哑。

林夏看着他那已经红得厉害的眼圈，吸了吸鼻子，“你不也一样。”

卓立灼被转到重症监护室，卓稼祥因为事业在身，不能久待，齐骥劝着让他一拼捎走了沈文玉，说是卓立灼没有这么快醒，而且医院里有一堆年轻人照看着就好，人多了反而乱。沈文玉想了想，自己答应先回去，临走前反复叮嘱，有什么情况都要第一时间通知她。

林夏安静地坐在门前的长椅上，眸光低垂。

“你有什么打算？”过道空荡，齐骥的声音竟带着几分闷闷的回响。

林夏抬头看了他一眼，想了想，答：“他没事就好。”

齐骥叹了口气，“你不能不管他，虽说手术很成功，病灶切除没发现转移，可仍然需要做大量的后续治疗，秦老说过，如果五年内没有复发的迹象，才能称之为治愈。”

五年……林夏默默计算五年的时间，一千八百二十五天，四万三千八百个小时，原来，他们已经分开了这么长时间了。

第十七章 纸鹤情缘

卓立灼苏醒的时候，目光有些空洞，像是沉睡太久，好不容易醒来，意识混沌迷蒙。直到把床边的人细细看过一轮，眼神才渐渐清明起来。

秦老说过，只要他醒过来，就是渡过危险期了。沈文玉看到他的样子，喜极而泣，抓住他的手就问："立灼，我是谁？你还认不认识？"

卓立灼嘴角弯了弯，像是扯到刀口，痛苦地又拧了拧眉，"妈，我坏的是胃，又不是脑子。"

应该是没太大的力气，他的声音细细软软的，这话说出来，跟女人嗔怪的调调极像，直接逗得屋里的人都笑了起来。

"好了好了，立灼刚醒，医生说过动大手术的人身体机能都特别差，我们就不待在这里吵他了，让他安静地多休息休息。"沈文玉又哭又笑，说完也不管其他人反应，侧过身，牵起林夏的手，抹了抹脸上的眼泪道，"林夏，谢谢你，真的谢谢你，以前千错万错都是我的错，你不要怪立灼，以后立灼的事立灼自己决定，我跟他爸绝对不会再干涉，林夏，我们出去了，你多陪陪他。”

林夏低头看了一眼那只牵着自己的手，又抬头看了一眼床上的人。脸色苍白，精神却还好，刚说话都是有气无力的，一会儿的工夫，现在却对着自己不停地眨起眼睛来。

“伯母，我会好好照顾他的。”林夏点点头。

“好好好，走吧，都走吧。”沈文玉高兴地抹了抹眼泪，朝外走。她走了几步，发现没人跟着，又走回来，拉着卓稼祥，嘴里开始赶人。

“阿姨你不能这么偏心，人家也想留下来陪卓子。”安少东故意忸怩地晃着身子。

“死孩子，你走不走？”沈文玉又好气又好笑。

“好了，你快走吧。”卓立灼看他的样子，也忍不住勾起嘴角，“长得这么丑，就不要在这里碍眼了。”

众人哄笑，安少东面子挂不住，用力地哼了一声，甩手出门。其他人也跟着他离开房间。

“疼吗？”林夏在床边坐了下来。

“还行。”卓立灼拉着她的手，放在唇边亲了亲，“醒来再看到你，真的有种恍如隔世的感觉。”

“嗯，重新活过来了，出院后最想做的事情是什么？”林夏找着话题帮他转移注意力，顺手帮他理了理被角。

“和你去环游世界，好不好？”卓立灼望着她，眸光熠熠。

“好，等你痊愈了我们就去。”林夏点点头。

见她这么容易就应了下来，卓立灼无比欣喜，握着她的手愈发用力。

“那就赶紧好起来。”林夏拍拍他的手，“不过，现在你要再睡一会。”

卓立灼没有反对，又亲了亲她的手，却不愿意闭上眼睛。

林夏望着他，眉如墨眸如星，脸上有隐隐的期待，她嘴角微弯，叹了口气，俯身在他额头落下一吻。

像是终于心满意足，卓立灼没再说什么，闭上了眼睛。

醒来说了这么久的话，应该是真的累了，没过多久呼吸就均匀起来，林夏看着他安静的睡颜，舍不得移开眼。

若不是手机在包里震个不停，林夏估计会坐等床上的人再醒来。

“他已经渡过危险期，不要再担心了。”她特地去阳台上接听，声音压低道，“蔚林，娉婷还好吗？”

天气很好，不远处有鸽子掠过天空，不知道哪里飘来的红气球，摇摇晃晃地朝远处飞行。

孟蔚林吐了口气，像是放下心来，笑着答：“当然好着。”

听他笑，林夏也不自觉眼角弯弯，“那就好，对了蔚林，上次麻烦你安排的事情，虽然错过了日期，能不能再麻烦你重新弄一次？”

“林夏。”孟蔚林喊了她一声，有些不置信地问，“你还要走？”

“嗯。”明知道电话那端的人看不见，林夏还是很用力地点点头，扭脸，床上的人仍睡着，“他已经没事了，我能放心地走了。”

“唉……”孟蔚林叹了口长气，“我以为经历了这么多，你俩会终成眷属，没料到……”

“好啦，不要叹气。”林夏安慰他，“别人不明白难道连你也不明白？我还是过不了那个坎。经历了那样的事，我没有办法像没事人一样站在他身边，他那么好，而我，呵呵……”

“都什么年代了，林夏，你怎么会有那样的想法？”孟蔚林轻喝一声，“如果卓立灼在意那些，你离开他也罢，因为不值得，可是，我看他根本就不在意，他比谁都清楚那件事，你才是最受伤的那一个，所以你何必……”

他的话还没说完，林夏就直接打断道：“不是他的问题，蔚林，是我的问题。麻烦你了，安排得差不多了就知会我一声，我好做准备。”

“好吧。”孟蔚林虽然应了下来，可声音已经明显不高兴了。

“多谢你。”林夏见他没有拒绝，心里舒服了些，“卓立灼可能要醒了，我挂了。”

她说完就收了线，床上的人没有要醒的迹象，她才确定，她不过是不想再听孟蔚林的劝说。因为她怕再听下去，说不定真的就不忍心走了。

一晃三天过去，卓立灼已经能下床走路了，医生们都说他胜在年轻底子好，所以才能恢复得这么快。齐骥对这种说法，持保留态度。

“要是天天把我关在这房间里，我不疯也得傻了。”安少东双手抱胸，像巡视似的，在房间里走了一圈，评价道。

卓立灼没理他，看着床边的人认真削苹果的模样。怎么有这么灵活的手？只见苹果在指端轻轻旋着，果皮就分离出来，细细的却很匀称的一条，越来越长。

“是呀，如果让我天天住在这里，怕也受不住。”齐骥帮腔道。

卓立灼终于抬头，看了齐骥一眼。齐骥迎着他的目光，眨了眨眼。

“秦老说再过一周，他就能出院了，你们不用在这里哼哼哈哈，出院前，哪都不能去。”林夏把削好的苹果递给床上的人，“吃吧。”

“好。”卓立灼很自然地接过来，朝床头一靠，一脸享受地吃了起来，“天天吃吃睡睡不用转弯，再这样待着智力都会下降。”

“你想都不要想。”林夏以为他被安少东他们说动，连忙警告道。

“你在这里，我哪都不会去。”卓立灼见她急了，立马表明立场，“少东，你去我那边帮我拿几本书来。”

“钥匙拿来。”安少东伸手过来，“林夏，你陪我去拿，上次去他那里一趟，硬说丢了三瓶好酒，我是会做这种事的人吗？”

“难说。”林夏托着下巴，撇撇嘴。

“噗……”齐骥被她的话逗得直接笑出声，“确实难说。”末了还不忘补一刀。

“哎，林夏，你今天必须陪我走一趟了。”安少东说完就来拉林夏。

林夏想躲却没躲开，被他拉得站起了身。

“好了，就让林夏陪你走一趟，要不然我窖下的酒又会有不知去向的。”卓立灼说着看向林夏，“夏儿，你陪他去一趟，书柜上面第三格，有几本关于企业经营管理的书，你帮我拿来。天气这么好，你正好去放放风，总窝在这里照顾我这个病人都少了生气。”

他说得合情合理，林夏竟然找不到拒绝的理由。既然他都帮她安排好了，那她不如欣然接受。

安少东开一台骚包的小跑，下午三点，路上并不拥挤，他却开得极慢。林夏望了眼仪表盘上，时速表的指针指在30的位置，以至于她都开始怀疑，安少东开的不是小跑而是拖拉机。

“既然卓子想让我载着你兜风，那我们就慢慢地兜风呗。”安少东像是看穿她的心思，从储物盒子里摸了一副墨镜戴上，神态更加悠哉。

见他这副样子，林夏自知催也没用，干脆随了他去。

十几公里的路程，竟然让他开了半个小时，林夏真不知道是应该夸他兜风司机做得尽责，还是笑他这哪里是开小跑，简直就是乌龟爬。

卓立灼的房子林夏来过一次，院子里的花还跟上次来时一样，开得依旧灿烂。安少东在前面开门，林夏随他进去，房子里整整齐齐，应该每天都有人过来打扫。

“卓子的书房在楼上右手第二间。”安少东把车钥匙朝茶几上一扔，张开手臂就躺进沙发里，长腿一抬搁在茶几上，伸手指了指，“你自己上去拿书。”

林夏看他一步都不想挪脚的样子，摇摇头上楼。

卓立灼的书房她倒是第一次来，高大的书柜里，整齐有序地摆列着各类书籍，她认真数了数书柜的隔层，一起有六层，卓立灼说他的书在上面第三层。林夏抬头，心里默念着第三三层，第三层，第三层排着满满一层书，哪几本是他要的？

林夏眨眨眼，目光盯着书名一本本看过来，没看到一半，眼睛就瞪得酸疼。她伸手揉了揉，眸光不自觉一掠，第三层书架上当头竟然摆着几只造型精致的玻璃瓶，瓶子里装着色彩斑斓的千纸鹤。

大男人怎么会喜欢这种东西？林夏觉得十分有趣，拿起其中一个玻璃罐，拧开取出一只纸鹤细细研究起来。

鹤嘴凸凸的，翅膀也不平整。

翻转鹤身，翅膀对折的空白处，露出黑色的笔迹，纸鹤上有字！

她小心翼翼地拆开，纸里的文字一点点地显露出来。

5月21日

夏儿，还记得毕业前我们一起去看摄影展吗？

还记得那只等着吃小女孩的秃鹫吗？

我现在所在的国家就是那张图片背景的出处地——苏丹。

现在的苏丹经济依然不发达，多靠外援。夏儿，这里的天气热得要命，好在还在我能承受的范围之内。你猜最让我难以忍受的是什么？猜中了吗？是停水停电。

嗯，今天提笔的时候，我住的地方已经停水停电八天八夜了。

停水八天八夜，那是什么样的景象？林夏很难想象，手却已经伸进瓶子里，拿第二只纸鹤，快速拆开。

6月4日

坦桑尼亚居然连个像样的地方都找不到。

茅草盖的房顶和墙壁，还有泥巴地板。

PS:爸、妈，我还安好，勿念。我想你，林夏。

6月26日

南非还不错，有好多欧洲人。

不过金发碧眼的女子还是没有黑头发黑眼睛的夏儿漂亮。

8月14日

还是不太习惯，很不习惯。

夏儿，我想你。

时间一分一秒地过去，玻璃罐里的纸鹤越来越少，阳光透过落地窗照进来，地板上映出细长的人影。

“林夏，你好了没？”

安少东的催促声终于把林夏的心绪拉了回来，她嘴上应着：“好了，马上下来。”手上却没有停，把拆开的纸鹤重新折好，放进瓶里归位，又扫了眼书柜，从第三层里随便抽了几本书出来，抱在怀里匆匆下楼。

“我还以为你在楼上睡着了呢。”安少东见她下来，站起身拍了拍裤管，“走了，回去了。”

林夏跟着他出门上车，车速依然不快，她的胳膊支在车窗上，托着脑袋，看着膝盖上的书走神。

不用猜，那些纸鹤是卓立灼在南非的时候一只只积攒起来的。就算有着铁石心肠的人，看到估计也会动容，作为纸鹤文字里的主角之一，她现在的心情很乱很乱。

“怎么了？有气没力的，不就拿几本书，至于累成这样吗？”安少东扭脸看了她一眼，问。

“卓立灼怎么会有那么多书？他说的那个书柜上面第三层至少有上百本书，他又不告诉我书名，只说那些书写的内容是什么企业经营管理之类的，我没办法，只能每本翻一翻，才挑了这些。”她说着，指了指膝盖上的书。

“你厉害。”安少东听她说完，忍不住竖起大拇指，“卓子从小就爱看书，你以为我跟阿骥怎么会这么服他？就是因为小时候，他学习一流，我们次次考试不如他，还要仰仗他抄作业，小时候就都听他的，时间一长就习惯了。”

“噢。”这点林夏一点也不意外，读大学时，卓立灼不就是响当当的学霸？

“他那时拉着我们去滨城发展，我当时还奇了怪了，人生地不熟的，跑那去做什么？阿骥也不厚道，一点消息也没透给我，直到看见你，我才恍然大悟。”安少东难得正经地道，“一口气吃下三家房产公司，去之前害我差点忙疯了，结果他明明是醉翁之意不在酒，还骗我肯定能挣大钱，切！”

就因为他平常太不正经，一旦正经起来，话里的含义才让人觉得更加深刻。

林夏抚额，今天还真是，知道得越多惊讶也越多了。

车载显示屏上提示有电话进来，安少东直接按了接听键。

“少东，你们在哪？”齐骥的声音响起，带着明显的忙乱，“卓子进了急救室，赶紧回来！。”

“什么？卓子进了抢救室？怎么回事？”安少东大呼一声，

一脚油门几乎踩到底，引擎嘶吼起来。

林夏心头一跳，膝盖上的书跌落下去，她想弯腰拾起，手指却一点力气也没有。她拾了几遍都没成功，干脆放弃。

“我也不清楚，突然吐了好多血，然后就被推进了急救室，你跟林夏快回来。”齐骥说道。

“知道了。”安少东说完，对着副驾驶位上的人道，“把安全带系上。”

他们赶回医院的时候，急救室里没找到人，他们又赶去病房。病房房门掩着，林夏伸手准备去推，才发现手哆嗦个不停，落到门把手上却使不出力。安少东等不下去，一掌落到门上，力道太大，门开后撞到墙上，又弹了回来。

“林夏，你终于回来了。”门里有人喊了一声。

那声音极熟，待门再次打开，林夏看见陈娉婷红着眼睛朝自己走来。

“林夏，你一定要撑住呀。”陈娉婷说完就握住她的手，明明是在安慰人，结果自己却先泣不成声。

林夏看了看握着自己的手，又去看陈娉婷，目光绕开望向屋内。病床上是空的，床旁却有不少人，所有人脸上都是哀哀凄凄的样子。

心头升起不好的预感，她却不敢问，不敢去探寻答案，只是甩开陈娉婷的手，就嘟囔起来：“你们干吗？卓立灼呢？抢救室没找到人，是不是去了哪个检查室，拍片还是做胃镜？”

“林夏，你听我说。”孟蔚林迎上来拦住她，“你不要太难过，你要保重自己，卓立灼……”他似说不下去，眉心蹙成一团，摇了摇头。

气温不低，林夏却觉得一股冷意浸入心底，再顺着血管蔓延至全身，冻得她止不住地哆嗦起来。

“齐骥呢，我要见齐骥。”她跟安少东走的时候，齐骥是在一旁的，到底发生了什么事？她要找齐骥问个清楚，找到齐骥就肯定能找到卓立灼。

她说完就转身，准备出门，左璇扑过来，拉住她的手腕哭道：“夏夏，你别这样，我知道你难受，可是你别这样，卓立灼不在了，他已经不在了，你要是难受，你哭就是了，呜呜呜……”

不在了，卓立灼不在了？林夏听着左璇的哭诉不可置信地瞪大眼，声音打着颤地道：“不可能，绝对不可能，我走的时候他还好好的，你们骗我，你们肯定是在骗我。”

孟蔚林长叹一声：“林夏，是真的，我们没有骗你。”

林夏死死地盯着他，他表情严肃且认真，目光也不闪烁，没有半点说谎的样子。林夏摇头，还是不愿意相信，心那么痛，像是被一双无形的手死死掐住，下一秒就会捏碎，“不可能，你们都骗我，卓立灼不会死的，他不会丢下我一个人不管的。”

最后那一句，她几乎是喊出来的，好奇怪，明明想哭想得要命，却一点眼泪都没有。原来这就是人人常说的欲哭无泪，是因为痛得眼泪都知道，它没办法救渎，干脆躲了起来是吗？

门口响起脚步声，齐骥走进病房，整个人像掉了魂魄般，脸上没有一丝表情，只淡淡地对林夏道：“林夏，你跟我来，我带你去见卓子最后一面，卓爸卓妈因为受不了打击，双双入院，我决定让卓子早点入土为安，免得卓爸卓妈越看越伤心。”

林夏摇头，“不，不可能，你骗我，我们走之后，到底发生了什么？你告诉我，到底发生了什么？”

好好的一个人，怎么可能说没就没了？她真的接受不了，也想不通，脑子快要炸开了。

“说这些有什么用？人已经不在了。”齐骥的声音轻飘飘的，这话像是说给自己听，又像是说给林夏听，“走吧。”

他说完走出病房，也不管林夏的反应。

林夏跟了上去，安少东也跟了上去，却被孟蔚林一把拦了下来。

走过无数遍的过道，变得无比漫长起来，林夏才走几步，就摔了个跟头。手臂着地，都不觉得疼。齐骥走回来，扶她起身，再带着她朝前走。

恍恍惚惚，浑浑噩噩，林夏就像是提线木偶，所有动作全凭带领。

“齐骥，他走之前有没有留什么话给我？”人是一种喜欢自欺欺人的动物，这一刻，林夏也只想骗自己，可所有人都告诉她真相的内容，她快要骗不了自己。

齐骥脚步滞了滞，扭头朝她看来，“他说他和你还有很多事没有做，他舍不得。”

林夏揪着衣襟，努力抑住心口的疼，她还不想倒下，她还要再看看他。

“林夏，他到最后一刻还想着和你在一起，可你呢？你除了会躲就是逃，我不想说你矫情，我知道那件事对你伤害太大，你很难痊愈，可卓子难道好受？你在他身边，他还会好过些，就算以愧疚之心整日侍候你，也比一辈子活在自责中的日子要美。”齐骥语气晦涩，拉着她继续朝前，嘴却没有停，“你以为他不知道你又要走？笑话，他是多精明的人，他一天天好起来，你一天天心不在焉，他什么都知道却什么都不说，林夏，不要问我他有多爱你，你自己感受一下，他待你的心难道一点也估摸不到？”

是，除了孤儿院里的那些人，卓立灼是这个世界上对她最好的人。他曾对她说，再也不要离开我，可是，这一次，却是他先离开了。

曾经确实抹不去，有什么关系。他那么好，她觉得配不上，有什么关系。什么是错，什么是对，什么是相配什么是不配。如果没有在一起，说这些有什么意义？

只要在一起，抹不去的曾经，让它沉在心底，再也不去触及。生活要一直朝前，他们过好未来的日子就好。只要在一起，她不够好，他却只认定她是唯一，他会用爱包容她的一切。

对还是错，相配或不配，没有谁能马上断定，交给时间，时间能证明一切。她不该早早就对他们的未来判定答案，还没试就缩成一团，只想逃。

卓立灼，我不会逃了，你可不可以醒过来？我们重新开始，好不好？

人为什么总是这样，拥有的时候勘不破这种种迷境，一旦失去却豁然开朗？

没有什么比你在我身边还重要，从来都没有什么比你活着爱着我重要。

眼泪终于落了下来，林夏低头，脚尖被泪水打湿，脚步虚浮，步子越发凌乱，好几次快摔下去，都被齐骥拉住了。就这样快走到过道尽头，齐骥停了下来，指了指手旁的门道："卓子就在里面。"

仿佛只是一瞬，意识完全清明起来，林夏冷静道："我自己进去。"

"好。"齐骥突然又问，"林夏，如果卓子没事，你还会离开他吗？"

这个问题真是一点悬念都没有，如果卓立灼没事，她是绝对绝对不会再离开他了。其实，看到那些纸鹤的时候，她已经动摇了，她已经不想走了。

可是，这个世界上哪里有如果。

林夏摇摇头，心里无比苦涩，为什么之前她想不透彻？若是她能早些放下过去，他或许就不会去南非，不去南非就不会酗酒过度抑郁成疾，现在，他也不会扔下她彻底离开。

"好，你别忘了你的决定。"齐骥后退前先用力将房门推开。

满屋子的红色映进眼底，花香扑鼻，林夏怔怔地看着，那花丛中间，定定地站着一个人，正笑意盈盈地看着自己。

"卓立灼？"林夏几乎不敢相信自己的眼睛，好半晌她才开口，朝着那人缓缓地喊了一声。

"是我。"那人答。

"可是……"林夏歪着脑袋弱弱地说，"可是，他们都说你死了。"

"是吗？"那人迈开步子，踏着花簇走来，"那是他们弄错了，我们还有很多事情没有做，我怎么能死呢？"

林夏望着那人一步一步地走到面前，等他的身影近在眼前，只要一伸手就能触到时，却迟迟不敢伸手。她觉得眼前的一切都像是幻境，只要她伸手试一试，这幻境就会破碎，眼前的人再也不复存在。

泪眼蒙眬，林夏吸了吸鼻子，“是谁出的主意？我绝对饶不了他。”

门口的齐骥，打了个响亮的喷嚏。

卓立灼脸上笑意更盛，他伸手，揉了揉她的头发，才将她揽进怀里，“他也是迫不得已，我们一起原谅他好不好？”

“孟蔚林他们都是知道的？”林夏想起刚才在病房里的场景，若是他们都是知道的，那一会回去她要给他们个个都颁个奖，演技出神入化奖。

卓立灼没有回答，只是笑得胸膛都震了起来，“夏儿，我们不要再分离了，这一生剩下的日子，我们都要在一起，好不好？如果我们还是不能在一起，那些家伙不知道还会想出什么主意。诈死这种戏还行，因为不太需要演技，要是换作其他，我真的要举白旗求饶了。”

林夏将头深深地埋进他的怀里，蹭了蹭鼻子。怎么不好？这个人能活生生地站在她面前，拥着她、抱着她的感觉真的是太好了。

“卓立灼，这辈子，下辈子，下下辈子，生生世世，我们都不要再分开了。”经历了这么多事之后，她确定，她最想做的事就是不再与他分离。

“好。”卓立灼点头。

门口有欢呼声传进来，安少东嗓门最大，只听他吼着提醒道："卓子，求婚，求婚呀。"

"对对对，赶紧求婚。"左璇也附和，"夏夏，你嫁了，院长妈妈就不用再替你乱操心了。"

"卓立灼，你有准备戒指和鲜花吗？没有的话，我这就去帮你买。"这么热闹的时候，怎么少得了孟蔚林呢，"我跟你俩说，我最近忙着帮我家宝贝取名呢，结果脑子里灵光一闪，我家的名字还没想好，倒是帮你俩的孩子取了个好名字。"

"叫什么叫什么？"

"对对对，赶紧说，叫什么？"

"卓立灼别离开林夏，卓别林呀。"

"噗……"

"哈哈，卓别林，亏你想得出，你打算让他俩的孩子当个喜剧家吗？"

阳光映入窗来，将他们的身影笼作一团。

卓立灼收紧双手，将怀里的人抱得更紧。

林夏微笑，真好，有他在，有他们在，未来的日子有那么多人陪伴，笑笑闹闹，会越来越好。

番外一

我爱的人，是这个世界上最好的人

安倩望着秘书台前堆积如山的文件，头大如斗，但这还不算，电脑里还有N份邮件、指示和命令等着要处理，她越想越忧伤，心里不禁哀叹一声，今日事最好今日毕，今日不毕，大概就要命毕了，偷懒的下场。

林夏出了车祸，不能指望她了，卓董事长脾气也见长得厉害，整天板着一张脸，跟座冰山似的，安倩恨不得把自己劈开当两个人使。内线电话响起，她顺手接了起来。

“安助理，我要的报表呢？”冰山淡漠的声音传了过来，气场很强，音量也不小，看来耐性已经被磨光了。

“这就送进来。”安倩砰地一声挂掉电话，从文件堆里翻了半天，打开来看了看，好像是这个。她哪里还有时间认真查看，捧起来就屁颠屁颠地朝办公室送去。

“卓董，您要的报表。”她小心翼翼地将手里的文件递到卓立灼面前。

卓立灼头也没抬，直接接了过去，打开来翻了翻，声音瞬间又冷了几分："安助理，你是没听清我的话呢，还是根本就没带脑子来上班？"他大手一挥，文件夹落到安倩脚边。

"董、董事长！"安倩当场被吓得脑袋发蒙，颤颤巍巍地弯下腰将文件夹捡起来，低着头，不敢再吱声。

"我要的是东方新城的预售报表，不是碧玉铂宫的销售报表。如果安助理还拿错的话，明天就不用再出现在联志的办公大楼了。"卓立灼不悦地扬扬眉，说出的话一点也不近人情。

"是是是！我这就出去拿。"安倩哆嗦着退出办公室，冲到秘书台，一头埋进文件堆里。

"Hi！美女！"安少东手里握着一个文件袋站在秘书台前，笑得特别妖孽。

"安先生，请问有事吗？"安倩听到他的声音迅速从文件堆里抬起头来，有些狼狈地抚了抚额前的乱发，眨着眼睛，笑得没心没肺。

"帮我把这份文件交给你们董事长好吗？"安少东笑嘻嘻地晃了晃手里的文件袋，递到安倩面前。

"不去。"她拒绝得干脆利落。

"哟！甜心吃火药了？"他眯了眯狭长的桃花眼，表情很奸诈。

"是里面的人吃了火药。"安倩撇撇嘴，对着办公室抬了抬下巴。

"嗯，这样啊。"他挠了挠后脑勺，看了看手里的文件袋，说，"好安倩，帮忙送一下吧，我会报答你的。"死皮赖脸地黏上她，他可不想送枚炸弹进去。他要珍爱生命，远离危险。

"说了，不去！"安倩根本不买他的账。虽然她对帅哥一向没有自制力和免疫力，但是直觉告诉她，安少东手里的肯定不是什么好东西。他跟卓董可是好哥们，连他都畏畏缩缩地不敢送，那她送进去，指不定会死无全尸呢！

“真不送？”安少东灰头土脸地继续问道，“就帮我送送嘛，反正你也有材料要送，夹在其他材料中间，一把扔到办公桌上，赶紧撤出来就是了。我保证你能全身而退。”

安倩牙齿咬得咯咯响，就知道这家伙没安好心，她在心底暗暗地庆幸着，任何时候，理智一些都会活得久一些。她白了他一眼，不再搭理他，低下头，继续寻找冰山要的报表。

安少东见她真的打定主意不帮忙，于是耸耸肩，无奈地捏着文件袋，慢悠悠地朝办公室走去。

“卓子，骥子叫我给你的。”安少东指了指手里的文件袋，沉吟了一下，说，“从孟蔚林说的那家医院里找到的。”说完，他递了过去。

“是什么？”卓立灼愣了愣，起身接过来后，慢慢地走到沙发前。

“住院登记表。孟蔚林说的都是真的，林夏真的流产大出血过。后来，一直由一个叫许霆的医生帮她调理，不过，效果貌似一般，林夏的身子一直虚弱，看样子并没有完全恢复过来。”安少东安静地跟在他身后，继续说道，“不过，不是意外流产，是用了药。”

“什么药？”卓立灼弯腰将纸袋放到身前的茶几上，并没有要打开的意思。

“米非司酮。”安少东盯着眼前的卓立灼，看到他的身子明显地轻颤了一下，“你还是没去看她吗？”

“嗯。”卓立灼面无表情地揉了揉眉心，坐了下来。

“你想好了，真的确定要把几年前的事情翻出来？”

“嗯。”

“骥子还在查，其实我觉得，人是沈冰找的，直接问她就好了。”

“嗯。”还是简短的一个字。

“真打算翻出来的话，所有的当事人你都必须要去面对。去看看她吧，没有解不开的结。”

“嗯。”

安少东摇摇头，卓立灼摆明了是不想多说，算了，他能够理解，心爱的人受到这种伤害，任谁都会不好受。

“我先走了，一会儿去医院转一转。她恢复得不错。”安少东说完拍拍他的肩，才转身离开。

卓立灼等到安少东走出办公室后，才重新回到办公桌前，拉开最下面的抽屉，将文件袋放了进去，紧接着反锁起来，然后拿起车钥匙，起身下楼。

“卓董，您要的报表。”安倩在门口碰到他，连忙举起手里的文件道。

“放在桌上吧。”他不冷不热地丢下一句话，然后头也没回地走进了电梯。

“爸爸，我回滨城了。”卓立灼把车停在路边，靠在座位上，握着手机，盯着窗外车来车往的街道。

“嗯。晚上一家人吃顿饭吧。”他神色淡漠地道。

“在外面吃吧！我来安排，订好位子后我通知您的秘书就好。”

“嗯，挂了，您先忙。”电话挂断后，他打转方向盘，将车子重新驶入车流中。

吃饭的地方定在了城西的关家，名字虽然不怎么样，可是牌子却很响。私房菜，只接受预约，听说是百年老店，办这家店的厨子之前在皇宫里当过御厨，当然，现在已经不在了，只是手艺传了下来。

四合院，包厢装修得古香古色，四方的红木八仙桌配着宽大的太师椅，卓立灼看起来总感觉怪怪的，算了，他不喜欢别人却喜欢。

刚点燃一支烟，耳边就传来了敲门的声音。

“进来。”他懒懒地应了一声，时间还早，请的人没那么快到。

“卓少，您难得赏光啊！”餐厅经理一脸谄媚地夹着菜单走了进来，“今晚用些什么菜呢？”

“按照我爸喜欢的准备吧。”卓立灼答道，今天晚上，吃什么并不是最重要的事情。

“夫人过来吗？”经理问得更加小心了。

“嗯。”卓立灼点点头。

“我这就去准备。”经理见他没有什么要说的了，赶忙退了出来。

门重新被掩上，卓立灼缓缓地抽着烟，任那薄薄的烟雾在眼前萦绕不散。

很多东西，越想着不是，可它偏偏就是，任你怎么躲避，最终都是避无可避。杀人偿命，欠债还钱，是天经地义的事情，不管如何，种什么因就会得什么果。

“你这孩子，在家吃饭才舒服嘛。干吗劳神伤财地跑到外面来折腾呢？”卓母沈文玉满脸欣喜地走了进来，嘴里却不忘嗔怪道。

“孩子的心意，你好好地吃就是了。”卓稼祥轻斥道。一家三口，单独外出吃饭的次数少得可以掰着指头数出来。

“爸，妈，坐吧。”卓立灼移开桌边的太师椅，引着他俩入座，顺带交代一旁的服务生开始上菜。

菜色不错，做得也很精致，卓立灼没有胃口，就在一旁陪着，稍稍动了动筷子。

卓稼祥吃得很专注，整个过程几乎没开过口，只是偶尔伸出筷子帮身旁的沈文玉夹了几样菜。

沈文玉似乎感觉到了气氛比较沉重，于是闷闷地吃，也不说话。

“爸，我跟沈冰分开了。”卓立灼表情自然，似乎说着一件极小的事情。

“嗯。”卓稼祥点点头，没表态，继续吃饭。

“立灼，你！”沈文玉捏着筷子的手微微地抖了抖。

“爸，沈家跟卓氏的合作，以后都交给我吧。”卓立灼起身给卓父的杯盏里满上铁观音，卓稼祥是经历过大风大浪的人，知子莫若父，所以，他不想在自己父亲面前装模作样，什么想法、什么目的他直接说出来，他相信父亲能懂他。

“嗯。”卓稼祥放下筷子，拿起餐巾擦了擦嘴。

“立灼，你想做什么？”沈文玉脸色泛青，颤抖着声音问道。儿子从小跟她就很疏离，而且他越大她越看不懂。

“妈妈，您很不喜欢林夏吗？”卓立灼没接她的话，扭过头，问得很轻很缓。

“我……”沈文玉一时语塞，怔怔地望着儿子。话题切换得太快，她一时反应不过来。

“您不喜欢她，跟我说就是，您想要什么样的儿媳妇告诉我就是，为什么要找人伤害她呢？”卓立灼眼里满满的都是痛，虽然自己的母亲不像别人家的母亲那样和蔼可亲，从小对他就莫名地苛刻，可是他们之间有斩不断的血缘，她是爱他的，只是方式不一样而已。但是，她不应该把爱变成习惯，当成借口，希望他接受她安排的一切，甚至以爱之名，伤害他身边无辜的人。这样的爱，太沉重，太可怕，他要不来。

“我……”沈文玉低下头，不接话。

“是这样吗？”卓稼祥终于接过话来，面无表情地看向她。

“稼祥，不是的。当时沈冰跟我讲了他俩的事，我怕她看上的是我们家立灼的背景。她一个孤儿，哪能配得上我们立灼啊，所以我就提议给她点钱再吓唬一下她，让她知难而退算了。”沈文玉连连摆手，有些发慌，“我没有找过人，从头到尾都没插手过这件事。”

卓稼祥凝重地摇了摇头，说：“你连人家的身世背景都调查过了，还敢说没有上心？还敢说没有插手？”

“稼祥，我真的只是随口说说而已，毕竟她跟立灼还没有什么实质性的进展，我再不待见她，也不会做什么，这点分寸我还是有的。只是后来她突然消失了，立灼像发了疯一样地找她，我才想肯定是出事了。所以私下里我也问过沈冰，她说只是找了几个地痞流氓吓唬了一下她。”沈文玉面色通红地解释道。

“找到林夏了吗？她的情况怎么样？”卓稼祥不理会她，问卓立灼。面试那天林夏反应机灵，专业知识掌握得也很过硬。当知道自己是卓立灼的父亲时，她的态度不卑不亢，谦虚谨慎，现在这样有骨气的女孩子很少见了，他打心眼里还是很欣赏她的。

“在医院。九死一生。”卓立灼难过地扭过头，不看他们，“妈妈，您都不知道，她是我见过的最特别的女孩子，积极向上，开朗乐观，对未来充满希望。就因为她是孤儿，所以她活得比其他人更辛苦更艰难。可是再苦再难她也不曾自暴自弃，她很知足很感恩，待在她身边，整个人都会被她感染。她会让人觉得，世界很美好，活着很美好，所有的一切都会越来越好。您是怎么狠下心来，伤害一个这么单纯善良的人呢？”

“卓立灼，身为母亲，不论我对你做了什么，出发点都是好的，你怎么能这样跟自己的母亲说话呢？”沈文玉似乎很不满意儿子一边倒的情感，顾不得身旁的卓稼祥，怒气冲冲地指责道，“我就是不喜欢你跟这样的女孩子交往。她能给你什么？她能帮你什么？你跟她完全是不同世界的人！”

“你自己的儿子自己不了解吗？从小到大，他什么时候让我们操过心、失过望？孩子很聪明，怎么可能不知道自己想要的是什么？”卓稼祥厉声喝道。

“就是因为你平时对他要求低，让他散漫惯了、自由惯了，你看看别人家的孩子，哪个不是名校海归。当初你不听我的，非要任他发展，看看他现在什么样子？为了一个女孩子居然开始寻起我的不对来！”沈文玉很不服气地辩解道，“再说了，沈冰对她做过什么，那是沈冰自己的主意，寻根究底，还不是你自己跟沈冰纠缠不清？虽然我稍微提了一下，只能说对她的行为有一点影响，但是，那又能决定什么？关键还是在沈冰自己。”

“您还真是一点愧疚感都没有呀。”卓立灼苦笑一声，事情已经再明白不过了，“沈冰的性子我也还算了解。是，就算您不说，她也可能也会对林夏下手。可是，您稍提的那一下，却成了她的定心丸，是您给她打了一针强心剂，让她更加明目张胆起来，下手又快又狠，除了没敢要林夏的命，能做的她都做了！”

“那你说说，沈冰到底对林夏做了些什么？如果真有那么十恶不赦，我让沈冰去跟林夏赔不是，要多少赔偿，她开口就是了！”

“妈妈，您不要总是一副高高在上的模样，更不要看轻别人，这根本不是钱能解决的问题，再多的钱也弥补不了你们对林夏的伤害！”桌下的双手握成拳，紧了又紧，指甲深深地陷进掌心，生生地疼。

说了这么多，眼前的人却根本没有意识到错误，再说下去怕也不过是浪费口舌，卓立灼深吸一口气，笃定地扬扬眉，说：“我不会就这么算了的。不过，您放心吧，沈家是您的本家，我不会像沈冰那样，做得那么狠、那么绝。”

沈文玉的脸色蓦地失了血色，她抿着唇仍不认错。

卓立灼起身朝卓稼祥点了点头，也不顾沈文玉的模样，迈步出门。

郊外的高档别墅区，风景如画，沈冰站在阳台上，静静地眺望着远方。她待的这幢别墅估计价格不菲，大大的私人花园，每天都有专人打理，恒温游泳池就算不用，也会每天定时换水，就连一日三餐，都请了专业的厨师料理，不得不说房子的主人财大气粗。

生活还算舒适安逸，却不能自由出入，不能与外界联系，其实，她就是被变相地软禁了。只记得那日在重症监护室里发了疯后，齐骥狠狠地甩了自己一个耳光，卓立灼还算冷静，到了最后，表情痛苦地立在病房门口，进退不得。

再后来，来了几个穿着黑色西装的人，带走了她，最后开着车来到了这里。

为什么？为什么她那么努力到最后却一无所有？为什么那个女人什么也没做，却让那么多优秀的人围在她身边，对她宠爱有加？她就是不甘心，可是不甘心又能怎么样呢？

刚过来的时候，她又吵又闹，还割腕自杀过，被救后一个人在大大的床上醒过来，身边连个人都没有。只是，房间里的危险物品全部被清理了一遍。

她明白，之所以关住她，就是想看到她怎么难受，怎么痛苦，怎么挣扎，就是让她生不如死。所以她偏不死，她要活着，还要好好地享受这一切。

远远地看见一台黑色的跑车朝别墅的方向驶过来，最后在门口停下，车门被拉开。沈冰冷笑起来，该来的终于还是来了，真正的狂风暴雨。她抿了抿嘴唇，换好衣服优雅地提步下楼。

卓立灼站在偌大的客厅里，盯着步履轻缓，一级台阶一级台阶小心下楼的身影，脸上的表情越来越生硬。

“立灼哥。”沈冰微笑着和他打招呼。

“都出去吧。”卓立灼对着身后几个彪形大汉挥挥手，“骥子你留下。”

大汉们一脸恭敬地点点头，安静地从客厅里退出去。客厅变得更加空荡起来，齐骥走到沙发前，摆了个舒服的姿势坐了下来。

“看看。”卓立灼将手里的文件袋递到沈冰面前，里面是林夏五年前的住院报告，他不信她一点也不知道。

沈冰依言接过文件袋打开，拿出一沓纸，一张一张认真地看起来。

“说吧，当初你找谁去做这些事的？”这是他今天来的目的，要不然这辈子他都不想再见到眼前的这个女人。

“立灼哥！”沈冰的声音不自觉地开始发抖。当时她想她跟他已经没有任何希望了，她不幸福其他人也休想得到幸福。她不想他和林夏能够厮守在一起，于是，她让他的母亲横到他们中间。她以为这样，他与林夏就彻底完了，她最多也只算是帮凶。可是她太冲动了，冲动到发了疯，他怎么可能会放过任何一个伤害过林夏的人呢？

“说吧。”他冷冷地提醒道，“我不过是在给你机会，给沈家机会。”

“立灼哥，我当时只想吓唬一下她，没想过动她的。”她急急地为自己辩护道。

卓立灼冷笑一声，说：“现在说这些有意义吗？”

“我要是知道那些地痞流氓会对她做那些事情，就是再给我个胆子，我也不会叫他们的！”她面色发白，他肯定是听不进去任何辩解的，“我……”

“沈冰，你知道我不喜欢重复问问题的。”他干脆地打断她的话，“说吧。”

“说吧，沈冰，干脆一些，我们不喜欢为难女人。”齐骥歪着头插话道，“你干脆些，卓子可能会考虑一下，不会让沈家死得太难看。”

“立灼哥，那些事都是我一个人的主意，跟我家里人没关系。”她彻底慌了，卓家的势力有多大，她再清楚不过了，“我说，我都说。立灼哥，你放过沈家吧，我再也不敢了！”

“你放心，我会拿捏分寸的。”卓立灼对面前哭得梨花带雨、惶恐不已的人视而不见，现在知道后悔了，知道怕了？她可曾想过，她在伤害人的时候，被伤害的那个人会有多无助多害怕？

“我只联系了一个叫猴子的男人，其他的我就不知道了。”沈冰胡乱地抹着眼泪，“立灼哥，你要相信我，我真的只是让他找人去吓唬一下林夏。”

“猴子？”齐骥眉头紧了紧。

“听过吗？”卓立灼扭头看向他。

“没有，虽然事隔五年，但是我想只要有心查，就一定查得到。”齐骥想了想，表情笃定地道。

“那走吧。”卓立灼双手插进口袋里，缓缓地朝门口踱去。

“立灼哥！”沈冰拉住他的衣摆，阻止他离开。

卓立灼回头看了看她，说：“会有人送你回沈家的，骥子说过了，我们不喜欢为难女人。但是，你记住，男人报复起来可能手段更残忍。”他伸手，用力地将她的手扯开，头也不回地走了。

齐骥看了看地上号啕大哭的女人，有因就会有果，早知今日，何必当初？他微微地叹了口气，跟了上去。

“接下来怎么做？”车子被重新发动，飞驰在平整的柏油马路上。齐骥握着方向盘，直直地盯着眼前的路，“你交代的事情我都处理得差不多了。”

“嗯，势造得不错，我看过报纸了，沈氏内部危机四伏的报道现在满天飞，你也知道，沈家的公司现在由沈冰的哥哥沈风在打理，可是沈风根本不是做生意的料，把公司搞得一塌糊涂，连周转的钱都靠借。”卓立灼动了动有些僵硬的脖子，说，“前些日子，沈凌云抵上了他那张老脸，押了百分之三十的股份在卓氏。”

“转走了多少资金？”齐骥似乎听出了一点眉目。

“三个亿。”

“你让我造势后，沈氏的股票跌得厉害，那你不是亏大了吗？”齐骥无语地摇了摇头。

“沈氏的股票越不值钱，它的窟窿就会越来越大，欠的债也会越来越多。”卓立灼慢悠悠道。

“嗯。”齐骥点头表示同意。

“你说，如果没有人愿意借钱帮它运转，结果会如何？”卓立灼冷笑一声。

“明白。”齐骥会心一笑，“你爸不会反对？毕竟沈、卓两家合作这么长时间了。”

“他都交给我了。那百分之三十的股票我早就抛出去了，还没轮到我来帮沈家守家业。好了，帮我准备召开新闻发布会吧。”卓立灼提醒道。

“好。”齐骥脚底用力，油门被踩到底，车窗外的风景迅速倒退。

三天后，一向低调的卓氏集团突然召开新闻发布会，宣布并组联志，与齐氏合伙进军云城房地产行业。同时，卓氏未来接班人首次高调大晒幸福，对外解释说自己确实已经有了心上人，但并非传闻已久的沈氏千金。他表示对沈氏的未来并不看好，接班后会认真考虑需不需要继续与沈氏合作。

原本对沈氏已经没有多大信心的合作企业，因为它背靠卓氏这棵大树，不敢轻举妄动，一直处于观望态度。现在卓氏突然宣布立场，就像给了他们一盏指引灯，他们看到指引灯后立马行动起来，沈氏的股票持续暴跌。

娱乐八卦、报纸、杂志都开始深挖卓氏未来接班人的心上人，苦寻未果，笔锋一转，指向与他曾经暧昧过的沈氏千金。一厢情愿苦苦纠缠的负面报道扑面而来，让人应接不暇，沈冰千金名媛的形象破灭，成为人们酒足饭饱后消遣的热议人物。

不到两个月时间，沈氏宣布破产，卓氏低价收购。

废弃的仓库里不时地传出呼喝的声音，偶尔夹带着重重的闷哼声。

角落里，几个大汉围着地上两个身体弓成虾米状的人影拳打脚踢，力道一下比一下重。

“打，往死里打！”安少东眯着眼睛望着地上的两个人，其中一个就是猴子。他们在滨城所有娱乐场所打听，终于找到一个女人，那女人交代自己原来是猴子的姘头，还交代了他的真名和长相，只是很久没联系了，但是知道他一直还在滨城混，并没有换地方。那就好办了，画了像后在滨城里一搜，人很快就被揪出来了。

齐骥跟卓立灼很快就赶到仓库，安少东告诉他俩，地上的人已经老实交代了，沈冰当时的要求是，不管用什么方法，一定要收拾到林夏不敢再待在滨城。卓立灼眉头一拧，脸上戾气翻涌。

齐骥没出声，静静地走到角落里，大汉自觉地让出一条道来，他抬脚对着两人的裤裆就是两脚。

“啊！”凄厉的惨叫声再次响了起来。

“打算怎么办？”安少东指着地上抱着下身疯狂打滚的人，抬了抬眼皮。

“扔到笼子里去好好地修身养性吧，时间越长越好。”卓立灼咬牙道。他恨不得扒了他们的皮，抽了他们的筋，吃了他们的肉。送到局子里去，算是对他们最大的恩赐了。车祸的事，终是没查出个结果，是因为精心策划过吧。每每想到这里，心底还是有口怨气，怎么也散不去。

“好。”安少东掏出手机，开始报警。

番外二 齐骥的爱情

联志的事卓立灼直接撒手不管了，每每想到这里，累死累活的齐骥就怨气冲天，所有的事全扔给自己，亏某人做得出来，太不厚道了。

当初卓立灼非要一口气吞下云城三个最大的房地产公司，组成联志，就是为了掩盖自己赤裸裸的目的，接近林夏的目的。现在目的达成，摆明就是想过河拆桥。

算了，当初并组的时候可是花了血本的，好在房地产最近几年确实红火，就连他家金口难开的老头子都对这个项目很看好，董事会上已经夸奖了他好几次。

好吧！谁会跟钱过不去？看在钱的面子上，就不跟他计较了。眼下又到了云城最大的房交会时间，齐骥考虑再三，还是从滨城赶到云城，亲自坐镇指挥。

艾晓卉不耐烦地按掉手机闹铃，呼地一声拉起被子继续蒙头大睡，睡到自然醒什么的最有爱了。

周公笑容满面地对她招着手，她义无反顾朝他冲了过去。

突然，周公不见了，死党秦妙妙咧着嘴站在马路对面望着她笑，“卉卉快来，好多帅哥！”

艾晓卉顿时心潮澎湃，眯着星星眼飞奔去与秦妙妙汇合。是，她承认，她是腐女，好吃好睡尤其好男色，好吧！她就是花痴一枚，没什么不好意思，食色性也！古代人都这么说过的。

“哇……”真有帅哥，艾晓卉抚着怦怦跳地小心肝，望着眼前诱人的风景，眼睛都不眨。

“啧啧……艾晓卉，闭上你的嘴，哈喇子就要掉下来了！”秦妙妙一脸鄙夷地望着身旁的某人，真没出息。

“真帅呀！”艾晓卉笑得没心没肺，其实，她定力也不差的，想想面前不是一只，而是几十只养眼的帅锅，能不震撼吗？穿着枯叶蝶花纹的迷彩服，喊着响亮的口号，那个青春洋溢，那个朝气蓬勃啊！估计此时身在某武警学院吧？要不然怎么会有这么多军弟弟？

“拜托，他们估计十八岁的样子，你二十五了，差了七岁，请自重！”秦妙妙恶毒地打击道。

“秦妙妙，我又没逼着其中的谁谁谁娶我，看一下又不会死人！”艾晓卉满头黑线，自重，看一看帅哥怎么就不自重了？秦妙妙，恨你恨你……

“我想有根仙女棒，变大变小变漂亮。”

“我想有根仙女棒，变大变小变漂亮。”

手机铃声重复响起。

“喂。”好半晌艾晓卉才悠悠地转醒，摸了半天，才找到手机，不情不愿地按下接听键。

“艾晓卉，都几点了，你还赖在床上？”秦妙妙的声音冷飕飕地从电话里荡漾开来，冻得床上的人浑身一哆嗦。

“妙妙。”

“十五分钟内出现在会场里，要不然没人帮得了你，老总今天都亲自过来了！”

电话瞬间被挂断，艾晓卉转了转眼珠子，会场……

“啊……惨了惨了！”艾晓卉哀号一声蹦了起来，金九银十，现在房地产行业红火得要命，今天是云城房交会的第一天，肯定盛况空前。

各家房地产公司都鼓足了劲，准备好好表现一番，吸引广大消费者的眼球，艾晓卉所在的房地产公司当然也不例外，所有的销售都必须守在会场，人手不够，她这个做策划的都被临时抵了上去。

刷牙洗脸换衣服，下楼拦了辆出租车，直扑会场而去。

车身刚停稳，艾晓卉将早就准备好的钱递给司机，飞快地推门下车。

走了两步，艾晓卉才发现自己披头散发的，她记得销售部的美女们总是盘着高高的发髻，贴身的职业装，本来个个都长得好，再化点妆，倍有气质。虽然自己没有化妆的习惯，好歹也得收拾收拾，这样子出现在会场，搞不好会被当成女鬼。

想着就摸了摸手腕，还好，她带了扎头发的橡皮筋。时间早就过了，她加快脚步，低着头伸出手捋着头发，束起马尾，手灵活地绕了绕，一个简单的发髻就成了形。拉起橡皮筋箍了几圈，晃了晃脑袋，还算紧，她满意地抬头，砰！她撞到一堵人墙。

“对不起，对不起……”艾晓卉囧得头也不敢抬，看着地上锃亮的皮鞋，不停道歉。

齐骥皱皱眉望着眼前的冒失鬼，像小鸡啄米一样点着脑袋不停地道歉，“没关系。”

艾晓卉这才抬起头来，看了看人墙，哇……帅锅！高大魁梧，眉如墨眼如星，轮廓分明。她咽了咽口水，镇定自若地微微一笑，仰头朝会场走去。

肯定是哪家房地产公司的售楼先生，跟售楼小姐一个定义，明显的特征就是西装一个比一个笔挺，长相一个比一个帅，其实长得好的男人一般都是祸害，满足视觉享受还行，恋爱结婚就不太靠谱了，没安全感。你想呀，秀色可餐，多少人惦记着，所以，看看就好，长远的就不要想了！

本来她是可以找理由不来会场的，可是秦妙妙说，随着房地产行业迅猛发展，售楼先生这项职业队伍也不断壮大，房交会养眼的帅哥越来越多，真是道亮丽的风景线呀。于是，她就动摇了。结果，此时此刻她出现在这里，还没进场馆，在门口就遇到一个极品，想想今天一天的艳遇，艾晓卉的心情顿时大好了起来，不要因为一棵树放弃整个森林，会馆里会有大片的森林。

齐骥望着她渐行渐远的背景，上上下下检查了一遍自己的行头，没有问题呀！西装革履，怎么看怎么精英呀！可为什么刚刚那女人看自己的眼光先是意外，慢慢变得有些欣赏，紧接着突然恍然大悟，再一脸不稀罕地走开？

本想融入人群，把自己当作一个普通消费者，好好转一转会场，所以才没让其他人陪着。骄傲如某人，走到哪里都习惯了被人仰视，突然被这般不待见，那个不爽，心底猛地迸发出一股前所未有的冲动，想冲过去拉住她问清楚，刚刚那一瞬间的工夫，她到底都想了些什么？等他真下定决心去问的时候，才发现她已经进了场馆，消失在茫茫人海里。

“卉卉，你总算来了！”秦妙妙抱着一捧宣传画册，长长地舒了一口气。

“老总来了没？”艾晓卉吐吐舌头，小心地问。

“来了，说要经理陪着去别的展位转一转。”秦妙妙殷勤地将手里的画册塞给路过展位的人，笑脸盈盈地邀请他们进展位里面看看。

“太好了，头头们都不在，不会有人发现我迟到！”艾晓卉绷得紧紧的心弦松了一松。

“你是借过来的，头头们不会太强求你的，你听话地守着摊就行了。”秦妙妙翻了翻白眼，摇摇头。

“妙妙，我们刚刚在馆里发传单的时候，看到一个极品！”从行政部借调过来的几个熟女，发完传单回到展位，叽叽喳喳地描述起来。公司里其实也不乏帅哥，可是向来都是这样，吃着碗里的看着锅里的，再说了，家花哪有野花香呀！自己身边的看得久了怎么都会有那么一点审美疲劳，还是外面的养眼。

“在哪看到了？快告诉我在哪？”秦妙妙一听她们的话就来劲了，激动得一把扔掉手里的画册，拖起艾晓卉就要出展位。

“别别别，他待的展位忙活得不行，等吃中饭的时候，人少一点了，我们再去转悠呀。”熟女里蹿出来一只，拦住她俩，解释道。

“这样？”秦妙妙挑挑眉，半信半疑。

“真的真的。”熟女们一起点头。

“那好吧。”秦妙妙只好作罢，放开艾晓卉，扫兴地走进展位，继续工作。

忙碌起来，时间总是过得特别快，转眼中餐时间到，一伙花痴速度解决了肚子问题，手拉着手在会场转悠，到了极品所在的位置，坏笑着一起放慢了脚步。

齐骥抬起手腕看了看表，十二点多了，到了吃饭的点了，因为自己还在展位，其他员工也没敢说吃饭的事。

“你们换着班去吃饭吧。别在展位吃盒饭，不雅观。”他对身旁的销售经理吩咐道。

“那齐总呢？”销售经理有些惶恐不安，估计是看到其他展位的员工吃盒饭的样子，所以心底才会有计较吧。

“你们先去，我再看看。”他说完又拿起楼盘的宣传画册认真地看了起来。

“好的。”销售经理招呼了一部分销售员先退了下去。

“就这里就这里！”

“对，就这！”

艾晓卉望着一群突然亢奋起来女人，翻翻白眼地抬起头，碧玉铂宫，哇，名字起得这么气派，一看就是高档楼盘！

“就他就他！”女人们两手握成拳，捧在心口。

“好帅好帅噢！”

“啧啧啧……真有型呀！”

艾晓卉见众人叽叽喳喳起来，这才将注意力从楼盘名字转移到面前的展位里。

展位布置得很精致，一看就是用了心的。目光一扫，皮鞋锃亮，西装革履，轮廓分明。

齐骥感觉到耳边有些吵，抬起头，不经意地望了过来。

“哇，太帅了！”

“不能用语言形容了！”

OK，秒杀，齐骥心底暗自得意，眼光沿着众花痴女一一掠过。一张略有些熟悉的脸映入眼底，那脸的主人也正在看自己。

四目交接，光电交错，飞沙走石。

传说中的狭路相逢。

艾晓卉了然，果然，售楼先生一枚，高档楼盘就是舍得下本钱，不管是展位还是销售员都舍得包装，这家伙之所以在众帅哥里更出众一点，不就是身上那层皮更有品嘛！贵气了些有什么了不起？鼻孔里轻哼一声，不屑不屑。

齐骥顿悟，果然，售楼小姐一枚，普通得不能再普通，丢在人群里根本就不屑多看一眼，巴掌大的脸上，鼻子眼睛全挤在一块了，绿豆大点的眼睛，泛着跟老鼠眼睛一样绿荧荧的精光，鄙视鄙视。

两个人像是商量好似的，鼻子同时哼了一声，然后动作一致地把目光移了开去……